# 経理部の岩田さん、セレブ御曹司に捕獲される

*Rinko & Shinnosuke*

有允ひろみ

*Hiromi Yuuin*

EB
エタニティ文庫

# 目次

# 経理部の岩田さん、セレブ御曹司に捕獲される

「この領収書だと詳細がわからないので、処理できません」

六月もあと五日を残すばかりになった月曜日の午前中。

二十八歳の岩田凛子《いわたりんこ》は、経理部の廊下側に並ぶカウンター式キャビネットを挟んで、営業部の男性社員と対峙《たいじ》している。

「詳細？　そこの備考欄に書いてあるでしょ」

凛子のきっぱりとしたもの言いが気に障《さわ》ったのか、男性は持参した交際費精算書を顎《あご》で示した。

書いてある？「経費」と書いてあるこれのどこが詳細というのか。接待等でかかった交際費の精算には、取引先の会社名や参加人数、目的などを記載しなければならない。それに、支払いが発生した日付は二カ月も前。おまけに、本人記入の支払日と領収書の日付が違っている。

だいたいこの「単価平均二千円」というのはなんだろう。突っ込みどころが多すぎて、いちいち指摘するのも面倒なくらいだ。

凛子が勤務する「白鷹紡績《はくようぼうせき》」は、れっきとした株式会社だ。名前こそあまり知られてはいないが、社員数は五百余名。世界規模で事業を行《おこな》っている大手繊維メーカー「HAKUYOU」の子会社のひとつでもある。そんな大企業の傘下にいる会社の経理が、こんなお粗末な経費申請を承認していいはずがなかった。

凛子は受け取った精算書を返しながら、口を開く。

「ここに書かれている情報だけでは、経費の精算処理をするには不十分です。それに、申請者印と承認印がぜんぶ同じです」

「あのさぁ……印鑑とか、どうでもよくない？　うちの上司、係長から上全員夕方まで帰ってこないんだけど」

意図的に語尾を上げた話し方と斜《しゃ》に構えた態度。彼の言動には、営業という花形部署に所属しているというプライドが見え隠れしている。

「どうでもよくはありません。もう一度経費精算マニュアルをよく見て、改めて申請願います。その際は、単価と人数を明記してください。もちろん、承認印も全員別の人でお願いします」

向かい合っている顔に、明らかに不機嫌そうな表情が浮かぶ。

「はいはい、わかりました」

渋々発せられた返答を聞き、凛子はくるりと踵《きびす》を返した。キャビネットから机ひとつ隔てた自席に戻る途中、背後から大げさな舌打ちの音が聞こえてくる。

「ったく、可愛げのない『超合金』だなぁ。そんなんだから彼氏の一人もできないんだろうよ」

わざと聞こえるように言っているのは、重々承知している。

(余計なお世話です)

心のなかで独り言を言うと、凛子はあえて反応しないまま席に座った。そして、やりかけの仕分け業務に取りかかる。

その様子からは、まるで感情の動きが感じられない。

実際、凛子は会社ではほぼ無表情で、喜怒哀楽《きどあいらく》を表に出すことはなかった。むろん、人並みに感情はあるし、今だってかなり憤《いきどお》りを感じている。けれど、それが人に伝わりにくいゆえに、周りは皆、凛子には感情の起伏などないと思い込んでいるのだ。

そんな凛子につけられたあだ名は、経理部の「超合金」――

凛子がそう呼ばれはじめたのは、入社して一年ほど経った頃のことだ。

教育係をしてくれていた先輩社員が、急遽《きゅうきょ》退職することになった。結果、それまで補佐的業務を行《おこな》っていた凛子が、経費の精算を含む現金預金の管理と、給与に関する業務全般を担うようになる。

当然、他部署社員とのかかわりも多くなり、その分軋轢《あつれき》も生まれやすい。

凛子はもともと几帳面な性格だし、やるからにはいつ税務調査が入ってもいいように完璧な仕事をしたいと思っている。

そもそも経理部とは、どんな小さなミスも許されない部署だ。そういった面では凛子に最適な部署だと言えるだろう。

媚《こ》びない、群れない、馴《な》れ合わない。

そんな凛子の姿勢のせいか、一部の社員曰《いわ》く、凛子の対応はガチガチに硬くて、冷ややかであるらしい。なにもわざとそうしているわけではないし、自分なりに誠意をもって対応しているつもりだ。だけど「超合金」と呼ばれているだけあって、なかなかそれが人には伝わらない。

さすがに面と向かって「超合金」と言う人はめったにいないものの、その呼び名がすでに社内中に浸透していることは凛子とて、重々承知している。

けれどその「超合金」な態度が、凛子の会社における処世術であり、仕事をする上でなるべく波風を立たせない最善の方法だった。

「岩田さん。はい」

経理部長の榎本《えのもと》が、通りすがりに凛子に一枚の書類を手渡してくる。

「これ、七月から九月までの夏季休暇取得カレンダー。あとでホワイトボードに貼っておいてくれる？」

「はい、わかりました」

受け取った書類を見て、すばやく内容を確認する。現在、経理部に所属しているのは六人。そのうち女性社員は凛子を合わせて二人だ。

六月最後の週である今の時点で、もうすでにカレンダーは休暇を示す赤い棒線でおおかた埋められている。

「休みの日程が決まってないの、岩田さんだけだよ。予定があるなら、早めに押さえておいて」

カレンダーを覗き込みながらそう言うと、榎本は悠々と部署を出てエレベーターホールへ歩いていく。家族持ちの彼は、毎年夏になると一家そろってどこかしら海外旅行に出かけている。

（夏季休暇っていっても、どうせ実家に帰るくらいだしなぁ……）

凛子は誰とも休みが被らない八月第二週目の三日間に棒線を引いた。

身長百七十五センチ、体重五十八キロ。

女性にしては少々背が高すぎると言えなくもないが、容姿は決して悪くない。目鼻立ちは普通に整っているし、十人いれば五人は美人だと言ってくれるであろう顔をしている。

だけど、いかんせん凛子には可愛げというものが欠片《かけら》もなかった。そのせいか、もう八年近く恋人なしの生活を続けている。

席を立ち、カレンダーをホワイトボードに貼り終える。ふと窓を見ると、下ろされたブラインドの隙間からすっきりとした青空が見えた。

会社が入っている十三階建てのビルは「ＨＡＫＵＹＯＵ」が所有している。「白鷹紡績」は、七階から十三階を使用していて、凛子が所属する経理部は八階だ。ビルの周りは東京でも屈指のビジネス街で、外を歩けば有名企業の社員がわんさかいる。

努力すれば、気に入った誰かと話すきっかけくらいは掴めるかもしれない。けれど、凛子はそういったことにまったく興味がなかった。

過去に一度だけ、男性と付き合ったことはある。けれどそれは向こうから申し込んできて、なんとなく付き合いはじめた、というものだ。

もちろん、付き合うと決めたからには、恋人として真面目に向き合ったつもりだ。しかし、結局は心をかよわせることもなく、恋愛というにはあまりにも短くて浅い付き合いで終わってしまった。

取り立てて恋人がほしいと思わないのは、そのときあまりいい別れ方をしなかったせいもあるかもしれない。

今は仕事だけでいい。

数学教師だった母親の影響か、数字は昔から好きだ。数学は恋愛のように曖昧《あいまい》で不可解な部分などない。そういった意味でも、数字を扱う今の部署は、自分に合っていると思う。

経理は地味で面白みのない仕事だと言われることもあるが、ぜったいにそんなことはない。確かに営業部のような花形的な存在ではない。けれど、健全な会社経営を継続するためにはなくてはならない部署であり、まさに縁の下の力持ち的な存在だと言える。

そして、そこで扱うのはお金だ。

だからこそ、ぜったいにミスは許されない。ほんの少しの間違いが会社に多大な損害をあたえてしまうことだってある。それを未然に防ぐためにも日々気を抜かず、些細な不備であっても見逃すわけにはいかなかった。

「岩田さん、昨日言っておいた書類、もうまとまってる?」

しばらくの間パソコンでもくもくと経費の入力作業を続けていると、背後から女性主任の園田《そのだ》が話しかけてくる。

「はい、これです」

凛子は足元に置いていた二箱の段ボール箱を指し示す。

「そう。じゃあ、社長室に持っていってくれる? 私も手伝うから」

園田に促され、凛子は処理中の書類を片付けて椅子から立ち上がった。二人それぞれに段ボール箱を抱え、エレベーターホールに向かう。突き当たりの壁が全面ガラス張りになっているそこは、明るい日の光に満ち溢《あふ》れていた。

「明日の午後、いよいよ新社長がおでましになるわね」

「そうですね」

園田が言い、凛子があいづちを打つ。

今年の春、前社長が持病の悪化のために長期入院することになった。年齢の面から考えても、彼の職場復帰は容易ではない。その結果、急遽《きゅうきょ》役員たちが招集され、前社長の退任が決まった。そして、その後任として前社長の甥《おい》であり「HAKUYOU」アメリカ支社営業部長だった氷川慎之介《ひかわしんのすけ》が新社長に就任することになったのだ。

彼は同社の創業者一族の生まれであり、父親は現在「HAKUYOU」の社長を務めている。

トップの人事には必要以上の興味などない凛子だけど、慎之介の辣腕《らつわん》ぶりは自然と耳に入ってきていた。

今運んでいる書類は、彼が榎本に事前連絡をして閲覧《えつらん》を希望したものだ。

「聞いた？　新社長って、まだ三十四歳なんだって。私より五つも年下なのに、もう子会社の社長になるとか、すごくない？　さすが御曹司よね。イケメンで、まだ独身だっていうし……あ～あ、私がもうちょっと若かったらなぁ」

エレベーターに乗り込みながら、園田が凛子に話しかける。彼女は凛子よりも入社が五年ほど早い。一昨年まで物流企画部にいて、異動で経理にやってきていた。

「もし、経理関係で呼び出しがかかったらどうしよう？　ドキドキして、まともに話せないかも～。もしものときは、岩田さんも立ち会ってね。な～んて、なにかあっても部長を呼び出して終わりだよねぇ」

園田がエレベーターの壁にもたれかかりながら、大きくため息を吐《つ》く。ドキドキする、なんて言っている彼女だが、目下気楽な独身生活を満喫中であり、自ら結婚願望はないと公言している。

十三階に到着し、マホガニー色のフロアを進む。すれ違った秘書課の女性と挨拶《あいさつ》を交わし、廊下の一番奥の社長室のドアを開けてもらった。

デスク脇に段ボールを置き、ぐるりと部屋のなかを見回す。

およそ十六畳の部屋の一角には、海外から届いた新社長の荷物と、会社ロゴが入った段ボールが積まれていた。段ボール箱のなかは、おそらく各部署から届けられた書類だ。

世間でもそうであるように、ここ「白鷹紡績」でも社内文書の電子化が順次行《おこな》われている。けれど、そのスピードはかなり遅い。しかも経理部だけはなぜかその流れに乗ることができず、伝票や決済書類のやり取りはいまだに紙がメインだ。

凛子は、これまでに何度か経費精算のシステム化を申請している。

日々のルーチン業務をこなすなか、誰かが経費の精算を依頼してくると、凛子がそれまでやっていた業務がストップしてしまう。それでは効率が悪すぎるし、明らかに人件費の無駄遣いだ。文書管理の利便性やコスト削減の観点からいえば、電子化は急務のはず。

もし経費精算システムが電子化されれば、プログラムによって不正や申請ミスなどを自動的に検知することができる。

しかしながら、古参社員の「紙」びいきは、思ったよりも根が深い。彼ら曰《いわ》く――

『データでのやり取りは、現実味がない』

『実際に押した印鑑が並んでこその社内文書』

お金に関する書類は、なおさらそうであるらしい。

そんな感覚的な理由で、これまで経費精算のシステム化は何度も見送られていた。申請の仲介役である榎本は、凛子の言い分を理解してくれている。しかし、彼が何度決裁印を押しても、上層部が首を縦に振らないのだ。

（はぁ……いつになったらこんな無駄がなくなるんだろう？）

これまでの申請は通らなかったけれど、新社長就任を機に社内に新しい風が吹くかもしれない。

そんな希望が出てきたという意味では、凛子も今回のトップ人事を大いに歓迎するつもりだ。

用事を済ませ社長室を出た凛子は、園田と別れ一人秘書室に向かった。そして、先ほどドアの開閉に手を貸してくれた女性秘書に声をかける。

「すみません。新社長から届いた海外からの荷物の費用精算はどうなっていますか？ それと、社長室に置かれていた観葉植物が見当たりませんが、どこかに移動したんでしょうか？」

デスクに就いていた女性秘書が顔を上げる。

「あ……荷物の費用については、まだなにも伺っていません。社長室にあったベンジャミンは、たぶん前社長の荷物と一緒にご自宅に送ったんじゃないかと――」

「そうですか。あの観葉植物は、レンタルグリーンです。できるだけ早く所在の確認をしていただけますか？ 新社長の荷物に関しては、わかり次第連絡をお願いします」

「わかりました」

女性秘書に軽く会釈《えしゃく》すると、凛子は踵《きびす》を返してエレベーターホールに向かう。しかしエレベーターの前を素通りし、奥にある非常口のドアを開けた。

凛子は日頃から、できるだけエレベーターよりも階段を使うことにしている。さすがに地上との行き来にはエレベーターに乗るが、社内の移動はもっぱら階段利用だ。めったに人がいない階段の上り下りは、仕事の合間のリフレッシュにもなっている。

八階まで下りて、凛子は自席に戻った。そして、個人の業務スケジュール表に、新たにできた事項を付け加える。

(新社長の荷物運賃と、社長室の観葉植物の件、要確認……っと)

小さな仕事を日々こつこつとこなす。派手さはない。しかし、それらを確実にこなしてこそ、完璧な年次決算へと繋がるのだ。

そうして日ごと持ち込まれる仕事をきちん処理し続けていたら、いつの間にか入社六年目を迎えていた。

さほど変化がなく淡々とした業務内容を、つまらないと思う人は少なくないだろう。だけど、凛子はむしろそれを心地いいと感じる。仕事に対する向上心は持っているが、ようやく中堅社員になった今は、目の前の仕事をきちんとこなすことが最優先事項だ。

少し遅めの昼休みを終えて、デスクに戻る。そのタイミングで持ち込まれた仕事は、出張に伴う仮払い業務だった。

やってきたのは、営業部の黒木《くろき》という男性主任だ。彼は、いつも凛子が「今だけは話しかけられたくない」というときにやってきては、なにかしら仕事を依頼してくる。

今回彼がやってきたのは、凛子が月次決算にかかわる検算をしているときだった。

「岩田さん、パパ〜ッと仮払いお願い」

黒木が手にした書類をひらひらと振る。

（もう！　あと少しで検算が終わったのに……）

黒木に話しかけられた時点で、検算は振出しに戻った。せっかく調子よく進んでいたのに、一からやり直しだ。

だけど、もうどうしようもない。凛子は潔く諦《いさぎよ》めて席を立ち、キャビネット越しに黒木と対峙《たいじ》する。

「わかりました」

差し出された仮払い申請書を受け取った凛子は、いつものように表情ひとつ動かさずに内容に目を通す。

そして、顔を上げてきっぱりと言い放った。

「黒木主任、これでは仮払いはできません」

なにがパパ〜ッとだ。

彼は二カ月に一度は出張に行くが、毎回どこかしら不備がある申請書を提出してくる。

たった一枚の書類すら満足に記入できない社員が、はたして営業先で成果をだせるのだろうか？

そう思ったりもするが、黒木は、営業部ではできる社員としての地位を確立しているらしい。

ならば、それほど成績を上げている彼が、どうしてまともな仮払い申請ができないのか――

そんな凛子の疑問をよそに、黒木はわざとのように驚いた表情をした。

「え、なんで？　部長の印鑑も押してあるし、完璧でしょ？」

黒木が身を乗り出して、申請書を覗き込む。

「確かに営業部長の承認印はありますけど、この内容では処理できません」

「だから、なんで？」

「前回も言いましたが、これではいつどこに行ってなにをするのかが、いっさいわかりません。必要な項目をきちんと記入してから再度提出してください」

仮払いを申請するときには、所定の書類に必要なことを記入した上で提出する必要がある。しかし、黒木が持ってきた申請書はそれがなされていない。

「よく見てよ。備考欄に行き先とかは書いてあるでしょ。それに、日程といっても今回はたった一日だよ？　どうせもうじき月初の精算日だし、そのときにきちんとしたものを出せば問題ないだろ」

仕事上でなにかあったのか。今日の黒木は、やけに食ってかかったような言い方をしてくる。

明らかにイラついている様子の黒木に対して、凜子はいつも以上に冷静な声で受け答えをした。

「仮払いには、行き先と目的のほかに、移動手段と区間の記入が必要です」

無表情の凜子とは対照的に、黒木は眉を上げ下げしつつ熱弁をふるい続ける。

「だから、それは精算するときに書くって。俺は営業だよ？　出張先では、あちこち飛び回る予定だし、場合によっては思いもよらないところに足を延ばさなきゃいけないかもしれないんだぞ」

「そういったこともある程度想定した上で申請してください。むろん、常識の範囲内で。それに、出張先での少額の交通費なら、普段どおりいったん立て替えていただくか、営業部用にお渡ししている乗車カードを使ってください」

凜子は黒木に向かって申請書を差し出す。しかし、彼はわざと明後日《あさって》の方角を向いて、それを受取ろうとしない。

「あぁ、わかったわかった。じゃあ、次からはそうするから、今回はこれで」

黒木は適当なことを言って、なおも食い下がるつもりだ。繰り返される不毛なバトルには、ほとほと嫌気がさす。

しかし経理部で小口現金の出納《すいとう》を担当している以上、他部署社員とのこういったやりとりは避けられない。仕事をきちんとやろうとすればするほど、どうしても煙たがられるのだ。

　重箱の隅をつつくようなことをしていると言われても、それが仕事なのだからやらざるを得ない。経理部とは、そういった意味では損な役回りを担っている部署と言えるだろう。

　凛子はやむを得ず、不備のある個所を指し示しながら、該当する経理規程を抜粋して唱えはじめた。

「この部分ですが、規程では――」

「ああ、もういいよ、わかりました！　もう降参して書き直してくるって」

　黒木が肩をすくめ、小さく両手を上げて降参のポーズをとる。

「そう言えば岩田さん、午前中もうちの部の川村《かわむら》とやりあったんだって？　前から思ってたんだけど、ちょっと俺ら営業部に対して厳しいんじゃない？」

　ようやく片付くと思ったら、今度は当てこすりだ。

　凛子は書類から視線を上げ、黒木の顔を正面から見つめなおした。

「そんなつもりは一切ありません。私は経理規程に則《のっと》った申請書の記入をお願いしているだけです」

「あ～あ、出たよ超合金」

　黒木がひときわ大きな声を上げる。

そのとき、黒木の背後から朗《ほが》らかな男性の声が聞こえた。

「超合金？　それって、どういう意味なのかな？」

黒木の肩を、男性が片手でポンと叩く。

「は？　そりゃ、見てのとおり四角四面で融通が利かない対応ばかりする経理の――

あ……しゃ、しゃちょっ……!?」

うしろを振り向いた黒木が、いきなり素《す》っ頓狂《とんきょう》な声を上げる。

凛子は、黒木の背後にいる背の高い男性の顔を見上げた。彫りの深い、まるで美術品のように整った顔が、穏やかな微笑みを浮かべている。

（えっ？　この人が新社長？）

艶《つや》やかな黒髪に、高くてまっすぐな鼻筋。

めったに動揺などしない凛子だけど、突然現れた美男子を前に、さすがにちょっとだけ面食らった。

社内報で写真を見たことはある。だけど、どれもみな小さな写真だったし、実物を見るのはこれがはじめてだ。

なるほど、確かにイケメンであることに間違いない。けれど、それは今、仕事にはなんの関係もない。

すぐに気を取り直した凛子は、自分に向けられた彼の目をまっすぐに見つめ返す。

「氷川社長、お疲れ様ですっ！」

黒木の裏返った声が、凛子が会釈《えしゃく》したタイミングと被る。

「やあ、お疲れ様。それ、何の書類？……ふぅん、仮払い申請書か」

黒木の横から書類を覗き込むと、慎之介が軽く頷いた。そして、改めて凛子に視線を向ける。

その口元に、真っ白な歯が零れた。

ここは微笑み返すべき？　そう思いながらも、日頃の無表情が板についていて、急には対処できない。

「ざっと見ただけでも、不備がふたつあるね。これじゃあ、突き返されても文句は言えないかな」

「あ……はい」

もごもごと口ごもる黒木の背後から、離席中だった榎本が現れた。そして慎之介と挨《あい》拶《さつ》を交わし、凛子に状況をたずねる。すぐに把握した榎本が、書類を手にした。

「黒木君、じゃあこれ――」

榎本が、申請書を黒木に差し出す。黒木はそれを受け取り、作り笑いを浮かべながら去っていった。

「あ、氷川社長！　こちらにいらしたんですか」

黒木と入れ違いに、秘書課長がやってきて慎之介になにごとか話しかける。小柄な彼の話を聞くために、慎之介が身体を屈《かが》めた。

その様《さま》が、やけに決まっている。

凛子でも見上げるほどだから、たぶん身長は一九〇センチを超えているだろう。年齢の割に貫禄《かんろく》があり、見るものを圧倒する並外れたオーラがある。ダークグレーのスーツが驚くほど似合っていて、スタイルのよさはまるでパリコレのモデルだ。

こんなに完璧な容姿の男性を、凛子は見たことがなかった。

それにしても、さっきから彼とやたらと視線が合うような気がするのは、どうしてだろう？

（って、ただの気のせいだよね）

そう思うものの、やはりなんとなく居心地が悪い。用事も済んだことだし、もう席に戻ろう――そう思ったとき、慎之介の視線が、がっちりと凛子を捉《とら》えた。

睨《にら》まれたわけではない。けれど、なぜか一瞬全身を射貫かれたような緊張が走った。

「じゃあ、また」

慎之介がにっこりと微笑み、凛子はもう一度軽く頭を下げた。

顔を上げ、去っていく背中を見つめる。ちょっとした放心状態に陥《おちい》っている凛子の背後から、園田の感じ入ったような声が聞こえてきた。

「ちょ……、いきなり登場するなんて、びっくり！　でも、聞きしに勝るイケメンだわぁ」

予定では、出社は明日の午後からだったはずだ。それなのに意表を突いて一日早く顔を出すとか、なにか意図するところでもあったのだろうか。

慎之介のおかげか、黒木はあれからすぐに必要事項を漏れなく記入した申請書を持ってきてくれた。

凛子は密かに、慎之介が顔を見せてくれたことに感謝する。

けれど、喜んでばかりはいられない。

（新社長との初対面があれって……）

「超合金」呼ばわりされているところを見られるなんて、さすがにバツが悪い。

とはいえ、彼は代表取締役社長だ。

一度会っただけの平社員のことなど、きっとすぐに忘れてしまうに違いない。今日は就任の挨拶《あいさつ》がてら各フロアを回っていた様子だったが、今後は社長自ら経理部に来ることなどないだろう。

もし経理についてなにか質問があったとしても、園田が言ったように榎本が対応するはず。今後凛子が社長と直接かかわる可能性などありはしない。

慎之介の思いがけない登場のせいで社内がなんとなくざわついているなか、凛子はいつもどおりに業務をこなし、終業時刻を迎えた。

明日やることの確認を終えて、凛子はテキパキとデスクの上を片付けはじめる。仕事が残っていれば、残業は厭《いと》わない。けれど、今日中にやるべきことをすべてやり終えた今、一部社員のようにデスクに居座って無駄な時間を過ごすつもりなどなかった。

『──見てのとおり四角四面で融通が利かない対応ばかりする経理の──』

昼間黒木が言った言葉が、今になって小さな針となって凛子の胸をチクチクと突きさしてくる。

「超合金」と呼ばれるのは今にはじまったことではないし、今さらそれについてどうこう言うつもりはない。けれど、今日はすぐそばに新社長がいたのだ。そのことが、凛子にいつも以上に精神的ダメージを与えている。

（いくら「超合金」と言われていても、私だって生身の人間なんだからね）

今でこそ「超合金」と呼ばれることに慣れてしまっているけれど、はじめからそうだったわけではない。そんな言われ方をすれば傷つくし、自分のことを振り返ってみて、どこがどう悪いのか思い悩んだことだってあった。

けれど、仕事上譲れない部分があるし、生まれ持った性格はそう簡単に変わるものでもない。

結局それを甘んじて受け入れ、聞き流すことで凛子は自分のなかで折り合いをつけた。

気にならないと言えば嘘になるが、いちいちくよくよ考えてもはじまらないと思うようにはなっている。

それなのに、今日に限ってこんなに気落ちしているのは、やはり慎之介の立場と、彼と初対面であることが関係しているのだろう。

（さ、帰ろ帰ろ！）

忙しい新社長のことだ。凛子のことなど、もうとっくに記憶の隅に追いやられていることだろう。

だから、凛子もくよくよすることなどない。凛子は、意識して気持ちを切り替え、一人ロッカー室に向かった。

次の日の火曜日、凛子はいつもどおり目覚まし時計が鳴る前に目を覚ました。

凛子が今住んでいるのは、都内にある築十五年のワンルームマンションだ。

部屋は三階建ての最上階角部屋。大学進学と同時に引っ越してきたから、住み始めてもう十年になる。

最寄り駅から徒歩二十分とやや不便だが、すぐ近くには夜遅くまでやっている大型のスーパーマーケットがあるし、少し足を延ばせば緑豊かな公園だってある。

近隣は昔ながらの住宅街で治安もよく、マンションの隣に住む大家一家を含め、知り合いになった人も皆いい人ばかりだ。

通勤するにも便利で、ドアツードアで一時間もかからない。そんなわけで、特に転居をする理由もなく、凜子は同じ町に住み続けている。

唯一残念なのは、三カ月前に建ったタワーマンションのせいで多少日当たりが悪くなってしまったことだろうか。

洗濯物の乾きも若干悪くなった気がするし、それまで見えていた公園の桜も見えなくなってしまった。

凜子は朝食を食べながら、テレビで天気予報を確認する。今日は一日晴れるみたいだ。これなら、洗濯物も問題なく乾くだろう。

窓辺に置いたアイビーにたっぷりと水をやったあと、メイクを済ませ着替えをする。

「さて、と。出かけようかな」

ローヒールの靴を履き、駅に向かう。歩き出してすぐに出会ったのは、近所の一軒家に住むおばあさんだ。

「あら。岩田さん、おはよう」

「おはようございます。この間はおすそ分けありがとうございました」

会社では「超合金」と言われている凜子だけど、プライベートまでそうであるわけではない。長く住んでいる分、近所で顔見知りになり、交流するようになった人だっている。

凛子だって根っからの「超合金」ではないのだ。

だけど、持って生まれた性格のせいか、仕事のときに喜怒哀楽《きどあいらく》をはっきり出すことができない。

社会人としてもう少し柔軟な対応ができればと思ったりもするが、こればかりはどうしようもなかった。

駅に着き、改札を通りすぎて電車に乗る。

ラッシュ時の電車は、立ち位置を確保するのも難しい。どうにか車両端のつり革を掴むと同時に、ベルが鳴り電車が走り出した。

目前の風景に目をやりながら、凛子はなんとはなしに、自分のことを考えた。

友だちは多くない。けれど、長く付き合っている親友はいるし、交友関係で特別に悩むことなどなかった。

不器用な自分を、たまに面倒くさいと思うことはある。だけど、いつだって前向きでいようと心掛けているし、社会に対してなんら恥じることなく生きてきたことだけは確かだ。

電車を乗り継いで、会社の最寄り駅に到着した。

「白鷹紡績」の始業時刻は九時だが、凛子はそれよりも少し早めに出社している。経理部がある八階フロアは女性社員が多く、早い時間のほうがロッカー室が空《す》いているのだ。

凛子はいつもどおりの時間にフロアに下り立ち、ロッカー室のドアを開ける。その途端、むせかえるほどの香水の匂いが流れてきた。

(ん?)

日頃香水などつけない凛子にも、これが複数の香りが入りまじったものだということくらいはわかった。

見ると、普段ならもっと遅く来るはずの女性社員たちが、すでに着替えを済ませ、各自鏡に向かって化粧直しをしている。

(いったいなにごと?)

いぶかしく思いながらも、彼女らと挨拶《あいさつ》を交わし、自身のロッカーを開けた。着替えながら自然と耳に入ってくるのは、いつになく弾んでいる話し声だ。

「新社長って、まだ独身でしょ? 彼女とかいるのかな?」

「どうだろう、もしかして募集中だったりして? もしかしたら、もしかするかも~!一応頑張ってみてもいいよね~」

「だよね? せっかくだから気合い入れて仕事しようと思って、ちょっと早めに来ちゃった」

「え? やっぱそう? 私も~」

見ると、話し込んでいるのは全員独身の若い女性ばかりだ。

（なるほど、香りの原因は新社長か……）

凜子は一人そそくさと着替えを済ませ、ロッカー室を出た。

新しく来た社長が独身のイケメンとなると、女性社員のモチベーションも上がるということなのだろう。

凜子としては、正直彼のルックスなんてどうでもいい。大事なのは仕事ができるかどうか。さらに言えば、彼が経費精算のシステム化を許してくれるかどうかだ。

「白鷹紡績」では、経費の精算は例外を除き月に一度と決まっている。

毎月五日までに、かかった経費を項目をつけて申請書に記入してもらう。それを経理でまとめ、合計金額を給与と同時に振り込むのだ。

その作業は、かなり手間がかかる。なのに、いくら申請しても、経費精算のシステム化は進まない。

実は、経費精算が月に一度となったのは、榎本がどうにか上に根回しをして承認を得た唯一の成功事例だった。

凜子が入社した当初は、さまざまな経費が発生するたびに社員個々のタイミングで請求がなされていた。結果、経費精算ばかりに時間を取られ、ひどいときはそれだけで一日が終わってしまうことがあったくらいだ。

榎本の努力の甲斐《かい》あって、ずいぶん業務が簡素化した。しかし、やはり最終的には経費精算をシステム化して、さらなる効率化を図りたい。

そういった意味でトップ交代というのは、凛子にとってまたとないチャンスだった。

凛子は新たに書いた経費精算システム化に関する申請書を持って、榎本のデスクの前に立つ。

「部長、また電子化の申請をしてみようと思うのですが」

「ああ、例の経費精算の件かな？」

「はい、そうです」

凛子から渡された書類を受け取ると、榎本はそれに目を通しはじめた。

申請書を出すのはこれで五回目だ。しかし、今回用意したものは以前のものに比べてかなりブラッシュアップしてある。

新社長はアメリカ帰りである上に、年齢も若い。彼ならきっと、システム化することの意義を理解してくれることだろう。

システム化が叶えば、今現在やりたくても放置せざるをえなかった仕事に取りかかることができる。

たとえば、他部署と連携を取って必要な情報を共有し、それを分析して会社経営にかかわる有益な提案をする、などだ。

そもそも「経理」とは、「経営管理」の略である。つまり経理は、経営状況を正しく把握して、健全な企業運営を維持し向上させる部署なのだ。その気になれば会社トップと同じ目線で物事を考えたり、今後の方向性を見定めるのに役立つ経営資料を作ることだって可能なはず。ただ、今はそれをする時間がない。

そういった意味でも、一日でも早く経費精算のシステム化を実現させたいと思う。パターン化した仕事をするだけではなく、もう一歩先を目指したい。

申請が承認されれば、もっと会社の役に立つ経理部になることも可能だ。

「うん、わかった。さっそく上に出しておくよ」

榎本は顔を上げて凛子を見ると、申請書を「至急」と書いてあるトレイの上に載せた。

「今度こそ承認されるといいんだがなぁ」

そう呟く榎本の頭には、ここ最近白髪が目立ちはじめている。そのせいか、五十二歳という年齢よりも老けて見えた。時折りカバンから胃薬らしきものを出して飲んでいる様子も見られる。

部長職に就いている彼は、日頃上司として部下になにかと気を配ってくれている。

経費精算のシステム化に関しても、その重要性をきちんと理解し、実現するまで何度でも出してみようと言っている。けれど、出すたびに却下されているせいで、さすがにちょっと気弱になっているようだ。

これまで大きな失敗もなく勤めてきた凛子だけど、もし自分が「超合金」であることで彼にストレスを感じさせているとしたら……

そう考えると、部下として申し訳ない気持ちでいっぱいになる。二児の父親でもある榎本に、これ以上負担をかけたくない。

(今度こそ承認されますように!)

凛子は心の底からそう願うのだった。

次の日の朝、凛子はいつもより早くマンションを出た。

駅のホームは人影も少なく、電車の乗客も格段に少ない。座ることこそできないものの、車内は比較的空《す》いていた。

ラッシュ時とは違って、今のような時間帯の電車であれば、いくぶんゆったりとした気持ちで会社に向かうことができる。

会社に到着しロッカー室に入ると、案の定まだ誰も来ていなかった。

(やっぱり早く来てよかった)

仮にいつもどおりの時間に出社していたら、昨日同様、部屋に充満する香水の匂いと混雑は避けられなかっただろう。

イケメン新社長に色めき立つ気持ちはわからないでもない。おしゃれする女心だって一応は理解できるが、所詮自分には関係ないことだと思っている。

準備を終え、ロッカー室を出る。経理部は、エレベーターホールを横切った向こうだ。

凛子は、二基あるうちの手前のエレベーター前を通りかかる。ちょうどそのとき、ドアが開き、なかから男性が出てきた。

「おっと！」

男性とまともに体当たりしたような感じになり、バランスを崩してよろめく。

「あっ……」

倒れる――

そう思ったとき、素早く伸びてきた腕が凛子の背中を支えた。

「ごめん――大丈夫か？」

軽く抱きとめられたような姿勢になると同時に、お互いの顔がほんの数センチの距離にまで近づく。

（えっ、氷川社長⁉）

派手に転ぶのだけは避けることができた。けれど、まるで社交ダンスの決めポーズのような格好になっている。

（な、なにこれっ！）

支えてもらいながら体勢を整え、一歩下がってまっすぐに立つ。

「はい、大丈夫です。――氷川社長、おはようございます」

凜子はなんとか気を取り直し、軽く頭を下げて挨拶《あいさつ》した。慎之介が、にこやかな微笑みを浮かべる。

「おはよう、岩田凜子さん。君はいつも、こんなに早く出社するのかな？」

「いえ、普段は二十分ほど遅いです」

「今日はなにか用事でもあった？」

「特には……。少し余裕を持とうと思ったので」

さすがに本当の理由は言えない。しかし慎之介は、特に疑問を持たなかったようだ。

「ふぅん、そうか。前をよく見ずに歩き出して悪かったね」

慎之介が言うには、前の職場ではエレベーターを降りて左手に執務室があったらしい。

しかし、ここでいう左手には女性専用のロッカー室と、非常口のドアがあるだけだ。そもそも、社長室がある階ではない。

彼はそれに気づいたのか、ややバツが悪そうに肩をすくめている。フロアのボタンも、前の職場と間違って押してしまったのかもしれない。

「上に行かれますか？」

「ああ」

慎之介の返事を聞き、凜子はエレベーターの操作ボタンを押した。幸いすぐにドアが開き、凛子は慎之介が乗り込むまで、ボタンを押したままそこに控える。

「ありがとう」

閉まりかけたドアの向こうで、慎之介がこちらに向かって小さく手を振ってきた。まるで友だちに対するような親しげなそぶりに、凛子は心底面食らってしまう。

ドアが閉まり、エレベーターが上階に向かって動き出した。

凛子は、経理部に向かいながら、つい今しがたの慎之介とのやりとりを思い返す。

出会って二回目。しかも、天と地ほども立場が違う相手に気軽に手を振るだなんて。

イケメンである上に、あれほどフレンドリーであれば、社長でなくてもモテまくっているに違いない。

（そういえば、どうして私のフルネームを知っているの？）

一瞬疑問に思ったものの、おそらく興味本位で「超合金」の人事データを閲覧《えつらん》したかなにかだろう。

（……経費精算システム化の申請、承認してもらえるかな……）

一生懸命働いているつもりではいる。けれど、黒木との穏やかとは言えないやりとりを見られているので、性格面で難があると思われたかもしれない。

システム化については問題なくても、申請者が凛子であることを知り、二の足を踏まれたらどうしよう。

自分の性格が業務に支障をきたすことになるなら、今後は改善を考える必要がある。

そんなことを思いながら、凛子は慎之介を真似て小さく手を振ってみた。

(うわぁ、似合わない)

予想どおりの感想を抱かざるを得ない自分に、小さくため息を漏らす。凛子はスカートで掌《てのひら》をこすると、足早に経理部に向かった。

◇　◇　◇

「うーん……岩田凛子、か……」

穏やかな陽光が射《さ》し込む社長室で、氷川慎之介はパソコンの画面を眺めながら首をひねった。

そこには、凛子の写真付き人事データが表示されている。

第一印象は、悪くはない。

言っていることは正しいし、口調が硬すぎるきらいはあるものの凛とした態度は見ていてすがすがしいほどだった。

それに、今朝エレベーターホールでぶつかったときの行動にも好感が持てた。

多くの人が慎之介の生まれや容姿を理由に低姿勢な態度になるなか、彼女は常に冷静で、突然のハプニングにも動じる様子はなかった。少なくとも、外見上は――

「賞罰なし、評価履歴問題なし。TOEIC八五〇、簿記検定一級、二級ファイナンシャル・プランニング技能士――なるほど」

仕事をてきぱきとこなす、いかにも真面目な人材。人事考課は概《おおむ》ね高評価で、事務処理能力は極めて高い。

一方、性格に関しては、柔軟性・協調性に欠け、融通が利かない傾向にある、などなど書かれている。

「なるほど……だから『超合金』なのか？」

くるくるとペンを回していた指を休め、先ほど彼女を支えた左手を見る。

少なくとも、身体の感触は「超合金」のように硬くはなかった。むしろしなやかで柔らかかったように思う。

「『超合金』ねぇ……。でも、顔立ちは綺麗だ」

慎之介は記憶力がよく、一度見た人の顔は忘れない。

彼女がこちらを見る瞳はまっすぐで、美しい色合いをしていた。身長も自分と並ぶにはちょうどいい高さだ。

それに、ヘンに媚《こ》びたりするよりも不愛想なほうがいい。

慎之介に近づいてくる女性は、自分の魅力を最大限にアピールしようと躍起《やっき》になっている人ばかりだ。なかには、わざと気のないそぶりをして逆に気を引こうとする女性もいるが、そういう見え透《す》いたことをしても、すぐに魂胆《こんたん》がバレてしまう。だけど、岩田凛子の自分に対する態度は、明らかに今までの女性たちとは一線を画していた。

それにしても、彼女に対して妙にインパクトを感じるのはなぜだろう？

慎之介の左手の指が、凛子を支えたときに記憶した曲線を再現する。

少々アクロバティックな接触だったけれど、触れ合った瞬間に今までにない感覚を味わったのは確かだ。

（うーん……。俺の直感によると、彼女は『シロ』だ）

「シロ」とはつまり、犯人ではないということ。

慎之介は「白鷹紡績」の社長に就任するにあたり、同社の会計について独自に調査を進めていた。

きっかけは、今からひと月ほど前の、ある休日に聞いた話――

慎之介はその日、行きつけの飲食店で友人と食事を楽しんでいた。そして、彼から「白鷹紡績」社長就任に対する祝辞をもらっていたとき、たまたま隣に座っていた老人が驚いた顔で声をかけてきたのだ。

『いやぁ、こんなところで、もといた会社の新社長に会うとは思わなかったなぁ』

老人は、名前を九十九一郎《つくもいちろう》といった。

聞けば、彼は「白鷹紡績」を十年前に退職した元社員だという。

「白鷹紡績」は、北関東に自社製品を製造するための工場を所有している。従業員数はおよそ百五十名。工場運営は本社の製造開発部の管理下に置かれ、会計課は本社経理部と直結している。

九十九老人は過去四十年にわたりその工場に勤務しており、最終的には管理部長まで出世したところで定年を迎えた。

現在東京に住む娘夫婦と同居中の彼は、慎之介に、工場に関する昔話を面白おかしく語って聞かせた。九十九老人とすっかり意気投合した慎之介は、ぜひまた話が聞きたいと言って、彼と再会の約束までしたのだ。

その後、ふと思い立って、慎之介は彼の人事データを閲覧《えつらん》した。すると、驚いたことに九十九老人はまだ退職扱いになっておらず、今現在も工場役職者として在籍中になっていることが判明する。

不審に思った慎之介は、過去にさかのぼって、自社工場と本社「白鷹紡績」の退職者を閲覧《えつらん》した。その結果、九十九老人のほかに五名の退職者が、いまだ在籍扱いになっていることが明らかになったのだ。彼らはいずれも部長以上の役職についており、なかにはすでに亡くなっている人物さえいた。

（いったいどういうことだ？）

さらにおかしなことに、一日空けて再度データを見たときには、九十九老人を含む六名分の退職処理がきちんとなされていたのだ。

調べてみたところ、給与に関するデータが作られるタイミングで、この不審な処理がなされていることがわかった。

さらに調査をしてみたが、数字上、特に問題は発見できなかった。しかし、明らかになにかがおかしい。誰かが人事と給与データを改ざんして、不正に退職者の給与分を横領しているのではないか……

むろん、九十九老人をはじめとした退職者本人たちが、それを受け取っている事実はなかった。

いずれにせよ、これは間違いなく不正行為だ。

これらのデータは、工場の会計課と本社人事部がやりとりをしており、実際の給与支払処理は「白鷹紡績」経理部が取りまとめて行《おこな》っている。

つまり、「白鷹紡績」のどこかに、横領犯が潜《ひそ》んでいる可能性が高い。

本来ならば、すぐにでも「ＨＡＫＵＹＯＵ」上層部に報告すべきだが、仮にほかにも不正が行《おこな》われているとなると、安易に口外することははばかられた。

犯人は複数いるかもしれないし、上層部に横領犯の親玉がいないとも限らない。

慎之介は、就任早々経理に提出させた過去の書類とデータを閲覧《えつらん》し、工場の給与支払業務に携《たずさ》わっている社員をピックアップした。

そして、最終的に絞られたのは、役職者を含む四人の社員——工場の会計担当者と工場長、および「白鷹紡績」経理部長榎本と、給与関係の担当者である岩田凛子だ。

経理部の二人については、榎本が人事部とのデータのやり取りを受け持ち、岩田凛子が実際の振り込み処理を担当している。

慎之介は今一度、目前の画面を、まじまじと見つめた。

岩田凛子——およそ横領に手を染めるような人間には見えない。

自分の人を見る能力から判断すると、彼女は「シロ」。

しかし、当然外見だけで横領犯ではないと断定することはできない。

先日閲覧《えつらん》した経理書類にはこれといった不備はなく、いずれも適正な処理がなされていた。ことに「岩田」と印鑑が押された書類については、経理関係書類のお手本と言ってもいいほどの出来だった。

だが、横領は確かに行《おこな》われている。

自分が社長に就任したからには、そんな不正はぜったいに許さない。できる限り速やかに犯人を見つけ出し、真実を解明するつもりだ。

確実に追い詰め、ぜったいに逃がさない――

「さて、どうするかな……」

書類やデータ関連の調査を続行しながら、それとなく岩田凛子に接触してなんらかの情報を得るというのもひとつの手だ。

慎之介は、凛子の自宅住所に注目した。

「へえ、ご近所さんか」

見ると、彼女は自分が引っ越したばかりのマンションから歩いてすぐの場所に住んでいる。これもきっとなにかの縁だ。

「よし、少し近づいてみるか」

そう決めた慎之介は、まっすぐに前を見る凛子の写真に向かってにっこりと微笑みかけた。

◇◇◇

「村井《むらい》さん、工場からきた在庫管理のデータ入力、終わりましたか？」

週明けの月曜日、凛子は経理部で唯一の後輩である村井のほうに向きなおった。彼は今年入社したばかりの新人で、デスクは廊下側にあるカウンター式キャビネットのすぐ横――凛子の左隣だ。

「はい、午前中のうちにばっちり終わらせましたよ。共同ファイルのなかに保存してあります」

ひょろりとした体型をしている村井は、二十五歳という年相応の顔をしたイマドキの男子だ。人懐っこい性格をしていて、すでに社内に知り合いも多く、教育係である凛子にもはじめから臆《おく》することなく話しかけてくる。

「ありがとう。お疲れ様でした」

村井に一声かけると、凛子はパソコンに向きなおってそのデータを開く。そして、一目見ただけで数値がおかしいことに気づいた。

「村井さん。この数字、どこからもってきたんですか？」

凛子に言われ、村井がパソコンの画面を覗き込む。

「えっと……これですけど……あれ？　おかしいな……どこかから違う数字をもってきちゃったかな……」

にわかにあわてはじめた村井が、自分のデスクに戻りデータを調べはじめる。

「――あ、すみません！　桁《けた》が……いや、数字も間違って入力しちゃってますね」

中途採用の彼は、前にいた会社でも経理部に所属していたという。多少とはいえ一応実務経験者だということで採用されたようだが、前職では実質雑用ばかりやらされていたらしい。やる気は人一倍あるし、頼まれた仕事を処理するスピードは速い。しかし、いかんせんミスが多く、それを平然と提出してくるからちょっと困りものだ。

「入力を終えたあと、確認しなかったんですか？」

「しました！　二回確認しましたけど、確認漏れしちゃったみたいで……」

村井が大げさに肩をすくめ、ペコリと頭を下げた。

「じゃあ、今度から三回確認してください。村井さん、この間も同じようなミスをしましたよね」

「しましたよね～」

村井の間延びした声。

凛子は彼の目をまっすぐに見て口を開く。

「私は村井さんが入力してくれたデータをもとに、月次の決算資料を作成するんです。会議ではその資料を使って協議がなされ、今後の経営方針が決まります。村井さんが入力するデータは、それほど大事な数字だということを自覚していますか？」

「はい……いえ、自覚、足りていませんでした」

村井はがっくりとうなだれて、肩を落とす。

ちょうど榎本は離席中だが、主任たちは二人とも席についている。誰だって注意されているところを見られたくはないだろう。凛子はできるだけ声のトーンを落とした。そのせいか、一層抑揚《よくよう》のないしゃべり方になってしまう。

「あなたがミスをして、それがそのまま会議室の資料になれば、会社は多大な不利益を被《こうむ》ることになるかもしれません。一桁の間違いが、億単位の損失を生む可能性だってあるんです。そうなる前に誰かがチェックしてミスを見つけてくれる――そういう考え方をしていると、いつまで経っても一人前になれないと思います」

「はい……」

村井が蚊の鳴くような声で返事をした。

本当は、こんなこと言いたくない。一見軽そうにも見える村井だが、本当は真面目な性格であることもわかっている。けれど、迅速に仕事をこなせたとしても、ミスをしては意味がないのだ。

そのたびに凛子に余計な手間がかかるのは事実だし、教育係としてそれを改善する方向にもっていかなければならない。

正直今の彼には安心して仕事を任せられないし、いずれ村井自身が困ることになるだろう。だからこそ、今厳しく言って、一日も早くひとつの業務を担当できるよう成長してほしいと思うのだが……

「まぁまぁ、岩田さん。そのくらいにしておいたら？　村井君もわざと間違ったわけじゃないんだからさ。なっ？」

二人の背後から、突然男性主任の谷《たに》が口を挟む。彼は三十代後半の既婚者で、デスクの上に妻の写真を飾っているほどの愛妻家だ。

「え？　あ〜いえ、僕は……」

村井がキョトンとした顔で凛子と谷を見比べる。

「いいからいいから。村井君、ちょっと一服しにいこうか。岩田さん、彼を借りていいかな？」

「はい、どうぞ」

凛子の返事を聞くと、谷は村井の背中を押しながら休憩室のほうへ歩いていった。ちらりとこちらを振り返った村井が、眉尻を下げて申し訳なさそうな表情を浮かべている。

（そのくらいにしておいたら……か。やっぱり、ちょっと言いすぎたかな？）

二人のうしろ姿を見送った凛子は、心のなかでそう呟く。

凛子の父親は、国語教師ということもあってか、日頃からきちんとした話し方をする。母親もまたしかりで、そんな両親に育てられた凛子は、小さい頃から比較的乱れのない話し方をしていた。

それはそれでいいのだが、仕事をしているときの凛子の外見もあいまって、必要以上に硬く冷ややかに聞こえてしまうことがあるようだ。

決して意図的にそうしているつもりはないが、当人はものすごく怒られているように感じるのかもしれない。

（あれでも加減して言ったつもりだったんだけどな……）

次からは、もっと気をつけよう。

凛子はそう思い、データの間違いを修正した上で月次決算の書類作成に取りかかった。

「別に好きで教育係をしているわけじゃないのにね。ミスを指摘して注意するほうだって、大変なんだから」

凛子の前の席に座る園田が、独り言のようにそう呟いた。表立ったかばい方をするわけではないけれど、彼女はいつも何気なく凛子をフォローすることを言ってくれる。

「すみません」

凛子もまた、独り言のようにそう呟く。

自分がもっとうまく村井を導くことができたら。

経理にやってくる他部署社員に対しても、もっと上手な物言いができたら。

そう思うにつけ、申し訳ない気分になる。

「やぁね、岩田さんが謝ることないでしょ。……あ、社長だ」

園田が立ち上がろうとして、デスクに椅子をぶつけた。その拍子に、凛子のデスクから愛用のペンが転がり落ちる。

「え? 社長ってば、こっちに来る。まさか経理に用事があるの?」

焦る園田を尻目に、凜子は床に落ちたペンを拾おうとした。それは、凜子が就職したときに父親から贈られた大切な品だ。

少々あわててしまったせいか、拾おうとして一歩前に出たつま先でそれを蹴飛ばしてしまう。

(やだ、もうっ……)

床を滑るペンは、村井の椅子の下をくぐり滑っていく。このままだとキャビネットの角にぶつかる。

大切な贈り物に傷がついてしまう——

そう思ったとき、ふいに伸びてきた指先がペンを止めて、そのまま拾い上げた。

「あ」

顔を上げると見えたのは、口元に笑みを浮かべている慎之介だ。

凜子はすぐさま姿勢を正して、彼に向かって会釈《えしゃく》をした。

「お疲れ様です。社長、経理部になにかご用でしょうか」

凜子に問われ、慎之介が機嫌よく頷く。

「やあ、岩田さん。これは君の落とし物? もしかしてゲレネックの日本限定品かな?」

ゲレネックは東欧のメーカーで、文具や一部の電子機器を販売している。一流ではあるが日本でその名を知る人はごく一部だ。

そんなマニアックな――しかも、数ある商品のなかの数量限定の品を見分けるとは。

「はい、そうです。よくご存じですね」

普段用件以外のことを口にしない凜子だけど、このときばかりはついひと言付け加えてしまった。

「僕もここのペンを持っているんだ。ゲレネック社の製品は、どれも長く使えば使うほど指になじんで手放せなくなる。これはすごく綺麗なローズブラウンだね」

差し出されたペンを受け取ろうと、凜子は慎之介に近づく。

私物だから当然メンテナンスや替芯の購入は自分持ちだし、大切にしているがゆえに休日には自宅に持ち帰っているほどのものだ。

以前は同じメーカーの電卓も持っていたけれど、人とぶつかった際に落として壊してしまい、今は別のものを使っている。

「ありがとうございます」

ペンを受け取ろうとしたが、なぜか慎之介が指を離さない。怪訝《けげん》に思いペン先をもって軽く引っ張ってみるが、彼の指がそのままくっついてくる。

（え、なに？）

凜子の眉間《みけん》に、うっすらと縦皺《たてじわ》が浮かんだ。

どうして、手を離さないの？

ワザと？　それともただの意地悪？

いずれにせよ、なにが面白くてこんなおふざけをしかけてくるのだろうか。

「これが発売されたとき、ぜったいに手に入れようと心に決めていたんだ。だけど、あいにく出張が続いて買いそびれてしまってね」

さっきまで凛子に注がれていた慎之介の視線は、いつの間にかペンのほうに移っている。

「見る」というよりも完全に「愛《め》でる」感じだ。

（あ――もしかして、これを気に入ってしまったとか？）

そう思う気持ちは、十分理解できる。

しかも、今彼が手にしているものは、限定品ゆえにもうどこを探しても売っていないものだ。

「これは、私の父から贈られた就職祝いなんです」

（「譲ってくれ」と言われたらどうしよう）

そう思い、凛子はとっさに先手を打った。

ごく低い声で話しているから、周りには聞こえていないはずだ。

「そうか。なるほど……」

慎之介は、まだペンを離さない。

もしや、本当にこれを欲しがっている？

（ぜったいに無理！）

このペンは入社して以来、六年もの間苦楽をともにしてきた宝物だ。そもそも、彼ほどの地位と財力をもってすれば、どうにかして未使用品を手に入れられるのではないだろうか。

凛子が身じろぎもしないでいると、ふっ、という微《かす》かな笑い声とともに、慎之介の指がペンから離れた。

「心配しないで。大丈夫、君から大切なペンを取り上げるつもりはないよ」

はっとして顔を上げると同時に、じっと見つめられる。慎之介の口元に白い歯が零れた。完璧で非の打ちどころのない笑顔とは、こういうのを言うのだろう。

「これを就職祝いにするなんて、君のお父様は素晴らしい審美眼をお持ちだ。……いや、偉そうに聞こえたら失敬。……名前入りということは、特注なさったんだね」

「はい、そう聞いています」

「そうか。いいお父様だね」

目の下のなみだ袋の横に、綺麗な笑い皺がある。慎之介がペンに視線を戻したのをいいことに、凛子は彼の顔にまじまじと見入った。ふと気がつけば、周りからチラチラと窺うような視線を投げかけられている。

「拾っていただいて、ありがとうございます。おかげで傷がつかずに済みました」

ペンを受け取り、お礼を言う。慎之介の笑顔に、幾分名残惜しそうな表情が浮かんだように感じるのは、気のせいだろうか。

「どういたしまして。ちなみに、この次の年に出たシリーズ最新の電卓は知ってる？」

せっかく話が終わりそうになっていたのに、またしても新しい話題をふられてしまった。

本当は適当に答えて早く席に戻りたい。けれど、今彼が言及した電卓は、凛子にとってペン同様特別に思い入れのあるものだ。

「存じています。創業百年を記念して限定販売されたものですよね？」

「あたり」

やっぱり。

慎之介が言うゲレネック社の電卓――それは、凛子が就職して一年経った記念に、自分へのご褒美《ほうび》として思い切って買ったものだ。

普通の電卓であれば、高くてもせいぜい一万円以内で収まるだろう。けれど、ゲレネック社のそれは、特別多機能なものであり、なおかつ限定品であるために三万円を超えていた。

しかし、その大切な品を自宅に持ち帰る際に、人ごみのなかでそれをバッグごと落とし、踏みつけにされてしまったのだ。

「もしかして、持ってるとか？」

「去年まで仕事で使っていました。でも、落として、修理不可能なほど壊れてしまいました」

「そうか。じゃあ、今は違うものを使ってるの？」

「はい。新しく買おうにも、もう販売されていませんから」

やや丸みを帯《お》びたフォルムに、使い勝手が抜群のキーの配列。打ち込むときの音は静かだけど、押しているという感触ははっきりとしている。

それを使いはじめて以来、事務処理の速度が格段に上がった。

だから壊れたときは、かなりショックだったし、どこかに売っていないかと今でもたまにネットを検索したりしている。

しかし、いまだに見つからないし、おそらく、もう二度と手に入らないだろう。

ほかの製品が悪いというのではないが、いまだにゲレネック社の電卓を懐かしく思い出してしまう。

「それは残念だったね。——ところで、社長室にあったベンジャミンの件だけど、前社長が個人的に買い取りたいと言ってるんだ。その件で後日また業者から連絡が入ると思う」

行方不明になっていたレンタルグリーンは、やはり誤って前社長が自宅に持ち帰っていた。そして、お手伝いさんによって同家の温室で大切に育てられていたらしい。

「迷子のベンジャミンの捜索、思ったより手間がかかってしまった。申し訳なかったね。前社長が、迷惑をかけたって謝っていたよ」

話し終えると、慎之介は顔を上げて何気なくあたりを見回す。

その途端、それまで様子を窺っていたらしい社員たちが、いっせいに身じろぎをした。

「そうでしたか。承知いたしました」

凛子は軽く会釈《えしゃく》をして、その場を締めくくった。

「じゃあ、そういうことでよろしく」

慎之介は凛子に向かってにっこりと微笑むと、踵《きびす》を返して遠ざかっていった。ほかの部署に立ち寄る様子がないところを見ると、わざわざそのことを言うためにここへ来てくれたのだろう。

（内線一本で事足りるのに）

そうしなかったのは、前社長の謝罪を直接伝えるためだったのだろうか。

（結構、律儀な人なんだな……）

席に戻りながら、凛子は手渡されたペンをしっかりと握りしめた。心なしか、まだ慎之介のぬくもりが残っているような気がする。

「それにしても、かっこいいですよねぇ。僕も社長みたいに、歩くだけで女性の視線を独り占めしてみたいなぁ」

いつの間にか席に戻っていた村井が、感じ入ったような声を上げる。

女性のみならず男性まで魅了するとは――

彼がまとっている絶対的なオーラには、万人を惹《ひ》きつけるカリスマ性も含まれているみたいだ。

「ね、社長となにを話してたの？」

デスクに戻ると、園田が待ちかねたように話しかけてきた。

「前に社長室にあったレンタルグリーンの件です」

「うん、それは聞こえたけど、その件以外にもなにか話してたんじゃないの？」

園田がなおも食い下がる。凛子は持っていたペンを、彼女の目の高さにかざした。

「使っている文具について、少し聞かれていたんです」

「ふーん……。岩田さんとあれだけ話し込むなんて、社長っていろんな引き出しを持ってるのね。そりゃ、ロッカー室が化粧品臭くなるはずだわ」

園田がおどけたように肩をすくめる。彼女も、ロッカー室の変化に気づいていたらしい。

「今朝なんか、秘書課のお局《つぼね》主任まで新しい香水を買い込んだみたいで――」

園田曰《いわ》く、今朝のロッカー室も慎之介の話題で持ちきりだったという。

仮に彼女たちの一人が彼のハートを射止めたとしたら?

それこそ、絵に描いたようなシンデレラストーリーを実現させたことになるのだろう。

触らぬ神に祟《たた》りなし――

慎之介を巡る攻防については、そのひと言に尽きる。

とはいえ、もともと凛子には関係も興味もないことだ。今日は思いがけず一対一で話すことになったが、さすがにもう彼とかかわることなどないだろう。

凛子はスリープ状態になっていたパソコンを再起動させると、再び月次報告書の作成に取りかかった。


七月はじめの金曜日の朝。凛子はいつものように、駅に続く道を歩いていた。

大通りに出てまっすぐに進んでいると、うしろからやって来た白い車が凛子の少し前で速度を落とす。凛子が気にせずそのまま横を通りすぎようとしたとき、車が停車し、助手席側の窓が開いた。そして、奥の運転席から身を乗り出すようにして、男性が顔をのぞかせた。

「岩田さん、おはよう」

「あ……社長、おはようございます」

少なからず驚き、凛子は足を止める。

「住まいはこの近く？　だったら僕とご近所さんだ。よかったら、会社まで乗せて行こうか？」

いきなりそんなことを言われ、凛子は反射的に首を横に振った。

「いえ、途中寄るところがありますから、私は電車で」

途中、昼食用にパンを買っていく予定だから、嘘は言っていない。まあ、たとえ用事なんかなくても、一社員である自分が社長の車で出勤などできるはずがなかった。

「そうか。ところで、傘は持ってる？　もうじき降り出しそうだよ」

「はい、折り畳み傘がバッグに――」

無意識に手を伸ばしたバッグのなかに、あるはずの傘がないことに気づく。

そういえば、今朝出がけに傘を準備したのはいいが、テーブルの上に置いたまま忘れてきてしまった。

（もう、私ったら間抜け……！）

凛子が口をつぐんだのを見た慎之介が、助手席のうしろに手を伸ばす。

「傘、ないんだったらこれを持っていくといい。ここで降らなくても、途中で降り出すと思うから」

慎之介の手には、黒い折り畳み傘が握られていた。会社の最寄り駅から社屋までの道のりには、雨を避けられるようなものがなにひとつない。せっかくだし、ここは大人しく借りておいたほうがいいだろう。

「すみません、お借りします」

「うん、返すのはいつでもいいから。――じゃあ、気をつけて」

車が走り去り、凛子は再び駅に向かって歩き出す。慎之介が言ったとおり、電車に乗っている間に雨が降り出し、改札を出た頃には結構な土砂降《どしゃぶ》りになっていた。

(傘を借りておいてよかった。それにしても、社長がご近所って……。いったい、どこに住んでいるんだろう?)

あのあたりは、割と庶民的な地域だ。もしかすると、新しくできたタワーマンションだろうか。

会社に到着して、まだ誰もいないロッカー室で着替えを済ませた。

濡れた傘は丁寧に水気を拭き取り、デスク横にぶら下げて乾燥させる。返すのはいつでもいいと言われたけれど、借りっぱなしはどうにも落ち着かない。

見るからに高級そうで、シャフト部分にいかつい獅子《しし》のロゴが彫り込んである。

(きっと外国のブランド品だよね。やっぱり、早く返そう)

その日は、取引先への請求書を作成し、来週予定されている役員会に提出する書類作りをした。その合間に、イレギュラーな経費精算をこなす。

今日やってきたのは、繊維第二部のアルバイト社員だ。

持ち込まれたのは交際費の精算書だが、添付されている手書きの領収書には「お品代」と書いてあるのみで、詳細がまるでわからない。これでは、次回の内部監査で問題になる可能性がある。

「詳細がわかるようであれば、次回からは領収書ではなくてレシートの添付をお願いします」

「え？　レシートでいいんですか？」

アルバイト社員は、わかりましたと言って帰っていった。

品目や単価が曖昧《あいまい》な手書きの領収書よりも、詳細が印字されているレシートのほうが証拠能力が高い。そもそもレシートでも経費精算は可能だし、問い合わせの手間を考えれば、むしろそちらを推奨《すいしょう》したいくらいだ。

経理処理については、規程を交えて根気よく話せば、たいていの人はきちんと理解してくれる。

しかし、黒木のようにいちいち突っかかってくる人はいるし、人事異動の時期は問い合わせの件数が各段に増える。

本社勤務であれば直接会って話もできるが、工場の精算分だとそうもいかない。電話をかけて根気よく説明するものの、やはりそれなりの時間がかかってしまう。

『さすが「超合金」だって言われるだけはあるなぁ』

工場に電話をかけた際、顔を合わせたこともない社員からそう言われたときには、受話器を持つ手が小刻みに震えた。

(「超合金」……そう言われても仕方ないけど……)

ただでさえ冷たく聞こえる声は、受話器を通すと余計冷ややかなものになるらしい。凛子自身、それは自覚している。だから気をつけようとは思うものの、電話だとどうしても口調が硬くなるのだ。それに、話すテンポが合わず、畳みかけるような言い方になってしまいがちだ。

本社のみならず、工場にまで轟《とどろ》いている凛子の「超合金」っぷり——

(それにくらべて、社長は——)

凛子の頭のなかに、昨日見た慎之介の顔が思い浮かぶ。

あの若さで、あの落ち着き。遥か上の年齢の部下を従えてもまるで違和感がないと同時に、どこか親しみと安心感を与える風貌。

それもこれも、育ちのいいイケメン御曹司だから成せる業《わざ》なのだろうか？

だとしたら、庶民育ちで取り立てて美人でもない凛子には、到底真似できることではない。

(いるんだなぁ、ああいうなにもかもが特別な人って)

気持ちを切り替えて、午後も引き続き役員会議用の資料を作成する。

「岩田さん、悪いけどこの書類、社長室に置いてきてくれる?」

榎本にそう頼まれたのは、一時間ほど残業をしたあとのことだ。快く応じて、過去の経理書類を手に十三階に向かう。

『たぶん、今社長はいないと思う』

そう聞かされていたから、別段身構えることもなく非常階段を上り、社長室のあるフロアに着いた。もう直接かかわることはないと思っていたのに、なんだかんだとこうして接点があるのは、社長自身の経理に対する関心の表れなのだろうか。

(だとしたら、経費精算システム電子化の件も、今度こそ承認が下りるかも)

そう思うと、足取りも軽くなるというものだ。

廊下一番奥の社長室は、入り口ドアがある壁が全面ガラス張りになっている。

(あれ?　まだ在室中だ)

部屋の窓際に立つ慎之介が、こちらに背を向けて電話しているのが見えた。

もれ聞こえてくる言葉は、英語だ。内容からして、通話先は海外の取引先だろう。しかも、口調から判断するに、あまり喜ばしくない内容みたいだ。

(どうしよう。一度引き返したほうがいいかも……)

凛子が、そっと踵《きびす》を返そうとしたとき、慎之介がふいにドアのほうに向き直った。即座にぴったりと視線が合う。

慎之介との距離は、およそ五メートル。ガラス越しで、かつそれだけ離れているのに、彼が自分を見る目力の強さに思わず息が止まる。

そこには、いつも見せている穏やかな笑顔はなかった。そればかりか、怖いくらい真剣な表情を浮かべている。

（あれが社長？　雰囲気がまるで違う……）

間違いなく同一人物だし、端整な顔であることにも変わりはない。しかし、浮かんでいる表情や印象が、別人級に違っている。

視線を合わせたまま話す慎之介の眉間《みけん》に、深い皺が刻まれている。聞いたこともない単語と低いトーンの声に、自然と身体がこわばっていく。

凛子が見つめるなか、彼が再び凛子に背を向けて、なにごとかメモを書きはじめる。

そのまま立ち尽くしていると、ほどなくして突然電話が終わった。

「ごめん、入って」

振り返った慎之介が自らドアを開け声をかけたことで、凛子は、はっと我に返った。

改めて慎之介の顔を見ると、そこにはいつもどおりの穏やかな微笑みが浮かんでいる。

「失礼します」

とっさに一歩踏み出した足が、微妙に横にずれた。よろめきそうになるのを、なんとか踏みとどまる。

らしくない――

会社では常に「超合金」である自分が、視線が合っただけで動揺するだなんて。

今までこんなふうになったことなどなかったのに……

「榎本部長から書類を預かってきました」

凛子は努めて平静を装《よそお》いながら、慎之介の前に立った。差し出された手に書類を渡し、一歩うしろに下がる。

「わざわざありがとう。今日はもう帰るのかな？」

間近で見る慎之介の顔が、一段と華やかな笑顔になる。さっき見た別人のような顔が嘘みたいだ。

「はい」

短く返事をして、ドアのほうに向かおうとした。その背中を、やけに親し気な彼の声が追いかけてくる。

「よかったら、このあと食事でもどう？」

「は？」

思いもよらない台詞《せりふ》が聞こえ、凛子は思わず声を上げた。

食事？……なんで食事？

意味がわからない。どうして社長ともあろう人が、たまたま書類を持ってきた平社員を食事に誘ったりするのか。

凛子は忙しく頭を働かせる。

冗談？もしくは、社交辞令？

いずれにせよ、言われたことをそっくりそのまま真に受けるほど若くもなければ、能天気でもない。

「ありがとうございます。あいにく、このあと友人と待ち合わせをしておりますので」

「そうか。それは残念。じゃあ、また次の機会にでも」

「はい、では失礼します」

一礼して、今度こそ退室する。エレベーターホールを通りすぎ、非常口のドアを開けた。

案の定誰もいない。

凛子は、階段を下りながら、たった今起きた出来事を振り返った。

どう考えても本気の発言だとは思えない。

そうとわかっているのに、どうしてこんなにも胸が騒ぐのだろう？

いつもの笑顔と、さっき見た険しい表情のギャップのせい？

それとも、入社して以来はじめて男性から食事に誘われたせいだろうか。

（やだ……馬鹿みたい）

凛子は自分で自分を笑った。

らしくないにもほどがある。だけど、慎之介のせいでいつになく動揺しているのは確かだった。

八階に到着して、席に戻る前に洗面所に立ち寄る。

（しっかりしてよ、凛子。どうしちゃったの？　ほんと、らしくない……。らしくなさすぎるでしょ）

終業後の化粧室は、シンと静まり返っている。周りには誰もいない。

凛子は鏡に映る自分を見つめながら、あきれたように小さくため息を吐《つ》いた。

「あ、理沙《りさ》？　今終わった」

着替えを済ませビルを出た凛子は、足早に駅に向かった。

歩きながら電話をかけた相手は、今夜会う約束をしていた幼馴染《おさななじみ》だ。幼稚園に入る前からの付き合いで、同じ高校を卒業したのち、それぞれ都内にある別の大学に進学し、就職した。

理沙はその後社内恋愛の末に結婚。退職して、今は五歳の女の子の母親になっている。

現在実家の薬局を手伝っている彼女とは、今でも定期的に会って長々と語り合う仲だ。

『了解。急がなくていいからね。あわてると、あんたまた転んじゃうでしょ』

電話の向こうから、理沙の笑い声が聞こえる。

常に冷静に見える凜子だけど、実は結構おっちょこちょいだ。時折りなんでもないところで躓《つまず》いたり、目の前の障害物に気づかずに、ぶつかりそうになったりする。

数字に関しては一円の誤差も見逃さない自信はあるが、行動に関していえば割と抜けているところがあるのだ。

そう――たとえば、拾おうとしたペンを蹴飛ばしてさらに遠くに追いやってしまったりとか……

もっとも、社内で凜子のそんな一面を知る者は誰もいない。

仕事中に無駄なドジだけは踏むまい――そんなふうに常に気を張っているのも、凜子が「超合金」と呼ばれる理由のひとつかもしれない。

「うん、わかった。でも、なるべく早く行くね」

電話を終え、やってきた電車に乗る。窓の外を眺めながら、凜子は日中あったことをあれこれと思い出していた。

（あ～あ……今日も結構いろいろとやりあっちゃったなぁ……）

毎日のこととはいえ、他部署社員との攻防は、凜子にとって結構なストレスになっている。

　むろん、感情が外に出にくい質《たち》の凛子だから、周りは誰もそれに気づいていないだろう。

　凛子は持って生まれた性格のせいもあってか、自分の感情をあまり外に出したくないと常日頃から思っている。会社では特にそうだ。けれどそのせいで、余計ストレスを感じているのかもしれない。

　ストレスを呼び込んでいるのは自分自身。

「超合金」と呼ばれるようになってからは、むしろ自分からそれに寄せていっているような気さえする。

（あ〜、なんだか頭がごちゃごちゃになってる……）

　きっと、あまりにもいろいろなことがいっぺんに起こったせいだ。

　こういうときに本当に親しい友だちに会えるタイミングの良さを、心からありがたいと思う。

「凛子！　ここ、ここ！」

　待ち合わせた居酒屋は、二人がまだ学生だった頃から通っているチェーン店のひとつだ。下町の繁華街という土地柄のせいか、店内はいろいろな世代の客でいつも賑《にぎ》わっている。

「お待たせ！」

「お疲れ様〜。まずはビールで乾杯する？　すみませーん！　ここ、ジョッキ生ふたつ！」

理沙が大声で叫ぶと、顔なじみの店員が復唱してそれに応える。

「うち、今旦那が出張なの。今夜は実家に泊まりだし両親が子守を引き受けてくれたから、ゆっくり飲めるよ」

「そっか。よかった」

ジョッキを合わせ運ばれてきた料理を摘《つ》まみながら、互いの近況について話しはじめた。

周りが結構なボリュームで話しているから、少しくらい大きな声を出してもほかに聞こえる心配はない。

凜子は主に会社で繰り広げられる日々の攻防について話し、理沙は子育てや近所付き合いについて愚痴《ぐち》を零す。

話す内容は全く違っているけれど、不思議とお互いにいくらでも耳を傾けていられる。

「ね、また遊びに行っていい？　桃花《ももか》が凜子に会いたがってるんだ〜」

桃花は名前のとおり、桃の花のようにふっくらと可愛らしい、理沙の一人娘だ。

「いいよ。なんなら、明日か明後日《あさって》にでも」

理沙の実家である薬局の休みは、土日祝日だ。一方、彼女の夫の休みは不定期で、土日は出勤日であることが多い。

「ほんと？　じゃあ急だけど明日お邪魔させてもらおうかな。うちの旦那、ちょうど飲み会で遅いのよね」

「いいよ。どうせなら、午前中からおいでよ。お天気もよさそうだし、昼はお弁当にして近くの公園でピクニックでもしようか。私、用意するよ」

恋人がいない凛子だから、土日はほぼ一人だ。理沙のほかにも何人か友だちはいるけれど、それぞれ忙しくてなかなか会う機会がない。気がつけば、会わなくなってもう半年以上経っている。

「いいね！　じゃあ、お言葉に甘えてそうしようかな」

家庭的なところなどないと見られがちだが、料理するのは嫌いではない。ずっと自炊しているから、ひととおりのことはできる。実家では、料理上手の母親からいろいろなレシピのレクチャーも受けていた。ただ、一人暮らしの気軽さもあって、普段手の込んだ料理を作ることは滅多にない。

「ふふっ、いつものことだけど、凛子って子供の話になると、急に表情が豊かになるよね」

理沙がそう言って笑う。

「そうかなぁ……。自分では特に意識してないんだけどな」

「うん、わかるよ。凜子って、いつもそんな感じだもんね」

「そんな感じ」というのは、相手によって自然と対応が変わるということ。

凜子は意外にも、無類の子供好きだ。

そして同時に、ことのほか子供たちに懐かれる。

理由はよくわからない。会社では「超合金」なんて呼ばれているのに、なぜか本当に好かれるのだ。

思えば、子供の頃から、自分より小さい子たちには慕《した》われていた。

それは今も変わっていない。

別に好かれようとしているわけじゃないのに、たまたま居合わせた子供に急に話しかけられたりすることがしょっちゅうある。通りすがりの迷子は躊躇《ちゅうちょ》なく凜子を頼ってくるし、エレベーターで居合わせた赤ちゃんは、凜子と目が合うと嬉しそうに笑う。

「意識してないからこそじゃない？　あんたって昔から同級生や大人相手だと、無意識に身構えちゃってるもんね」

幼稚園に入る前から仲が良かった理沙は、凜子が無遠慮な大人たちにどんな言われ方をしていたかも承知している。

「でも、自分より小さい子に対しては、ぜんぜんそんなことないでしょ？　ちゃんと一人一人の目を見て話してるし、そこらにいる幼稚園の先生より扱いがうまいと思うよ。扱いっていうか、きちんと向き合ってるって感じがする。だからこそ子供にも好かれるんだと思うな」

母親ならではの意見に、凛子も素直に頷いて微笑みを浮かべた。

「ふふっ、ありがとう。そんなふうに言ってくれるの、理沙くらいなもんだよ」

「ふふん。伊達に長く親友やってないもん。それに、よく見ればちゃんと大人相手でも表情はあるんだから。それはそうと……ね、誰かよさそうな人いないの？　私みたいに、凛子のち～っさな表情の変化も見逃さないような、凛子のことを常に気にかけて大好きでいてくれる人」

「そんな人がいたら、こんなところで理沙と飲んでいると思う？」

「思わない」

「でしょ？」

どちらともなく、ぷっと噴き出して、肩をすくめる。

こうして自虐的な笑いを共有できるのも、それだけ理沙のことを信頼しているからこそだ。

「ねぇ、本当に誰かいないの？」

「そんなこと言われても、いないものはいないよ」

自宅と職場を行き来するだけの今、出会いなんて望めない。

「でもさ、このままずっとパートナーがいなくていいなんて思ってないでしょ？　だとしたら、常にアンテナは張っておかないとだよ」

「うん、そうなんだけどね……」

理沙には「今は仕事」で、恋愛は念頭に置いていないことを話してある。彼女がそれを知った上で、なおも心配してくれていることも、わかっている。

けれど正直言って、もうどうやって恋愛をはじめたらいいのかわからないのだ。

あまりにも長い間恋愛から遠ざかっているし、そもそも心がときめくような感情というのが凜子には今ひとつ理解できなかった。

「会社にも男性はいっぱいいるでしょ？　たまにはイケメンチェックして、目の保養でもしたら？」

「イケメンねぇ……あ、イケメンといえば――」

「え？　なに？　誰かいるの？」

「うん。今度新しく来た社長が、ものすごくイケメンなのよね」

「マジで？」

新社長が若い独身男だと聞いて、理沙が身を乗り出してきた。予想以上の食いつきをみせる理沙に、凜子はなんの気なしにこれまでの出来事について話した。

「へえ！　いいじゃな〜い！　それってひとつのきっかけだし、立派な出会いじゃない？　この際、頑張ってみたら？　玉の輿《こし》とかシンデレラストーリーとか！」

勢い込む理沙に、凜子はあわてて首を横に振った。

「は？　ないよ、そんなの。私、別に面食いじゃないし、玉の輿《こし》も狙ってないし。そもそも、ぜったいに無理！　あれだけ高倍率の争奪戦に参加するとか、考えただけでも恐ろしいよ」

凜子は慎之介が筋金入りの御曹司であることと、香水が充満する会社のロッカー室の現状を伝えた。

「ふぅん、独身の女性社員のほぼ全員がライバルってことか……。でも、今聞いた話からすると、凜子ったら何気にほかの玉の輿《こし》候補から一歩リードしてるじゃない！」

「だから、そんなんじゃないって！」

強く否定しているのに、理沙は一人にやにやと含み笑いをし続けている。

「そう？　私はいいと思うけどなぁ。それに、凜子がここまで男の人について話すこと自体めずらしいよ。隠さなくていいから。ほら、言いなさいよ。実は新社長にトキメキ感じちゃってますって」

「な、ないない！　ぜ〜ったいにないから！　——あ、すみません。追加オーダーお願いしま〜す」

この話はこれで終わり。

そう言わんばかりに、凛子は通りすがりの店員を呼びとめてビールを注文した。理沙はまだ話したりない様子で、首をひねっている。

借してくれた折り畳み傘、限定品のボールペン。

それに続いて、自分に向けられた慎之介の笑顔が、頭のなかに浮かぶ。

素敵なのはわかる。だけど、あの人ははじめから恋愛対象にはなりえない人だ。たとえるなら、幼稚園児が簿記検定一級に合格するくらいありえない。

(どう転んでも無理!)

今後、もし仮に彼にトキメキを感じたとしても、その先に未来なんか待っていない。

凛子にとって慎之介は、まるで別世界の人間であり、すれ違う以前に、大きく迂回《うかい》して通りすぎるべき男性だった。


翌日の、土曜日。

凛子は約束どおり昼前からやってきた理沙母娘とともに、近所の公園に出かけた。

そこは、小さな子供が走り回るのにちょうどいい広場と、ブランコや鉄棒などの遊具がある、子供用の場所だ。端にはピクニック用のテーブルがあり、その上はツタが絡む屋根になっている。

「じゃ、ちょっと行ってくるね。桃ちゃん、いい子にしててよ。凜子、ごめん。よろしくね」

部屋に忘れ物をした理沙が、砂遊びをしている桃花に手を振って公園を出ていった。

それからしばらくの間一人で遊んでいた桃花だったが、ほどなくして居合わせた女の子たちと鬼ごっこをはじめた。元気に走り回る姿を目で追っているうち、桃花がほかの子とぶつかるのを避けようとして転んだ。

「桃花ちゃん、大丈夫？」

ほかの子供たちが、いっせいに桃花に駆け寄る。続いて凜子がそばに行こうとしたとき、桃花が勢いよく立ち上がって「平気だよ！」と言って笑った。

（おっ、偉いぞ、桃花ちゃん！）

凜子は心のなかで桃花を褒《ほ》め、一歩踏み出していた足を止めた。桃花の笑顔を見る凜子の顔にも、自然と微笑みが浮かぶ。

しばらくして、一人の女の子が帰ったのをきっかけに、桃花も鬼ごっこをやめて凜子のところへ走ってきた。

「桃花ちゃん、転んでも泣かなかったね。偉かったよ、脚は大丈夫だった？」

しゃがみ込んだ凜子に身を寄せた桃花が、得意げな顔で頷く。

「うん！　……でもね、本当はちょっと痛かったんだ～」

桃花が指を差した場所を見てみると、すりむいてはいないものの、少しだけ皮膚が赤くなっていた。

「まだ痛い？『痛いの痛いの飛んでいけ～』しようか？」

「する！　凛子ちゃん、う～んと遠くまで飛ばしちゃってね！」

桃花が小さな手を振り回しながら、くるりと一回転をした。

「よしっ！　じゃ、いくよ～。せ～の『痛いの痛いの、あの高～いマンションの向こうまで飛んでいけ～！』」

ぶん、と大きく振った腕がなにかに強く当たった。

驚いて振り返った先に、人影が見える。逆光になっていてわかりづらいが、そこに立っているのはどう見ても氷川慎之介だ。

凛子と一瞬だけ視線を合わせた慎之介だったが、すぐに胸元を押さえてゴホゴホと咳《せ》き込みはじめる。

「あっ……えっ!?　社長!?　だ、大丈夫ですか？」

凛子は、あわてて立ち上がる。

どうやら振り上げた手が、彼の胸板を直撃したみたいだ。

慎之介は頷きながら、身体を緩《ゆる》く折って小さく咳をしている。

「しゃ、社長……」

会社ならいざ知らず、ここは休日の公園だ。脳味噌がオフになってしまっているのか、凛子はどうしていいかわからず、おろおろとその場に立ちすくんだ。

「凛子ちゃん、この人どうしたの？　どこか痛いなら、桃花が『痛いの痛いの飛んでいけ』しようか？」

桃花が不思議そうな顔をして二人の間に割って入る。そして、慎之介の顔を下から覗き込むと、目を大きく見開いて、すぐにケラケラと笑い出した。

「も、桃花ちゃん？」

いったいなにがそんなにおかしいのだろう？　凛子は不思議に思い、桃花の顔を覗きこんで首を傾げた。

「ねえ、凛子ちゃん、この人笑ってるよ」

「えっ？　笑ってるって——」

それって、どういうこと？

ますますわけがわからないでいると、痛みを耐え忍んでいるはずの慎之介の肩が小さく揺れているのに気づいた。

「くくっ……」

「あ、ほら！　笑ったでしょ？　桃花、みーちゃった！　凛子ちゃん、この人痛いふりして笑ってるよ！」

桃花に指摘されて、慎之介がおもむろに身体を起こした。そして、その場にしゃがみ込んで、微笑みながら桃花と目を合わせる。

「バレたか。でも、最初に呟《せ》き込んだのは本当だよ。凛子ちゃんの裏拳《うらけん》、すごい威力だったからね」

（裏拳《うらけん》って！　っていうか、凛子ちゃんってなに!?）

いきなり下の名前を「ちゃん」付けで呼ばれて、凛子は少なからず動揺した。

どうしよう。呼び方の件はさておき、わざとではないとはいえ、勤務先の社長に裏拳《うらけん》を食らわせてしまうなんて。

でも、どうしてここに社長が？

近所だと言っていたから、たまたま通りかかった？　そうだとしても、通り抜けもできない公園に何の用があるというのだろうか。

不自然なことばかりで、頭のなかはクエスチョンマークだらけだ。

それにしても、オフィス以外の場所で会社の人と顔を合わせる気まずさといったら……。

いいかげんいたたまれなくなった凛子は、どうにかこの場に収拾をつけようと声を上げた。

「あの、社長。お怪我はありませんか？　本当に申し訳ありませんでした」

凛子が努めて冷静に話しかけると、慎之介と桃花が同時に上を向いた。二人とも笑顔で、同じくらい瞳がキラキラと輝いている。

（えっ……？）

慎之介に見つめられて、凛子の心臓がドクンと跳ねた。

瞳の輝きは、たぶん太陽の光の加減かなにかだ。

だとしても、今の胸の高鳴りはなんだろう？

これまでも何度か目にしてきた彼の笑顔が、今日に限ってやけに胸の奥に染みる。

「いや、こちらこそ申し訳ない」

慎之介は、公園の横にあるスポーツクラブに行こうとしていたらしい。そして、凛子を見かけて声をかけようと近づいたのだ、と。

「そうでしたか」

「うん」

にっこりと笑うその様子が、まるで少年のようだ。

そして、たぶん結構な子供好きだ。そうでなければ、わざわざ近づいて声をかけようなんて思わないだろう。

「ねぇねぇ、凛子ちゃん。この人って〝しゃちょお〟って名前なの？」

桃花に話しかけられ、凛子は小さく首を振った。

「ううん、違うよ。社長っていうのはね――」

凛子は桃花のそばにしゃがみ込み、「社長」という役職についてわかりやすく説明した。そして、彼の名前が氷川であることを教える。

「ふぅん、社長のひかわさんなの？　……ひかわなに君なの？」

桃花が慎之介のほうを見て質問する。

「僕の名前は、氷川慎之介だよ。はじめまして、桃花ちゃん。どうぞよろしく」

慎之介が桃花に向きなおり、ペコリと頭を下げる。

「うん、よろしくね。しんのすけ君」

三人で公園でしゃがみ込んで挨拶《あいさつ》をするという、おかしな状況になっている。

動揺しつつ凛子が見守るなか、二人は早々に打ち解けて楽しそうにおしゃべりをはじめた。

「あのね、今日はここで凛子ちゃんが作ったお弁当を食べるの。凛子ちゃん、お料理が上手だから、なにを食べてもすっごくおいしいんだよ」

「へえ、それは楽しそうだね。桃花ちゃんは、凛子ちゃんとは親戚なのかな？」

慎之介が、チラリと凛子を見る。いつにも増して穏やかな笑顔に、凛子はますます落ち着かない気分になる。

「ううん、親戚じゃないよ。凛子ちゃんはママの親友なの。桃花が生まれるずっと前からそうなんだって。だから、私とも親友なんだよ！　すご～く仲良しなの。いいでしょう？」

　桃花が自慢げに胸を反らす。

「そうか、いいなぁ。僕も凛子ちゃんと親友になれないかな？」

　慎之介に問われ、桃花は思案顔で腕を組んだ。

「う～ん、今すぐには無理なんじゃないかなぁ？　もっと仲良くなって、私とママみたいに一緒にお出かけしたりお泊まりができるようにならないとね。あ、そうだ。凛子ちゃんって、タカヤス丸チョコボンボンが好きだから、買ってあげるとすっごく喜ぶと思うよ」

「ちょ……ちょっと、桃花ちゃん……」

　タカヤス丸チョコボンボンとは、丸いチョコレートが白いプラスチックの棒に刺さっている、ひとつ二十円の駄菓子だ。昔は近所のスーパーでも売っていたのに、最近ではまったく見かけなくなっていた。以前、理沙とそんな話で盛り上がっていたのを、桃花はちゃんと憶えていたらしい。

「なるほど、いいことを聞いたな。じゃあ、僕も凛子ちゃんと親友になれるように、いろいろと頑張ってみようかな。桃花ちゃんも応援してくれる？」

（ええっ⁉）

二人の会話を耳にしながら、凛子はひそかにあわてふためく。

「いいよ！　しんのすけ君いい人だから、桃花、一生懸命応援する！　じゃあ……はい、約束！」

桃花が慎之介に向かって右の小指を突き出す。

「うん、約束」

慎之介が桃花と小指を絡めた。そして、いかにも嬉しそうな微笑みを浮かべながら、桃花とともに指切りげんまんの歌を歌いはじめる。

「じゃあ、凛子ちゃん。桃花、凛子ちゃんのことも応援するから、頑張ってしんのすけ君と仲良くしてあげてね」

指切りを終えた桃花が、凛子の顔を見上げた。

「えっ？　あ……うん、そうだね」

いきがかり上同意したものの、いったいなにをどう頑張ればいいのか。

というか、いったいいつの間にこんな話になってしまったのだろう？

なんだか、すごくヘンな感じだ。

さっきから妙に胸がドキドキするし、ものすごくそわそわして落ち着かない。

まさかこんなところで社長に会うなんて思ってもみなかったから、完全に調子が狂っている。

凛子はなんとか落ち着こうと、今さらのように慎之介の服装に注目した。

紺色のTシャツに白いコットンパンツ。シンプルなのに、とてもおしゃれだ。髪の毛はいつもよりラフな感じ。半袖から見える二の腕は驚くほど筋肉質で、引き締まっている。

（すごい……）

スーツを脱いだ今の彼は、社長というより正真正銘のモデルみたいだ。しかも、ただスタイルがいいだけではなく、どこをとってもまるでアスリートのように引き締まった身体つきをしている。

凛子がそんなことを考えていると、桃花の向こう側にしゃがみ込んでいた慎之介が、勢いよく立ち上がった。つられて凛子も立ち上がると、桃花がはしゃいだ声を上げてピョンピョンとジャンプをする。

「さて、そろそろ退散するかな」

慎之介と視線が合い、凛子はその場でかしこまって軽く頭を下げた。

「あの、社長。先日の傘、お借りしたままになっていて申し訳ありません」

傘は、もうすでにきちんと干して、会社のロッカーに保管してある。そのことを告げると、慎之介は改めて口元に微笑みを浮かべた。

「ああ、あれか。いいよ、そのまましばらく持っていてくれる？　なんなら、自宅に持ち帰ってもいいよ。どのみち、会社ではなかなか返しにくいだろうしね」

言われてみれば、そうだ。

一般社員の凛子が、仕事以外の用事で社長室を訪ねるなんてことができるはずもなかった。けれど、自宅に持ち帰ったところで、いったいどうやって返せばいいのか見当もつかないのだが……

「はい、承知しました。では、自宅に持ち帰っておきます」

凛子は、とりあえず慎之介の提案に同意しておいた。先のことはまた考えればいい。

「うん。さて、と……じゃあね、桃花ちゃん」

慎之介が桃花に笑いかける。

「うん、じゃあね。しんのすけ君」

桃花は元気よく手を振る。慎之介は一瞬だけ凛子のほうに視線を投げると、まっすぐに公園の外へと歩み去っていった。

(社長って、すごいな……)

そんなことを思いながら、凛子は慎之介のうしろ姿を見つめた。

いつも穏やかに微笑んでいる人だと思っていたら、先日はいきなり仕事モードの厳しい顔を見せつけられた。そのギャップだけでも驚きなのに、さっきの、子供の相手をするときの慎之介ときたらどうだろう。明るく親しみやすく、子供に好かれる楽しい人物だった。

彼は、意識的にそうしているのだろうか？

それとも、自然とそうなっている？

いずれにしても、そんな器用な表情管理は、凛子にはできない高等技術だ。そのまま呆けたように佇《たたず》んでいると、慎之介が去っていった方向から、入れ違いに理沙が戻ってきた。

「凛子、お待たせ～！　ねえねえ、今そこですっごいイケメン見たんだけど！」

勢い込んで話す理沙が、興奮気味にうしろを振り返る。

「ほら、あの人！　紺色のTシャツに白パンの人。すっごくかっこいいの！　きっとモデルかなにかだと思うよ」

理沙が指し示す方向に、遠ざかる慎之介のうしろ姿が見える。

「ああ、あの人はね――」

「桃花、その人のこと知ってるー！　ひかわしんのすけ君っていって、凛子ちゃんが働いている会社の社長さんなんだよ！　社長って、すっごく偉いんだよ！」

桃花の得意そうな説明に、理沙が目を丸くして口をあんぐりと開けた。

「え！　嘘っ！　じゃあ、あの人が例のイケメン社長なの？　やだ、もっとちゃんと見ておくんだった～。ってか、なんでこんなところにいるのよ？」

「あのね、しんのすけ君は凛子ちゃんと親友になりたいんだって！　だから私、それは私とママみたいに凛子ちゃんと一緒にお出かけしたりお泊まりできるようになってからねって教えてあげたの。そしたら、しんのすけ君、頑張るから応援してって言ってた！　桃花、しんのすけ君と指切りげんまんしたんだ～」

「そうなの？」

理沙が桃花の前にしゃがんだ。

「ちょ……桃花ちゃん、あれはそうじゃなくて……」

凛子が言い訳をする前に、理沙は桃花の手を取って嬉しそうにくるくると回りだした。

「やったー！　桃花、凛子ちゃんに春が来たよ！　やったね！　ほんと、よかったぁ！」

「うん、よかったぁ！　わーいわーい！」

理沙母娘が盛り上がっている横で、凛子は一人困惑する。

「違うってば！　だから、そうじゃなくてね……」

凛子が否定するも、二人はまるで聞く耳を持たない。

そうじゃないのに。

慎之介が発した一連の言葉は、彼が五歳の女の子と交わした他愛のないおしゃべりに過ぎないのだ。

「桃花、わかるよ！　しんのすけ君は、凛子ちゃんのカレシになりたいんだと思うよ！」

いったいどこで「カレシ」なんていう言葉を憶えたのだろうか。驚く凜子をよそに、理沙がそれに同調する。

「ママもぜったいそうだと思う！　しんのすけ君は、きっと凜子の王子様になってくれるよ」

母娘のガールズトークは、どんどん間違った方向へ進んでいく。

「ママ、私たち凜子ちゃんとしんのすけ君のことを、いっぱい応援しよう！」

「よし、そうしよう！」

理沙と桃花が「エイエイオー」と声を上げる。昔から想像力豊かだった理沙の資質は、桃花にしっかりと受け継がれているみたいだ。

「社長が私の『カレシ』になりたがっているって？　ないない！　それだけはぜーったいに、ないから！」

そんな可能性は、天地がひっくり返ったってありえない。

凜子は、はしゃぐ理沙たちを尻目に、自分には分不相応すぎる王子様の登場を否定し続けるのだった。

◇　◇　◇

慎之介が住む「ヴィラ白亜」は、地上二十四階建ての分譲マンションだ。完成は今年の春。最上階の間取りは3LDKで、専有面積は百平米に少し足りないくらいだ。

独身の男が住むには少々広すぎるが、新旧の街並みが混在する環境が気に入って、慎之介はここの購入を決めた。

今日は七月第二週の月曜日。

朝いつもどおりの時間に起きて、淹《い》れたてのコーヒーを飲む。

慎之介が「白鷹紡績」における給与データ改ざんに気がついてふた月、社長として出社してから二週間ほどになる。

引き続き調査した結果、改ざんは前月同様、給与データが作られるときに行《おこな》われた。

「くそっ……」

慎之介はあえてそれを見逃し、犯人の尻尾を掴むべく秘密裏に調査を続行している。

「白鷹紡績」に、横領犯が潜《ひそ》んでいる。しかも、少なくとも過去十年にわたってこの不正行為は行《おこな》われていた。

手口からして、犯人は複数と考えていいだろう。おそらくそれぞれが役割を担っており、巧《たく》みに連携をとりつつ長きにわたり不正を行《おこな》っているのだ。

改ざんの対象が役職者であるゆえに、金額は多大だ。

もう「できる限り速やかに」などという悠長なことは言っていられない。

早急かつ徹底的に真実を解明し、犯人を突きとめなければ。

そのためにも、少しでも早く証拠を掴みたい。

ここへきて慎之介は、役員を含む数名に不正の事実を明かし、特別な監査チームを結成した。

むろん、チームメンバーはぜったいに「シロ」だと確信できる者ばかり。

慎之介とは別に、彼らもまた各自過去にさかのぼって不正の事実を解明しようとしているが、今のところ成果は出ていない。

しかし、横領は事実だし、必ずどこかに糸口があるはずだ。

「さて、どうあぶりだすか……」

確実に横領犯たちの尻尾を掴むまでは、彼らになにひとつ悟られてはいけない。ことに人物の特定にあたっては、細心の注意を払う必要がある。

慎之介は、監査チームだけが閲覧《えつらん》できるファイルをパソコンの画面に表示させた。今までに判明した横領の金額は、およそ五億円。

当初慎之介がピックアップしていた四名については、いまだ白黒がつかずにいる。

画面をスクロールして、彼らの顔写真を順番に見た。

経理に関するすべての管理を任されている榎本については、関与は間違いないと言っていいだろう。しかし、岩田凛子については、個人的に接触を試みた結果、横領犯ではないと思っている。

だが、あくまでそれは、個人的には、だ。

慎之介の判断とは裏腹に、監査チームのメンバーは、全員が彼女のことを横領犯の一人だと予想している。しかも、調査が進めば進むほど、凛子への疑惑は深まるばかりなのだ。

なんといっても、彼女は給与にかかわる経理処理の実務者だ。その上、関連する書類すべてに、彼女の印が押されているという事実がある。

実際、彼女ほどの経験と知識があれば、横領は比較的スムーズに行《おこな》うことができるはずだ。

横領がはじまった十年前は、まだ凛子はこの会社にはいなかった。しかし入社後からこの行為にかかわるようになっていれば、すでに六年近く、関与していることになる。

チームメンバーからは、現在は彼女が主犯であると示唆するような意見まで出てきている。

(岩田凛子……凛子ちゃん、か……)

休日の公園にいる彼女と偶然を装《よそお》って出会い、図らずも会社でのイメージとはまるで違う面を目の当《ま》たりにした。

会社では「超合金」と呼ばれている彼女が、私生活ではまるでそうじゃなかった。

子供相手に話すときの彼女は、驚くほど表情が豊かだ。声のトーンも話し方も、別人のように違っていた。だけど、あれは間違いなくあの岩田凛子だ。

（うん……いいよな、岩田凛子ちゃん……）

まさかと思うほどのギャップに、慎之介は心底驚いていた。そして、それまで以上に彼女のことが気にかかるようになり、気がつけば顔や立ち姿を思い浮かべたりしている。

（だけど、なんでだ？）

慎之介は首をひねる。

これまでに、何人か付き合った女性はいた。

どの人も才色兼備《さいしょくけんび》だったし、生まれも育ちも申し分ない女性だった。しかし、結局はどの恋愛も短期間で終わり、ここ二年ほどは仕事優先で恋人と呼べる人はいない。

もちろん、いずれの女性に対しても自分なりに好意を寄せて付き合ったつもりだし、誠意をもって話し合い、別れた。

けれど、ふと思い返しても、誰一人印象に残っていない。こんな言い方をしては失礼極まりないが、完璧である分画一的で、彼女たちに個性というものが感じられなかったのも事実だ。

なのに、岩田凛子に関しては、はじめから強すぎるインパクトを感じた。

今までこれほど、特定の女性を心に留めたことがあっただろうか。

いや、ない。

横領の嫌疑《けんぎ》がかけられていることはさておき、彼女とはもっと話してみたいと思うし、彼女の人となりを深く知りたいと思う。

岩田凛子は、間違いなく自分がこれまでに会ったことがないタイプの女性だ。そして自分は、きわめて個人的な動機で彼女に近づこうとしている。

彼女は、氷川慎之介を特別視していない。

むろん、部下としてきちんとわきまえた態度なのだが、異性としてはまったく興味を持たれていないように思える。

(それとも、ちょっとくらい気にしてくれているか?)

公園で話したときの彼女は、明らかに動揺していた。しかし、だからといって彼女が自分に好意を寄せていると考えるのはどうだろう。

彼女は、慎之介に対して媚《こび》を売らない。やたらと女性らしさをアピールすることもなければ、愛想笑いひとつ浮かべるわけでもなかった。

会社では「超合金」と呼ばれるほど不愛想である一方、プライベートでは、まるでベテランの幼稚園の先生のように子供に懐かれている。

「面白い……。ほんと、面白いな」

面白いということは、魅力的であることに繋がる。すなわち、岩田凛子が慎之介にとって面白くて魅力的な女性であるのは、間違いなかった。

慎之介の顔に自然と笑みが浮かぶ。

「……もしかして、惚《ほ》れたか？」

冗談めかして言った台詞《せりふ》が、思いのほか心に響いた。

いや――もしかしなくても、それが図星だ。

慎之介は自分のなかにわき起こる、心の揺らめきに感じ入った。それは、明らかにはじめての感情で、実に興味深い想いだ。

今度彼女に会ったら、今一度冷静になって自分の気持ちを検証してみよう。

そう決めた慎之介は、意気揚々と着替えを済ませ、会社に向かって車を走らせるのだった。

◇◇◇

「……そうですか」

月曜日の昼近く、凛子は榎本に呼ばれ十階奥にあるミーティングルームに入った。そこで聞かされたのは、まさかの経費精算システム電子化見送りの知らせだ。

新しく社長を迎え、今度こそ決裁が下りると思っていた。しかし、実際にはそうではなかった。

「残念だったね」

榎本が覇気《はき》のない顔をして、凛子を見る。

彼自身も今回は大いに期待していた様子だったし、凛子同様、落胆も激しいのだろう。

「仕方ありません。また折を見て申請してみます。……ちなみに、今回の申請書は社長もご覧いただいているでしょうか」

「ああ、もちろん。——そうだ、岩田さん、昼休憩まだだろう？　このまま入ってくれていいよ」

「わかりました。では、失礼します」

凛子は一足先に部屋を辞した。デスクに戻り園田に一声かけてから、非常階段に向かう。

階段を下りながら、思わずため息を吐《つ》いた。

さすがに今回は、ダメージが大きい。心情的にも、かなり凹《へこ》んでいる。

（今度こそ、って思ったのにな……）

見るからに新しい風を起こしそうな新社長だが、実は保守的な考えの持ち主だったということだろうか。

それとも、なにか考えがある？

いずれにしても、もうしばらくは現状のシステムのまま精算業務をこなさなければならない。

勝手に期待していた自分が悪かったのだ。

だいたい、若くて有能な御曹司で、意外と気さくな人柄だということ以外、自分が彼のなにを知っているというのか。

気持ちを切り替えてさらに階段を下りようとしたそのとき、階下でドアが勢いよく開く音が聞こえた。

「ちょっと聞いてくれよ〜。『超合金』のやつ、俺の申請書にケチばっかりつけるんだよなぁ。まったく、腹が立つったらないよ。何度も書き直す俺の身にもなれっつーの」

声の持ち主は、明らかに黒木だ。特徴的な抑揚《よくよう》で話すからすぐにわかる。

「え、またですか？」

一緒にいるのは、たぶん彼の後輩社員だ。

「そうなんだよ、あの冷血女はな――」

黒木が得意げに話しはじめる。

階段のちょうど半ばあたりにいた凛子は、すぐに立ち去ることもできず、そのまま足音を立てないように階段を上りはじめた。

彼は地声が大きい。聞くとはなしに耳に入ってくる話は、すべて凛子が何度となく彼に再提出させた経費精算についてだ。

「たいした金額でもないのに、いちいちうるさいんだよ。なにかっていうと難癖つけてきやがって、これだから非リア充のヒステリー女史はイヤなんだ」

あまりの言われように、凛子の足が止まる。

経理を担当している以上、他部署社員から煙たがられるのはある程度しかたがない。けれど、正しく処理をするための質問を、ケチや難癖と言われるのにはさすがに憤《いきどお》りを感じる。

いくら金額が小さくても、会社のお金である限り、不備のある申請書は受け付けられない。これまでに何度となく同じようなやり取りをしているのに、どうして少しの進歩も見られないのか――。文句を言う前に、その理由を聞かせてもらいたいくらいだ。

「あいつ、もしかして俺に気があるんじゃないか?」

「あ、そうかもしれませんね。好きだからこそ、妙に意識してやたらと突っかかってしまうってやつ――」

(はあ?)

黒木のトンデモ発言に、思わず声を上げそうになる。

冗談じゃない!

的外れにもほどがある。

黒木は、なおも勝手なことを言い続け、しまいには経理に行くたびに凛子が自分に色目を使ってくるなどと話している。

いくらなんでも、ひどすぎる——

凛子が唇を噛んで両方の拳《こぶし》を握りしめたとき、上階のドアが開く大きな音が聞こえてきた。

その音に驚いたのか、階下のドアが開き、二人が外へ出ていく足音がした。

誰かが上階からここへ向かって階段を下りてくる。

凛子は、なるべく足音を立てないようにしながら、急いで階段を下りはじめた。

しかし、軽快な足音はすぐうしろまで迫っている。

ここは、素知らぬ顔でやり過ごしたほうがいいだろう。

凛子が道を譲ろうと壁際に身を寄せると、タイミングよく横を通りすぎた男性が、いきなり目の前で立ち止まった。

「岩田さん」

くるりと振り返った顔が、にっこりと微笑む。

「あ、社長——」

階段を下りようとしていた足が宙で止まる。しかし、勢いがついていたせいで、はっと気がついた時には、もう身体が前のめりになっていた。

倒れる寸前に伸びてきた腕に、身体をしっかりと抱き留められる。

「っとと……。大丈夫か？」

「す、すみません。ありがとうございます」

浮いた右足が、無事階段の上に下りた。

けれど支えられていた身体は、ものすごく慎之介と近い距離にある。あまりに近すぎて、顔の全体が見えないくらいだ。

あわてて体勢を整え、身体を離す。

エレベーターホールでの一件に続き、またしても彼に助けられてしまった。

「ごめん。驚かせるつもりはなかったんだ。お詫《わ》びに、一緒にランチでもどう？　もちろん、誘ったんだから僕のおごりで」

「は？」

いきなりなにを言い出すのか。

親友になりたいだのランチをおごるだの、いったいどう返せば正解なのだろう？

それがわからないまま立ち尽くしていると、慎之介が膝を折る姿勢で凛子の顔を覗きこんできた。

「聞こえなかった？　一緒にランチしよう。岩田さんも、これからお昼なんだろう？　財布、バッグから落ちそうになってるよ」

手元を見ると、持っているトートバッグから財布が半分ほど飛び出ている。

「……いつからここにいらしたんですか」

「割と早い段階かな。君が十階のミーティングルームから出てくるのを見かけて、すぐにあとを追いかけて来たから」

「そうですか」

では、階下から聞こえてきた話は、ぜんぶ耳にしたことだろう。

非リア充のヒステリー女史。それだけならまだしも、いわれのない中傷というおまけつきだ。

きっと今なにを言っても言い訳に聞こえる。そう思い凛子が黙っていると、慎之介が再度口を開いた。

「安心して。僕は君のことを信じているから」

慎之介の視線が、まっすぐに凛子の瞳を捉《とら》える。

「さっき耳にした言葉は、くだらない戯言《ざれごと》に過ぎない。気にすることはないし、そうする価値もない。君は正しいことをしているだけだ。それについてとやかく言われる筋合いはないし、誹謗中傷《ひぼうちゅうしょう》するほうがおかしい」

慎之介が、あっさりと言い放つ。

信じると言ってくれるのは、素直に嬉しい。しかし、それについてどう反応していいのかわからない。

だいたい、どうして会って間もない、たいして知りもしない自分について、そこまで言ってくれるのだろうか。

「……どうしてでしょうか」

気づけば頭のなかの言葉が、口をついて出ていた。

「どうして、とは？　僕は君の人となりを――ん？　ちょっと失礼」

話している最中に、慎之介のポケットから着信音が聞こえてきた。受信し、すぐに英語での会話がはじまる。どうやら長引きそうだし、仕事の邪魔をするわけにはいかない。

凛子は慎之介に向かって軽く頭を下げ、階段を下りようとした。

「これ」

凛子が横を通りすぎようとしたとき、彼が小さな紙を手渡してきた。

見ると、それは駅向こうにあるらしい、「アイビー」という喫茶店の名刺だった。

慎之介を見るも、彼はもうすでに仕事モードで通話中だ。

笑顔のときとは打って変わった、怖いくらい真剣な横顔。

凛子は静かに階段を下り、八階の非常口のドアを開けた。ちょうどやって来たエレベーターに乗り込み、一階に向かう。

手のなかの名刺を見つめ、エレベーターを降りて歩きながら、どうしようかと思い悩んだ。

果たしてランチに誘ってくれたのは本気だったのだろうか。でも、本気でなければ、店の名刺なんか手渡さないだろう。

考えながら歩き続け、名刺に書かれた場所に到着する。けれど、周りは一軒家の住宅ばかりだし、それらしき看板も見当たらない。もう一度名刺に印刷された地図を見直すが、間違いなくこのあたりだ。

不思議に思い、念のために掲げられている表札を見ると「門脇《かどわき》」という文字の下に小さく「喫茶アイビー」と書かれているのが見えた。

「ここ……？」

おそるおそる門を通り抜けて、入り口のドアを開ける。すると、思いがけず、なかはちゃんとした喫茶店だった。

表通りから少し奥に入った場所にあるその店は、どうやらかなりの老舗《しにせ》であるらしい。

木目調のもので統一された家具は、いずれも長く大切に使ってきた風情がある。

もう六年も近くで働いていながら、こんな店があるなんて知らなかった。

「あの、待ち合わせ……です。……二名です」

「お待ちしてました。こちらへどうぞ」

どうやら、慎之介から連絡がいっていたようだ。店主らしき男性が、店の奥に進みながら席に案内してくれる。

(わぁ……素敵なお店)

店内に流れているクラシックのBGMは、アナログのレコード盤が奏《かな》でている。凛子は父親がそれらを収集していることもあり、昔からレトロな音質には愛着を覚えていた。途中、常連らしい一人の老人に「こんにちは」と声をかけられたので、にこやかに挨拶《あいさつ》を返す。

革製の椅子に座ると、ほどなくしてテーブルの上にサンドイッチとコーヒーが載せられたプレートが二人分置かれた。ふっくらとしたパンのなかには、玉子のほかに数種類の野菜が挟んである。持ってきてくれたウエイターによると、この店のランチはこちらの一種類のみらしい。

それからすぐに店のドアベルが鳴り、慎之介がまっすぐに凛子のほうに歩いてきた。

「お待たせ。迷わないで来られた?」

「はい、地図がわかりやすかったので」

店そのものは見つけにくかった。しかし、言われてみれば、一度も迷わずにここにたどり着くことができた。いつもなら、何度も地図を見返したあげく、道を一本間違えたりするのに……。

「よかった。店に看板が出ていないって伝えるの忘れてたから」

ごく自然な感じで前の席に座ると、慎之介は早々におしぼりで手を拭いてサンドイッチにかぶりついた。

見事な食べっぷりにつられて、凛子も食べはじめる。

「ん、おいしい……」

つい口に出して言ってしまい、はっと気づいて口を閉じる。

「だろう？　ここは知る人ぞ知る隠れた名店なんだ。岩田さんだから特別に教えたんだよ」

にっこりと微笑んだ慎之介の顔には、いつにも増して穏やかな微笑みが浮かんでいる。

いきなりランチに誘ったり、隠れた名店を特別に教えてくれたり……。いったいこの人はなにを思って、そんなことをしているのだろう？

いくら考えてもわかりそうもない。わからなければ、それについて質問をする以外方法がなかった。

「社長」

「うん？」

凛子の呼びかけに、慎之介は食べるのをいったん止めて正面を向いた。もぐもぐと口を動かしているさまは、社長というよりは食欲旺盛《おうせい》なスポーツマンといったところだ。

「どうして特別に教えてくださるんですか？　さっき私を追いかけてきたとおっしゃい

ましたが、なにか私にご用でしょうか」

「うーん、どうしてって、岩田さんにこの店を教えたいと思ったし、一緒にランチを食べておいしいっていう気持ちを分かち合いたいと思ったからかな。それが用事といえば用事だ」

慎之介がウエイターに声をかけて、コーヒーのおかわりを注文する。

確かに、ここは雰囲気がいいし、サンドイッチも特別においしい。それは理解できるけれど、凛子が聞きたいのは、なぜそれを分かち合う相手に自分を選んだのか、ということだ。

「ここは静かだし、一人でゆっくりとランチするのにもちょうどいいんだ。しかも、この席は店のなかで一番奥まったところにあるから、多少大きな声で話しても誰にも聞こえない」

「そうですか」

きちんと答えてくれてはいるが、そのなかに凛子が望んでいるような明確な言葉は盛り込まれていない。

彼の真意がさっぱりわからない。

そんな凛子の戸惑いをよそに、店のなかには穏やかなクラシック音楽が流れている。

なんだかすごく調子が狂う。

今対峙《たいじ》しているのは、勤務する会社のトップであり、通常ならこんなふうに気楽な感じで話しかけてくるはずのない人だ。

「どうした？　もしかして、俺、岩田さんを困らせてる？」

慎之介が、テーブル越しに凛子を見つめる。

二人が座っているテーブルは、かなり小さい。そのためただでさえ向かい合っている距離が近いのに、彼はさらに凛子の目を覗きこむようにして身体を前に倒してきた。

（急に「俺」って……）

くだけた口調と親しげなそぶりは、意図的なものなのだろうか。

こちらを見る焦げ茶色の瞳のなかに、キラリとした光が宿っている。

「そう……言えなくもありません」

凛子が答えると、慎之介は小さく笑い声を上げる。

慎之介が、上目遣いに凛子を見た。顔は笑っている。だけど、よくよく見ると瞳の奥にすくみ上がるほど強い目力が潜《ひそ》んでいるのがわかった。

そう思った瞬間、彼がもう一度声を上げて笑い、目に優しい笑みを刻む。

「くくっ……岩田さんって、ほんと面白いね」

「どこがですか？」

言われ慣れない言葉に、つい反応してしまった。

「いろいろとね。見ててすごく興味深いよ。仕事中の岩田さんと、公園で子供と遊んでいたときの君は別人みたいだったしね」

「それは、自分でもわかっています。ですが、無理にそうしているわけではありません。会社にいるときの私は常にこんな感じですし、子供と遊んでいるときの私はいつもあんな感じです」

一度テンポよく話しはじめると、意外と話しやすい。これも彼の人柄からくるものなのだろうか。

「岩田さんって話し方が綺麗だよね。きちんとしていて、聞いていて気持ちいいよ」

「ありがとうございます。たぶん両親の影響だと思います。二人とも言葉遣いにはうるさかったので」

「そうなのか。ちなみにご両親はなにをなさっているのかな？」

「父は高校の国語教師です。母も二年前まで高校で数学を教えていたんですが、今は退職して自宅で子供相手に算数教室を開いています」

「ふうん……それじゃあ、やはりその影響かな。もしかしてご両親は子供好き？」

「はい。昔から子供なら無条件で好きだって言っていますし、子供からも慕《した》われています」

矢継ぎ早に質問をされ、ついトントンと調子よく答えていた。

凛子のカップが空になったのを見た慎之介が、追加注文を勧める。

そんな気遣いが、憎らしいほどさりげない。

男性と二人きりになると、必ずと言っていいほど気詰まりになるのに、今はまったく違う。

「じゃあ、昔からそんな感じ?」

慎之介と改めて目が合う。

「そんな感じ」とは、すなわち話し言葉にしては少々堅苦しくて耳慣れないということなのだろう。

「はい。でも、別にそうするよう強要されたわけではありませんし、もちろん、わざとそうしているわけでもありません」

いつの間にか、そうなっただけ。

昔から愛想も可愛げもないと言われてきた凛子だ。口調が硬いのは自覚しているし、自分の風貌がそれに拍車をかけているのもわかっている。

「じゃあ、無意識でそうなっているんだね。ビジネスとプライベートでは、どこかにあるスイッチが勝手に切り替わるって感じなのかな」

慎之介が指をパチリと鳴らした。

「そう言われれば、そうかもしれないです」

「へえ……オンとオフが切り替わるとこ、一度見てみたいな。それと、岩田さんって口数が少ないんだと思っていたけど、そうでもないんだね」

「いえ、口数は少ないほうだと思います」

「でも、言いたいことがあればはっきり言うほうじゃない？」

「必要と感じたときには。だからよく、気を悪くさせるんだと思います」

同じことを話すにしても、もっと違う言い方をすれば相手も受け入れやすい。少なくとも、お互いに気まずい思いをしなくて済む――。そう頭ではわかっているけれど、うまく改善できないまま今に至っている。

「だけど、子供には好かれるほうだろう？　公園での君を見てすぐにわかったよ。岩田さんが子供から慕《した》われるのは、お母さまの姿を見ていたからかな」

「そうかもしれません」

凛子は小さく頷きながら同意する。

子供は好きだ。

たまに実家に帰ると母親の算数教室に顔を出して、簡単な手伝いをすることだってあった。子供たちも、凛子のことを「副先生」などと呼んで親しんでくれている。

「なるほど……実に興味深いな。俺が分析するに、君のスイッチが切り替わるのは、相手が子供であるかそうでないか。君にとって親しい人かそうでないか。あとは、仕事中かプライベートかってことくらいかな？　どう？」

「たぶん、そんな感じだと思います」

凛子は新しく淹《い》れてもらったコーヒーを飲みながらほんの少し首を傾げた。

（興味深い？　私のどこが興味深いの？）

凛子にしてみれば、彼の思考回路こそ興味深い。

ただ単に人の分析が好きなのだろうか。だとしても、どうして自分を？

またしてもどう反応していいのかわからず、凛子は黙々とサンドイッチを口に運び、コーヒーを飲む。

「ははっ、また困ったような顔をしてるね。そうじゃない？」

指摘され、凛子は素直に認めた。

「はい。興味深いなんて言われたのは、たぶん生まれてはじめてだと思ったので。……でも、スイッチが切り替わるのは、社長もそうではありませんか？　普段の社長は常に微笑んでいらっしゃいますが、仕事の電話のときなど、一変して厳しい顔をなさいますから」

そして、凛子はそれを二度も目《ま》の当たりにしたのだ。

「あ、バレた？」

凛子にしてみれば、割と思い切ったことを言ったつもりだった。けれど、言われた本人は愉快そうな表情で目を細めている。

「俺の場合、昔から目つきが怖いって言われててね。ちょっと見ただけで睨《にら》んでるって誤解されたり、そうじゃないのに怒っていると思われたりしていたんだ。だから、最初は意図的に表情を和《やわ》らげていつもにこやかな顔をしているよう努めた。そうしているうち、すっかり板についちゃってね。事情やスイッチの種類は多少違うけど、オンとオフがあるあたり、俺と岩田さんって案外似た者同士かもね」

慎之介が白い歯を見せて笑った。そして、凛子の顔をまじまじと見つめる。

「岩田さんって、よく見ると結構表情豊かだよね。君のことを『超合金』だなんて呼ぶやつは、君のことをよく見もしないで言っているやつらばかりなんだろうな。……ほら、今みたいに困っているとき、瞬《まばた》きの回数が多くなる。自分で気づいてた？」

慎之介が、指で自分の目の上を指す。凛子が首を横に振ると、今度は彼は、すぐ横の壁にある鏡を指し示した。

「ほら、そこの鏡を見てみて」

凛子は言われたとおり、鏡に映る自分を見た。しばらく見ていて、確かにいつもより瞬《まばた》きが多いことに気づく。そういえば、以前理沙にも瞬《まばた》きの多さを指摘されたことがあった。

「そうみたいですね。でも、自覚していませんでした」

認めて正面に向きなおると、満足そうに微笑んでいる慎之介の視線とぶつかる。その笑顔が、少しずつ真剣な表情に変化していった。

「岩田さんは『超合金』なんかじゃない。表情の変化がわかりづらいからといって、感情がないわけじゃない。理不尽なことを言われたら、誰だって憤《いきどお》るし傷つくと思う」

まさか、そんなことを言われるとは思ってもみなかった。

だけど、そのとおりだ。

見た目は普段となんら変わりなくても、面と向かって悪口を言われたら傷つくし、後々まで尾を引くダメージを受ける場合だってある。

いつものことだと受け流してはいるけれど、そんな態度をとられるたびに心が冷たく凍え、ますます気持ちが「超合金」化していくような気がしていた。

凛子の頭のなかに、これまで言われてきた様々な悪態が思い浮かぶ。

「対応が事務的すぎる」なら、まだいい。「感情がない」とか「血が通《かよ》っていない」などと言われ、凹《へこ》まないほうがどうかしている。

「岩田さんは名前のとおり凛《りん》としているね。正義感があるし、間違ったことを指摘できる強さもある。俺はちゃんと知っているし、わかっているつもりだ。岩田さん、君は今のままでいいと思う」

今聞いた言葉は、以前にも一度言われたことがあった。

その相手は、慎之介ではない。それに、一言一句同じわけでもなかった。だけど、言われた内容は、確かに同じものだ。

「何年か前、母にも同じようなことを言われました。『あなたは今のままでいればいい』って……。母は私が会社で『超合金』って呼ばれているのを知っているんです。割と心配性の父には話せないことでも、母にだけは昔からなんでも話せていて……」

今でこそ批判的な言葉を受け慣れている凜子だけど、言われはじめた当初は、ほんのたまにだが母親に泣き言を言ったものだ。

「そうか。じゃあ、お母さまが岩田さんの心の拠《よ》り所とも言える存在なんだね」

「そうです。それなのに、どうして会って間もない社長が同じようなことをおっしゃるんですか。どうして私のことを理解しているような顔をなさるんですか？」

本当は、もっと頻繁《ひんぱん》に愚痴《ぐち》を言いたかった。だけど、母親にしろ理沙にしろ、それぞれに忙しい身であり、なにより余計な心配をかけたくないという気持ちが先に立った。

それに、口に出すことで必要以上に自分の弱さを自覚するのも嫌だったのだ。

「岩田さん――」

「私は『超合金』なんです。経理の仕事をきちんとする上で、そう呼ばれるようになったんだから別にいいんです。何を言われても平気だって思われているし、実際にそうだし――」

話す言葉が少しずつ乱れてきている。声が微妙に震えているし、いつになく感情的になっている自分にも気づいていた。

凛子を見る慎之介の目は、もう笑っていない。さっき見たものとはまた違う種類の、強い目力が宿っている。

もしかして、怒っている？

――いや、そうじゃない。

だとしたら、なに？

頭のなかがごちゃごちゃで、考えがまとまらない。

やみくもにしゃべるのは危険だ。そうとわかっていても、気持ちが高ぶっているせいか、今思っていることを口にせずにはいられなかった。

「社長という立場上、全社員のことを把握して理解しようと努力していらっしゃるのはわかります。でも、社長とは会ってからまだ半月しか経っていません。しかも、たった数回……それも、ほんの何分か話しただけで、私のなにがわかるんですか」

こんなこと、社長に向かって言うようなことではない。だけど、もう止めることができなかった。

「わかりっこありません。それなのに、わかったような言い方をするのは止めてください」

言いながら、ますます気持ちが高ぶっていくのを感じていた。

　社長相手に、いったいなにをしているのだろう？　これは完全な八つ当たりだ。自分でもヘンだとわかっている。

だからこそ、もうこれ以上この場所にはいられなかった。

凛子は慎之介から目をそらし、椅子から立ち上がろうとした。

「待って。そのままじゃ外へ行けないだろ？」

とっさに伸びてきた右手が、凛子の頬に触れる。背《そむ》けようとした顔を、彼の手がそっと押しとどめる。

ごく軽く触れられているだけなのに、まるで金縛りにあったみたいに身体が動かせなかった。

「泣いてる。気づいてないのか？」

驚いて目を瞬《また》かせると、頬を温かいものが流れていくのがわかった。

「えっ……」

子供の頃から人前で涙を見せることなんかなかった自分が、どうしてこんなふうになっているのか……。

今度こそ逃げ出そう。

そう思っているのに、テーブル越しに近づいてくる慎之介の顔から目が離せない。

頬に触れていた彼の掌《てのひら》が、凜子の後頭部に移動する。

うなじを緩《ゆる》く引き寄せられたと思ったとき、凜子の唇は慎之介のキスによって覆われていた。


七月第三週の土曜日、凜子は桃花とともに自宅近くの公園に来ていた。

今週のはじめ、理沙に二人目の赤ちゃんができたことがわかった。理沙が病院へ行くため、その間の桃花の子守役を凜子自ら買って出たのだ。

砂場で遊ぶ桃花を見守りながら、凜子は二週間ほど前に「アイビー」で起きた出来事について、つらつらと考えていた。

(もう！　ありえない……)

なにがなんだかわからないし、理解しようという気にもならない。

(どうしてあんなことになっちゃったの？)

喫茶店でのキスのことは、今思い出しても地団太《じだんだ》を踏みたくなるほど心がザワザワする。

恋人でもないのに、いったいなんのつもりであんなことをしたのだろう？

いくら自問しても答えなんか出ないし、直接聞こうにも、相手は気軽に内線を入れて質問ができるような相手ではない。

（喫茶店では、あれだけ言いたい放題だったくせに）

自分で自分に突っかかってみても、そのときと今とでは事情が変わっている。

（なんでキスとか……だけど、社長にしたらあれぐらい、なんてことないのかも……）

きっとそうだ。

アメリカ帰りの彼にとって、キスなんか、握手と同じただのスキンシップに過ぎないのではないだろうか。

（それにしても、なんで泣いちゃったんだろう……）

いくら弱気になっていたとはいえ、あれは一生の不覚だ。

そんなことを思いながら砂場にいる桃花を見守っていると、顔見知りの女の子が声をかけてきた。

「桃花ちゃん、一緒に滑り台しよう？」

「うん、いいよ。凛子ちゃん、行ってくるね！」

「わかった。じゃあ、そこのベンチに座って見ているからね」

桃花を見送り、砂場横にある藤棚の下に向かった。木製の丸いベンチに座り桃花に向かって手を振る。楽しそうに遊ぶ姿を目で追っているうちに、ふいにあの日キスをしたときの慎之介の顔が浮かんできた。

(うわっ！　もう、ヤダヤダ！　思い出したくないのに……)

喫茶店で図らずも彼にキスをされ、凛子は驚きのあまりしばらくの間動けずにいた。

彼の手がしっかりと凛子の後頭部を抱えていて、逃げ出すことができなかったのだ。

結局ようやく動くことができたのは、慎之介が自分から唇を離したあとのことだ。混乱した状態で財布を出そうとしたら彼は「おごりだって言ったろ？」と微笑んだ。

凛子は、かろうじて「ごちそうさまでした」と言い残し、その場から逃げ去ったのだ。

せめて、ひと言でも文句を言えばよかったのに――

今さらながらそう思うものの、あのときは逃げるだけで精いっぱいだった。

それにしても、ひどい。あれはれっきとしたセクハラ行為だ。

だけど、そう断じようとする自分に、待ったをかけるもう一人の自分がいる。

そもそも、どうしてされるがままになっていたの、と。

きっと、本気になればキスを止められたはずだ。たとえば、テーブルや椅子を蹴り飛ばしてでも。そうしなかったのはなぜだろう？

もしかして、止めたくなかったから？

(ま、まさか！)

意味不明の考えが頭に浮かび、あわててそれを否定するべく軽く頭《かぶり》を振る。

そうしているうちに、胃袋のあたりから沸々と怒りが込み上げてきた。

この二週間弱の間、どれほどキスのことを思い出し、あのときの自分を叱り飛ばした
ことだろう。しかも、怒りの矛先を向けられているのは、なぜか自分自身という体たら
くぶりだ。

「あぁ、もう……不甲斐ない！　キスだよ？　キス……。いったい何年ぶりのキスだっ
たと思ってんのよ」

「ふぅん、何年ぶりかのキスだったんだ」

「ひゃあっ！」

突然聞こえてきた声に驚き、凛子は大声を上げてうしろを振り返った。

「しゃ……社長っ⁉」

またしてもいきなり公園に現れた慎之介を前に、言葉が出ない。今度会ったらぜった
いにいろいろ言おうと思っていたのに、いざ言おうとしても言葉が出てこないのだ。

いったいどうしたの、自分――！

「また会ったね」

凛子の憤懣《ふんまん》をよそに、慎之介がにこやかな微笑みを浮かべる。白いシャツに空色のボ
トムス姿の彼は、あいかわらずファッション雑誌の表紙を飾るモデルみたいだ。

「これから、この先のジムに行くところなんだ」

慎之介が、スポーツバッグを掲げてみせる。

またしてもプライベートで会ってしまった。

ただでさえ気まずいのに、よりによって今このタイミングで会うだなんて。

「あ、今すごく怒ってるね？　眉がぴくぴくしてる……。もしかして、あれからずっと怒ってたとか？」

「──もちろんです。ずっと怒ってました。……怒らずにはいられませんよね？」

言いながら、凛子は自分を見る慎之介を睨《にら》みつけた。彼の顔には、どこか嬉しそうな笑みが浮かんでいる。

「そうか。じゃあ、あれ以来ずっと俺のことを思い続けてくれていたわけだ。だとしたら、かえって嬉しいよ」

「は……？」

怒っているのが嬉しい？　いったいなにを言っているのだろう、この人は！

「実は俺も、ずっと岩田さんのことを考えてた。実際、はじめて会ったときから、なぜか君のことがすごく気になってね」

言われていることの意味を計りかねて、凛子は眉間《みけん》に縦皺《たてじわ》を寄せた。

指摘されたとおり、凛子は今彼に対して怒っている。それなのに、なぜか頬が緩《ゆる》みそうになっていて、そんな自分自身に心底困惑していた。

「君は真面目だし、とても面白い。仕事熱心で子供好きっていうのもいい。俺も子供が大好きだしね。前も言ったけど、やっぱり俺たちどこか似ていると思うな」

「どこがですか？　私と社長、まるで違いますよね？　立場や性格……とりあえず、なにからなにまでぜんぶ違いますよね？」

「そうかな？」

「そうですよ。……って、そうじゃなくて――」

知らない間に話の論点がずれてきている。

それが女性の相手をするときの、彼の常套《じょうとう》手段なのだろうか。

なにはともあれ、あのキスの理由をちゃんと聞いておかなければ。このままではいつまでもわだかまりが残ってしまう。

「とにかく、どうしてあんなことしたんですか？　おかしいですよね？　ぜったいにおかしいですよね？」

凛子が詰め寄ると、慎之介はやや眉根を寄せて、考え込むような表情を浮かべた。

「あんなこと、か……。岩田さん、今さらで悪いんだけど、彼氏いるの？」

「いません！　いませんけど、それがどうかしたんですか？」

「だけど、前は彼氏いたんだ」

「えっ……」

勢い込んでいた凛子だったけれど、思いがけない言葉にトーンダウンしてしまう。

「……彼氏くらいいました。……私だって、一応は……」

「いや、気を悪くしたらごめん。ただ……君にキスをした男が俺のほかにもいると思うと、ちょっとね……。いや、本当に余計なことを言った。でも、これだけは言わせてくれ。君にキスをしたのは決していい加減な気持ちだったわけじゃないよ」

「なっ……」

絶句して、口がぽかんと開く。その開いたままになっている唇が、ジィンと火照《ほて》ってきたのを感じた。

顔がやたらと熱いのは、きっと高くなってきた気温のせいだ。それに、あまりにも頭にきてしまったからに違いない。

……たぶん。

「それにしても、今日の岩田さんはプライベートモード全開って感じだね。怒ると自然にそうなるのかな？　しゃべり方や表情がまるで違うから、なんだかちょっと照れるな」

慎之介が嬉しそうに言ったとき、滑り台から桃花が帰ってきた。

「あ、しんのすけ君だ！　こんにちは！」

「お、桃花ちゃん、こんにちは。滑り台はもう終わったのかな？」

慎之介が桃花の頭を撫でながら腰をかがめた。

「うん、今度は鬼ごっこをするの。凛子ちゃんとしんのすけ君も一緒にやろうよ」

「いいね」

そう言うが早いか、慎之介が座っている凛子の腕を引いた。

「行こう。鬼ごっこ」

「えっ？　あの……ちょ、ちょっと……」

先を行く桃花を追いかけ、慎之介とともに駆け足で公園を横切る。

隣接している広場で待っていたのは、男女合わせて六人の子供たちだ。

「じゃんけん、ぽん！」

負けた凛子は、いっせいに散らばっていく子供たちを追いかけはじめる。むろん、多少の手加減はするが、基本的に遊ぶときには本気を出すのがモットーだ。追いついた男の子の背中にタッチすると、凛子は鬼に背を向けて全速力で走り出した。

少し離れたところで凛子は走る足を緩《ゆる》め、上を見上げた。公園の周囲には、かつて凛子のマンションから見えていた桜が青々とした葉を枝いっぱいにつけている。

「春になったら、また綺麗に咲くんだろうなぁ」

去年部屋の窓から見えた桜が、頭のなかに思い浮かぶ。思えば、あの風景が見られたのはあれが最後になるのだ。

ひとしきり桜の枝や葉を眺め終えたそのとき、ふいに名前を呼ばれ、身体をうしろから緩《ゆる》く抱き留められた。

「凛子ちゃん、なにぼんやりしているんだ？　ほら、捕まえたぞ」

「あ、社長っ……！」

「今どきの幼稚園児は足が速いなぁ。高みの見物を決め込んでいたら、余裕で追いつかれちゃったよ」

耳元で聞こえる声が、少しずつ近づいているような気がする。鼓動が速くなり、慎之介の腕や胸板が触れている部分がジンジンと痺《しび》れはじめた。

鬼ごっこの鬼に捕まってしまっただけ――

そんな言い訳が立つわけがないのに、なぜかこのままでいたいと思ってしまった。

「あ……あの……」

どうにか出した声が、尋常じゃないほど震えている。

慎之介が、小さく「うん」と頷く。

いったい何に対しての返事なのかわからなかったけれど、なぜかほっとしている自分自身を不思議に思った。

「俺たち二人、結構いい感じだと思うけど。君もそう思わないか？」

そう囁《ささや》くと、慎之介がようやく凛子を包み込んでいた腕を解いた。

「おーい、みんな！　捕まえたぞ！　今度の鬼は凛子ちゃんだ！」

陽気な慎之介の声につられて、子供たちが明るく笑う。

「よーし！　みんな、行くよ～！」

凛子は大きな声で宣言すると、子供たちの集団を目指して走り出した。背後から慎之介の笑い声が聞こえる。

彼がすぐ近くにいるのに、今の自分は完全なるプライベートモードだ。

走り回っている自分に多少の気恥ずかしさを感じつつも、同じように振る舞っている慎之介を見ていると、だんだんと気にならなくなってくるから不思議だ。

ひとしきり鬼ごっこで遊び終えると、次はトンネルくぐりだった。

子供たちが列になって、仁王立ちになった凛子と慎之介の脚の間をくぐる。続いて二人が手を繋いで作った輪のなかを、一人ずつ通り抜けていく。五本の指をしっかりと絡め合わせて向かい合っているから、自然と顔の位置が近くなる。

一人の子が輪に引っかかり、その拍子に二人の鼻先がぶつかりそうになった。あわてて上体を仰《の》け反《ぞ》らせると、調子に乗った一人の男の子が輪のなかにダイブしてきた。

「わわっ！」

とっさに男の子を支えたのはいいけれど、そのまま倒れそうになる。

「っとっと……」

手を繋いだままだから、凛子がバランスを崩せば慎之介も同じようにふらつく。横倒しになる寸前、凜子の身体の向きがくるりと変わった。

「あ、凜子ちゃんたち、大丈夫？」

そばにいた女の子が心配そうな声を上げる。自分を覗きこむ子供たちの目——

気がつけば凜子は、地面に仰向けに横たわった慎之介の上に、うつ伏せになってのしかかっていた。

「ご、ごめんなさい！」

あわてて起き上がろうとしてうまくいかず、じたばたともがく。

「あれぇ？　凜子ちゃんとしんのすけ君、仲良しだね！　二人はもうだいぶ仲良しになれたの？」

遅れてやって来た桃花が、嬉しそうに笑う。凜子が返事に窮していると、慎之介が地面に寝そべったままにこやかに笑った。

「うん、前よりもずっと仲良くなれたよ。あと少しで親友になれそうかな？　ね、凜子ちゃん」

ようやく凜子が脇にどき、慎之介が上体を起こした。彼は体勢を整えながら立ち上がる。慎之介の胸の筋肉が隆起するのが見えた。鍛えられた腕が、凜子の肩に軽く触れる。

「え……はい」

凜子もあわてて立ち上がり、慎之介のうしろに回って、背中についている砂埃《すなぼこり》を払った。

「すみません。汚しちゃって……」

広くて逞《たくま》しい背中に、心臓がドキリと跳ねた。

さっきまでのプライベートモードはどこへやら、今の凛子はどっちつかずのおかしな状態になってしまっている。

「平気だよ。凛子ちゃんこそ、大丈夫だった？」

「はい、私は大丈夫です」

「そうか。よかった」

慎之介がにっこりと笑った。その顔がやけに魅力的に見えて、直視できない。

頭では冷静になろうとしている。それなのに、心はやみくもに走り出そうとしている感じだ。

「よし、じゃあ今度は手つなぎ鬼だ！　凛子ちゃんと俺が鬼だぞ〜！　捕まったら鬼の家来《けらい》。最後まで逃げ延びたら、真の勇者だ！」

子供たちが歓声を上げて走り出すと、慎之介が凛子の手を引っ張った。走って子供たちを追う。一人、二人と、それぞれの空いた手に子供たちが繋がる。結局、勇者が決定するまでの十五分の間、凛子は慎之介とずっと手を繋いだまま、広場を走り回った。

一人の子が帰る時間になったのをきっかけに、凛子も桃花を連れて帰ることにする。

桃花の手洗いを手伝いながら、凛子はそっと慎之介の様子を窺った。彼はそれぞれが持ち寄ったおもちゃの名前を確認しながら、居合わせた子供らの母親たちと片づけをしている。

ふいに華やいだ笑い声が聞こえた。

（なんだか盛り上がってる……）

さすが笑顔が素敵なイケメン社長だ。

彼ならどこへ行ってもモテモテに違いない。

それにしても、ちらちらとこちらを窺ってくる母親たちの視線はなんだろう？

もしかして、夫婦だと思われていたりして？

（ちょっ……私ったらなにを考えているんだか……！）

一人心のなかであわてふためきながら、桃花の手洗いを終えた。それぞれの親子が挨《あい》拶《さつ》を交わしながら、公園をあとにする。

凛子たちも、荷物を取りに藤棚の下のベンチに戻った。

「またね、しんのすけ君！」

慎之介がベンチの上に置いていたスポーツバッグを手に取る。

「うん、またね。桃花ちゃん。凛子ちゃんも、またね」

「うん、また――」

そこまで言って、あわてて口をつぐむ。

子供と同じトーンで挨拶《あいさつ》をされ、ついそれにつられて返事をして手まで振ってしまった。

ひと足先に公園の外に向かっていた慎之介が、こちらを見てにっこりと笑う。

いったいどういう笑顔なのか見当もつかずに、凛子は荷物をまとめる素振りで背中を向け、そしらぬふりを決め込んだ。

「ねぇ、凛子ちゃん。しんのすけ君って、ほんと〜に凛子ちゃんのこと好きなんだね」

桃花の楽しそうな声に、凛子の耳朶《みみたぶ》が熱く火照《ほて》った。

「あれぇ？　凛子ちゃん、顔、赤くなってる」

桃花が不思議そうな顔で凛子を覗き込む。

「凛子ちゃん、恥ずかしいの？　もしかして、凛子ちゃんもしんのすけ君のこと好きなの？」

桃花の嬉しそうな声は、思いのほか大きい。もしかしたら、遠ざかりつつある慎之介の耳にまで届いているかもしれない。

「も、桃花ちゃん……」

「ねぇねぇ、好きなんでしょ？　だってすごく嬉しそうな顔してるよ？」

とっさに違うと言おうとしたけれど、できなかった。

だって「嫌い」ではない。どちらかといえば好意的に思っているし、そうでなければキスをされたときに速攻で激怒したはず……。

（え……？　まさか、私……社長のことを……）

「うわぁ、よかった！　これでやっと両想いになれたんだね！　本当によかったね、凛子ちゃん！」

桃花がそう言いながら、凛子の顔を覗き込んでくる。自分をまっすぐに見つめてくる丸い目に嘘をつくことはできない。凛子は小さく頷き、囁《ささや》くように言った。

「そ……そうだね……」

桃花が、満面の笑みを浮かべる。そして、手を振りぴょんぴょんと飛び跳ねながら大声を上げた。

「しんのすけくーん！　凛子ちゃんもねー、しんのすけ君のこと好きなんだってー！」

「やっ……も、桃花ちゃんっ……！」

凛子はあわててうしろを振り返り、桃花が見ている方向を見た。てっきりもっと遠ざかっていると思っていた慎之介は、ほんの数メートル先で立ち止まってこちらを見ている。そして、こともあろうにこちらに向かって投げキッスをよこした。

「なっ……！」

海外の映画俳優でもあるまいし、日常的にそんなことをする人なんてはじめて見た。

唖然とする凛子の横で、桃花がはしゃいだ声を上げる。

もしかして、からかわれている？　いや、そうに決まっている。

そう思った凛子は、はしゃぐ桃花をせき立てて、そそくさと公園をあとにした。


翌日の日曜日は、朝から理沙の電話攻勢を受けた。

きっとおませな桃花からいろいろと聞いたのだろう。凛子がいくら否定してもまったく聞く耳を持たず、これからはじまると決めつけているシンデレラストーリーが、楽しみで仕方がない様子だ。

ようやく電話を終え、ランチにと用意したサンドイッチを齧《かじ》りながら、凛子は一人部屋のなかで悶々《もんもん》としていた。

（なによ、投げキッスって……。いくらアメリカ帰りでも、あんなこと普通する？）

あれは、アメリカでは日常的に行《おこな》われていること？

いや、むしろ普通しないからこそ価値があったりして？

「そ、そうじゃなくって！　……やっぱり、いろいろとありえないでしょ……」

イケメン社長が、よりによって自分に興味なんか持つわけがない。

凛子は、ややもすれば勘違いしそうになる自分自身をいさめた。理沙母娘の浮かれぶりが、かえって凛子の理性を呼び覚ましてくれたようだ。

現実は、ドラマや映画とは違う。

絶世の美女でもお金持ちの子女でもない自分が、社長と結ばれるなんてストーリーは万が一にもありえない。

シンデレラストーリーなんて、自分には無縁の話だ。だいたい、自分にはシンデレラ的要素などまるでないのだから。

残念ながら、理沙母娘が思うような展開には二百パーセントならない。

昨日はたまたま通りすがった公園で知った顔を見つけた彼が、ぜひにと誘われて遊びに加わっただけ。そうなったのは、彼が無類の子供好きだからだ。

だけど、桃花の純粋な瞳によってあぶりだされた自分自身の気持ちだけは、認めざるを得ない。

「はぁ～、なんでこうなっちゃうかな……」

もともと面食いでもなければ、分不相応な高望みなどするつもりはなかった凛子だ。

それなのに、図らずも出会ってしまったイケメンに、心奪われている。

「でも……今ならまだ間に合うかも……」

そもそも、こんなことになるなんて、ものすごく自分らしくない。

就職してからの六年間、ただ黙々と仕事をこなし、恋愛とはまるで無縁の生活を送ってきた。そんな自分が、出会ってひと月も経たない人に心揺さぶられるなんて。

けれど相手とはどう考えても不釣り合いだ。だからこそ、早い段階で諦めたほうがいい。

今抱いている気持ちは、きれいさっぱり捨て去ってしまおう。

一連の出来事は、きっとなにかの間違いで見てしまった夢物語だ。

だいたい、慎之介がなりたいと言っていたのは凛子の「親友」であって「恋人」ではない。

それにそもそも、子供相手に交わした戯言《ざれごと》を本気にしてはいけない。そんなことをしようものなら、大恥をかくことになる。

キスも鬼ごっこのときのバックハグも、ちょっとしたハプニングに過ぎない。

きっとそうに違いない。

「あれ？」

ふと顔を上げると、窓の向こうに虹が見えた。地面が濡れているところをみると、知らない間に雨が降っていたらしい。

「虹……。ぜんぜん気がつかなかったな……」

凛子は唇を噛み締める。

そして、慎之介との間に起きたすべてのことを、今にも消えてしまいそうな虹に重ね合わせて切ない気持ちになった。

その週の月曜日は、朝から息吐《つ》く暇もないほど忙しかった。

「ほらほら、もう一時半！　岩田さん、お昼どうぞ」

園田と入れ替わりで、昼の休憩に入ることにする。

凛子は席を立ち、非常階段を使って十二階のフリースペースに向かった。そこには、凛子が気に入っている缶コーヒーの自動販売機があるのだ。

シフトが合えば総務部の同期と一緒に食べることもあった。けれど、仕事が立て込んでいるときは、たいてい用意してきたものをフリースペースに持って行って食べている。

今日のランチは、出勤途中に買っておいたクラブハウスサンドだ。

（夕方までには請求書の仕分けを終わらせなきゃ）

外部から送られてくる請求書は、榎本が仕分けして凛子に渡すことになっている。かえって手間がかかるが、二重チェックをするためには、こういった分業が必要なのだ。

いつものこととはいえ、この時期になると、ついつい経費精算のシステム化の件を考えてしまう。

（今度社長に会ったら、どうして許可が下りなかったのか聞いてみようかな……）

土曜日に公園で会ったときは、そんなことを考える余裕すらなかった。

（でも……）

聞くとしても、いったいいつ聞けばいいのか。

会社では無理だ。週末の公園に行けばまた会えるかもしれないけれど、桃花と一緒でなく、凛子一人が公園にいるのは不自然な気がする。慎之介が通りかかるのを待とうものなら、まるでストーカーだ。

非常階段を上り、フリースペースに向かう。

広々としたそこには、ソファと丸テーブルがいくつか置かれている。今は一番奥の窓際に、三人の女性が座っているだけだった。彼女たちは、こちらに背を向けている。

周りに他の人がいないため、比較的大きな声でおしゃべりを楽しんでいた。

凛子は入り口横の自動販売機前で立ち止まり、財布からお金を出そうとした。

(あ、小銭がない)

タイミング悪くつり銭切れで、お札は使用不可だ。

残念ながら、ここは諦めるしかないみたいだ。

(あーあ。うちも社員証で買い物ができるようになればいいのに)

「白鷹紡績」にはまだ導入されていないが「ＨＡＫＵＹＯＵ」本社ビルには、社員証で買い物ができるシステムがすでに整備されている。社員食堂やビル内に置かれている販売機全般が、その社員証による認証で使用できるのだ。社員証で買ったものの代金は、後日給与から天引きされる。これにより支払いの手間と煩《わずら》わしさがなくなり、今のような無駄な時間をとられずに済むというわけだ。

（仕方ないな、ほかで買おう）

凛子がその場から立ち去ろうとしたとき、奥にいる女性社員たちがいっせいに声を上げた。

「えええっ！　まさか、本当に？」

「嘘ぉ……なにかの見間違いじゃないの？」

「ううん、見間違いじゃないって！　あれはぜったいに社長と経理部の岩田さんだった！」

突然聞こえた自分の名前に、凛子はとっさに自動販売機の陰に身を隠す。

「ちょっと遠いけど証拠写真まで撮ったんだから。……ほら！」

「うわぁ、ほんとだ！　なにこれ、すごい。バックハグされてるじゃない……いったいどういう状況なの？」

漏れ聞こえてくる声によると、写真を撮った女性社員は、土曜日に凛子たちがいた公園の前を通りかかったらしい。そして、写真には鬼ごっこで慎之介に捕まったときの凛子が写っている様子だ。

凛子は大急ぎでその場を離れ、非常階段を駆け下りた。

まさか、公園でのことを会社の人に見られているとは。

あれは、子供たちと一緒に遊んでいる流れのなかで起きた、一瞬の出来事だ。何らやましいことはない。けれど、なんといっても相手は氷川慎之介だ。

社内の大半の女性は、いまだ慎之介になみなみならぬ関心を持っている。独身の人はもちろん、結婚して子供までいる人も彼に近づくともれなく頬を赤らめて、通り過ぎる彼を目で追ったりするのだ。

それほど関心を集めている人に、あろうことか公園で抱きしめられている写真を撮られるなんて。

なんだかとてもまずいことになりそうな気がする。それでなくても「超合金」として名が知れている凛子だ。とてもじゃないけれど、話を聞いて好意的な目を向ける人などいやしないだろう。

(まずい……。ぜったいにまずいよね)

凛子の予想どおり、その日経理部の前は、いつも以上に人が行き交い、こちらをチラチラと窺うような視線が飛んできた。

自分はともかく、このまま噂が広まれば慎之介に迷惑をかけてしまう。

普通に考えて到底ありえない組み合わせなので、写真さえなければ噂だけで済んだかもしれないのだが……

予定していた仕事をやり終えた凛子は、片づけを済ませて一人ロッカー室に向かった。

ドアを開けようとして、なかから聞こえてきた話し声に足を止める。

「社長と岩田さんが？　……わぁ、本当に本当だ！」

「信じられない！　でもこれって、まさかのシンデレラストーリーじゃありません？」

ああ、やっぱり――

ドアノブをつかもうとした指先が握りこぶしになって固まる。きっともう、独身の女性社員の間であの件は大々的に知れ渡っているのだろう。

「はあ？　そんなわけないでしょっ！　あの岩田さんだよ？」

続いて聞こえてきた、ひときわ甲高い声は、人事部の杉原《すぎはら》という女性主任のものだ。彼女とは頻繁《ひんぱん》に内線電話を掛け合う間柄だが、むろんそれは業務上のことであり、決して仲がいいわけではない。

そこには、あからさまな悪意が感じられた。

杉原の声が続く。

「これ、ぜったいなにか裏があるわよ。そうでなきゃ、あんなギスギスした『超合金』が社長にこんなことされるわけないもの！　あぁ、もう、腹立つ！　嫁き遅《い》れの『超合金』が、なに色気づいてんだか！」

声は一向にトーンダウンしない。もはや聞こえてくる声は、ほぼ杉原のものになっていた。凛子はドアから一歩後ずさる。

これでは、なかに入れないし、この場に留まることもできない。

起きたことは事実だし、反論しようにもなにをどう説明すればいいのかわからない。仮にすべてを正直に話したとしても、なんの解決にもならないような気がする。

凛子はそのまま踵《きびす》を返すと、誰もいない非常階段に身を潜《ひそ》めた。

だいたい二十分は、そこにいただろうか。しばらくしてロッカー室に戻ると、もう誰もいなかった。

そそくさとなかに入り、できるだけ早く着替えを済ませエレベーターホールに向かう。

幸い誰にも会わずに、一階まで下りることができた。いつもなら顔を上げて歩くフロアを、下を向いたまま早足で通りすぎる。

正面玄関を避けて裏口へと続くぶ厚いドアを押し開けて、外に飛び出た。

いつも使っている駅とは反対側に進み、ひとつ先の駅まで黙々と歩を進める。これなら、知っている人に会うこともないはず。凛子はため息を吐《つ》きながら、とぼとぼと進んだ。

（どうしよう……）

頭のなかに、そんな言葉が繰り返し浮かんでは消える。

考えようとしているのに、なぜか頭のなかはからっぽだ。無性に一人になりたくて、ただひたすら自宅マンションへと急いだ。

いつになく気弱になっている。

仕事中であれば「超合金」でいられる。会社にいるときに起きた出来事なら、冷静に対処できる自信もあった。

だけど、今回だけは違う。

耳にした一言一句が頭から離れない。

心が傷ついて、崩れてしまいそうだ。

(嫁き遅れ《い》の「超合金」は、恋しちゃダメ?)

分不相応だということはわかっている。だから、もうこれ以上想わないと心に決めた矢先だったのだ。

ようやく自宅最寄り駅に着き、改札を出る。

(もうあの公園には行かないほうがいいのかな……)

だけど、あの場所は桃花のお気に入りだ。桃花が遊びに来たら、行かざるを得ないだろう。

せめて、今度からは極力会わずに済むような時間帯を選んで——

ぼんやりとそんなことを考えながら歩いていると、突然やんわりと肩を抱き寄せられ、行く手を阻《はば》まれた。

「下ばっかり見て歩いていると危ないよ」

「……あっ……社長……」

慎之介は一度帰宅したあとなのか、すでにスーツではなく、Tシャツにジーンズ姿だ。

街灯に照らされた顔が、凛子を見て朗《ほが》らかに笑った。

「お帰り。思ったより遅かったね」

「はい。あの……社長は、どうされたんですか？　なにかお買い物でも？」

「いや、岩田さんを待っていたんだ。この間食事に行けなかったから、改めて誘おうと思って」

「食事……ですか？」

「うん。ほかに用事でもあった？」

「いえ」

「じゃあ、このままうちに寄って車で行こう。ここからそんなに遠くないところに、おいしいイタリアンレストランがあるんだ。こんな格好でも入れてくれる気楽な店だけど、味だけは保証するよ」

穏やかな表情と、いかにも優しそうな微笑み。

――行ってはいけない。

そう思う気持ちが、慎之介の微笑みにかき消されてしまう。

慎之介の右手が凛子の腰に回った。まるで魔法にでもかかったように、凛子は慎之介とともに歩き出す。

きっと、女性を誘い慣れているのだろう。まったく誘われ慣れていない凛子ですら、なにも言えないままついていってしまうくらいだ。

（なんで？　どうしていつも私の前に急に現れるの――）

軽く抱き寄せられ、身体が慎之介のほうに傾く。心臓がどきどきしてきた。

「好き嫌いは？　これだけはどうしても食べられないってものはあるかな？」

まるで小さな女の子に語りかけるような訊ね方をされて、うっかり子供みたいにぶんぶんと首を横に振ってしまった。

「そうか。いい子だ。その点、俺はダメだなぁ。シイタケだけは、どうしても食べられない」

「そうなんですか？　おいしいのに」

「うん、わかるよ。おいしいのはわかるんだけど、なんでかな……たぶん、あの食感がダメなんだと思う」

途中横道にそれて、若干薄暗い道を歩いていく。このまま行けば、いつも行っている公園の前を通りかかるはずだ。

また誰かに見られたらどうしよう？

歩きながら何気なくあたりを見回してみるけれど、今のところ誰もつけてきたりしてはいないようだ。

「どうかした？」

急に歩くのが遅くなったせいか、慎之介が凛子の顔を覗きこんできた。

「い……いえ……」

出た声は、思いのほか小さい。

誘われるままについてきてしまったけれど、よく考えてみればこんなことをしている場合ではなかった。

（そうだ……。私、もう今以上に社長のことを想わないようにしようって決めたんだった……）

公園がきっかけになって、ロッカー室の会話のことをまざまざと思い出してしまった。

嫁《い》き遅れの「超合金」が、またしても社長に近づいている……

凛子は今さらのように立ち止まり、すぐ横にいる慎之介から離れた。

「あの、私やっぱり、このまま帰ります。もう遅いですし、特別な理由もなく社長と二人きりで食事に行くのは好ましくないので」

早くこの場から逃げ出さなければ――

凛子は進行方向に背を向けて、公園のなかに歩を進めた。

「岩田さん！」

うしろから手を握られた。慎之介が前に回り込み、凛子の肩にそっと手を置く。

「好ましくないって……。どうしてかな？　今は完全なプライベートだし、誰も文句は言わないよ」

「いいえ、言われます！　現に、この間ここで――」

勢いに任せて余計なことを口走りそうになった。あわてて口をつぐんだけれど、もう後の祭りだ。

「この間？　ここで君と桃花ちゃんと遊んだときのことか？　それについて誰かになにか言われたのか？」

凛子は無言で首を横に振った。

別に直接言われたわけじゃない。間が悪いときにロッカー室に行って、うっかりそれを耳にしてしまっただけだ。

街灯があるから、夜の公園は思ったより明るい。慎之介が、凛子の左腕を掴んだ。

「もし俺のせいで君に迷惑をかけていたのなら謝る。なにを言われたのか、教えてくれ」

慎之介が、顔を覗き込む。

凛子は顔を見られないように、斜め下に視線を逃がした。

「話したくありません」

「どうして?」

「言っても仕方がないからです」

少しの間なにも言わなかった慎之介だったが、ふいに傷ついたような声を漏らした。

「それでも、言ってくれなければ君を守りようがない。頼むから話してくれないか」

「嫌です。それに、守っていただく必要もありません。そんなことをされたら、かえって迷惑ですから」

出した声が、夜の公園に冷たく響いた。

いくらなんでも、今のは社長に対して言う言葉ではない。

自分でもおかしいくらい、気持ちが高ぶっている。

とにかく一刻も早くこの状況から逃げ出さなければ――頭のなかは、そればかりだ。

凛子は慎之介から離れて歩き出そうとした。けれど、慎之介の腕に身体を包み込まれてしまう。凛子は顔を背《そむ》けたまま、身をよじった。

「離してください!」

「いや、話してくれるまで君を離すわけにはいかない」

横を向いている頬を掌《てのひら》ですくわれ、ごく間近で視線が絡み合った。呼吸をするたびに心臓が痛くなり、息が苦しくなる。

「どうしてですか? なぜ私に構うんですか」

「なぜかって？　なんだ、てっきりもうわかっていると思っていたんだけどな……。とにかく、話してくれないと、俺も君を離さない。どう？　わかりやすい交換条件だよ」

凛子を見る慎之介の目が、少しだけ細くなる。

「もっとはっきり言おうか？　岩田凛子さん、俺は君のことが好きだ。だから、君が俺のせいでなにを言われたのか気になるし、君のことが心配で仕方がない」

彼の顔に、真剣な表情が浮かぶ。

逃げ出そうと思えばそうできたかもしれない。だけど、言われたことを理解しようとするのに必死で、その場から一歩も動くことができなかった。

「さあ、なにを言われたか教えてくれるね？」

改めて身体を包み込まれて、さらに大きく気持ちが揺らいだ。

甘い言葉に惑《まど》わされてはいけない。今はこの場から逃げだすことを優先させなければ――

「い……言えば、離してくれますか？」

「そうできるならね」

「わかりました。では、お話しします」

慎之介に誘導され、藤棚の下のベンチに向かった。棚の葉が街灯の灯《あか》りを遮《さえぎ》り、そこだけは夜の暗さを保っている。あまり顔を見られたくなかったから、凛子は進んでそこ

まだ。

隣に、慎之介が腰を掛ける。彼の腕は、いまだ凛子の身体をしっかりと捕まえたま

に腰を下ろした。

凛子は、できる限り感情をフラットにして、ロッカー室での会話について彼に伝えた。

話し終え、一度小さく深呼吸をしてから、慎之介の顔を見つめる。

陰口を叩かれるのはこれがはじめてじゃない。それなのに、見つめ合っているうちに、

徐々に胸が詰まってきた。きっと、自分を見る慎之介の視線が優しすぎるせいだ。

（ダメ……泣くな、凛子！）

凛子は瞬《まばた》きをして、込み上げてきそうになる涙をこらえた。

慎之介の掌《てのひら》が、凛子の頬に触れる。

「そうか……。そんなことになっていたとは知らなかった。すまない……本当に悪かった」

低いトーンの声が、凛子の耳朶《じだ》に染み入ってきた。そうしようとは思っていないのに、

身体が勝手に慎之介に寄り添ってしまう。

「しかし、ひどい言われようだな。傷ついたろ？　……だけど、そんな言葉なんか気にすることはないよ」

聞こえてくる言葉のひとつひとつが、涙腺《るいせん》を刺激する。

「ほかの誰がなんと言おうと、俺だけは君のことをそんなふうに思わない。俺だけは君のことをわかっている。君はこんなにも柔らかで繊細な女性だ。そうやって、無理に涙を我慢している顔がたまらなく可愛い……」

「ん……っ……」

捕らわれている身体を、いっそう強く抱き寄せられ、唇にキスをされる。抵抗する暇もなくすぐに舌が入ってきて、今度は本格的に抱き締められた。

「……は……離し……、ん……ん……」

公共の場だというのに、自分でも恥ずかしくなるほど甘い声が零れた。立ち上がろうとした太ももの内側に硬い掌《てのひら》が滑り込み、そこを強く揉みしだかれる。

「……ぁ……んっ……」

こんなの、ぜったいに現実じゃない。

もう虹は消えてしまったし、自分はヒロインでもおとぎ話のお姫様でもないのだ。

頭ではそうわかっているのに、凛子の心はもう、慎之介に向けて走り出していた。

公園の藤棚の下でキスをしてから、きっかり一時間後。

いつの間にそうなってしまったのか、凛子は慎之介の自宅マンションのベッドで仰向けになっていた。

時間は午後九時を少し過ぎたところ。白を基調とした部屋は、間接照明のぼんやりとした灯《あか》りに包まれている。

「緊張しなくていいよ。ここには、君を悲しませるようなやつはいないからね」

凛子は力なく頷く。

だけど、どうしてここまでついてきてしまったのだろう？　こんなの自分らしくないし、ぜったいに間違っている。少なくとも、品行方正な行《おこな》いとは言いがたい。こんな時間に恋人でもない男性の部屋を訪れるなんて……。

「すごくそそられるな……。会社での君からは想像もつかないほど色っぽいね」

いったい誰が誰に対して言っている言葉？

頭の隅にいる理性的な自分が警笛を鳴らす。だけど、その音はすぐにキスの音と自分が漏らす嬌声に取って代わる。

「すごく綺麗できめ細かな肌をしているね。『大和撫子《やまとなでしこ》』って感じで、とても素敵だ」

そんな甘い言葉を囁《ささや》かれたのは、生まれてはじめてだ。

着ていたものは、すでにどこかに脱ぎ捨てている。

むろん、それは凛子だけではない。さっきからずっと両方の乳房にキスの雨を降らせ続けている慎之介も、なにひとつ身につけていない。

「しゃ……ちょう……。……あ、あぁ……。ん……っ……」

彼が凛子の乳房を執拗《しつよう》に愛撫しているのは、胸が痛くて苦しいと言ったからだ。

痛いなら治してあげると言われ、誘われるままキスをしてベッドに運ばれた。それが今から二十分前だっただろうか。そこから、たっぷり時間をかけて胸だけを愛撫され、徐々に舌を這《は》わされる場所が広がりだしたのが十分前。

「どうした？　やけに時計ばかり見ているね」

指摘されて、無意識に胸元に視線を向けた。案の定、待ち構えていた慎之介の瞳に捕らわれ、見つめ合う格好になる。

時計ばかり見ていたのは、ほかに目のやり場がなかったからだ。

「そう。ちゃんと俺のほうを見て。胸の痛み、少しは消えたかな？」

無意識に首を縦に振って、繰り返し瞬《まばた》きをした。

彼の唇から覗いている乳暈《にゅううん》が、しっとりと濡れているのが見える。

慎之介は凛子の胸に何度もキスをしながら「痛いの痛いの飛んでいけ」と歌うように呟いていた。

およそセクシーとは程遠いまじないの言葉が、ことのほか心に染み入って、いつしか痛みなどどこかに消え去っている。

「もっと先に進んでいい？」

無意識のうちに、頷いていたのだろう。慎之介のキスが唇に戻ってくるのと、その手が凛子の閉じた両脚を左右に押し開くのは同時だった。

触れている慎之介の身体は、凛子と同じくらい熱く火照《ほて》っている。けれど、なぜか彼の指先だけはいまだ冷たいままだ。

その冷たさに驚いた肌が粟立《あわだ》ち、全身がぶるりと震える。

「……ひぁっ……」

「あぁ、ごめん。冷たかった？」

凛子は小さく頭《かぶり》を振った。ちょっと驚いただけで、本当はぜんぜん平気だ。

だってもう身体のあちこちに触れられている。最初こそ身体が縮こまっていたけれど、すぐにそれは熱い戦慄に変わっていた。

冷たいのに熱い。

ひんやりと滑《なめ》らかな慎之介の指は、そこだけがしなやかな金属でできているみたいだ。

「……あ、ぁあああんっ！」

和毛《にこげ》の先を目指していた彼の指が、桜色の突起物をそっと引っ搔いた。

身体がふいにベッドから浮き上がり、目の前に火花が散る。

身体ががくがくと震え、一瞬気が遠くなった。

自分は今、男性と性的な行為をしている。

そう思う頭のなかが、蜂蜜《はちみつ》のようにとろけているのがわかった。

凛子は冷静でいるようで、その実まったくそうではない。今にも叫びだしそうになっているし、気持ちの持って行き場に困り心が右往左往《うおうさおう》している。

「岩田さん。今、どんな気持ち？　君の唇、ほんの少し開いて、目尻が下がってる。もしかして、気持ちいいと思ってくれているのかな？」

慎之介の指が、ふっくらと腫《は》れた花芽の頂《いただき》を下りて、閉じた花房の間に沈んだ。

普段ぜったいに他人に触れられることのない場所をまさぐられ、顔が燃えるように熱くなる。

「や……あ……んっ！　あ……あっ……、わたし……あああっ……」

目蓋《まぶた》の向こうに見える景色が、蜃気楼《しんきろう》のように揺らめいている。

彼に触れられて、こんなにも身体が火照《ほて》っているなんて。

会社とか役職など関係なく、ただ一人の男性としての彼に向けて、気持ちのぜんぶが動いていた。

耳の奥で小さく水音が聞こえる。

息が苦しくて顔を横に向けると、すぐに唇が追ってきて、舌を差し込まれた。桜色の花芽を緩《ゆる》く愛撫され、全身にさざ波が立つ。

「岩田さん……。このまま抱いていい？」

耳元で囁《ささや》かれ、はっと我に返った。

「え……？」

改めてそう訊ねられて、凛子は今さらながら動揺して身体をこわばらせる。

「で……でもっ……。無理です……。私……あんっ！」

太ももを探る掌《てのひら》が、凛子の膝裏を捕らえた。

「どうして無理？　君も同じ気持ちだと思ってたけど、違った？」

凛子は反射的に首を横に振った。

「それは、君も俺と同じ気持ちだって解釈してもいいってこと？」

今度は首を縦に振る。

「だったら――」

「ダメです……！　私、うまくできないんです……セックス……」

ようやく口にした秘密は、自分自身でも忘れかけていた事実だ。

「セックスが、うまくできない？」

ゆっくりと確かめるように話す慎之介の声が、凛子の耳朶《じだ》をチリチリと焦がす。そっと身体を離すと、慎之介は、手繰《たぐ》り寄せたシーツで凛子の身体を包んだ。

「よければ理由を聞いていいかな？」

凛子を見る慎之介の瞳には、真剣な色が宿っている。凛子はこっくりと頷き、目を伏せた。

「……濡れないんです。いくら努力しても、まったく……」

今まで誰にも言えずにいた秘密を、素直に口にしている自分が不思議だった。

慎之介は、なにも言わない。

もしかしてあきれた？

そう思い、おそるおそる顔を上げると、まっすぐな慎之介の視線とぶつかった。優しく肩を抱かれ、こめかみにキスをされる。そうしているうちに、だんだんと気持ちがほぐれてきた。

「前に付き合っていた人とキスをして、いざそういった行為に及ぼうとしても……ぜんぜんダメだったんです。……痛くて……結局、途中で止めてそれきり……」

その人とは付き合う前から顔見知りで、決して悪い人ではなかった。

けれど、いざ二人きりになってみると、まったくと言っていいほど会話が弾まない。

その時々の気持ちを伝えようとするけれど、緊張してうまく話せないのだ。だんだんと一緒にいる時間が苦痛になり、その場の気まずさを誤魔化そうとしたのか、彼にいきなりキスをされ、さらにはその先を求められた。

けれど、それすらも失敗に終わり、結果的に少しも分かり合えないまま、別れを告げられた。

今思えば、いろいろと拙《つたな》くておぼつかなかったのだと思う。ことあるごとに気持ちがついていかず、一緒にいてもお互いに鼻白むことが多くて。

「私、どうしていいかわからなくて、なにかと受け身だったんです。きっとそれもいけなかったんだと思います。……そういえば、別れ際に言われました。『まるでロボットを相手にしているみたいだった』って。ふふっ……私、そのときから『超合金』予備軍だったんですね」

「そうだったのか」

慎之介の掌《てのひら》が、凜子の後頭部を撫でた。

髪の毛を梳《す》く指先が、とても心地いい。まるで飼い主の膝の上で丸くなる仔猫になった気分だ。

「そのあと、新しく恋をしようとは思わなかった?」

「はい、まったく。気になる人もいなかったし、なんとなく自分は恋愛に向いていないんじゃないかって思っていたので」

元カレと付き合う以前は違っていた。少なくとも、もっと恋に前向きだったように思う。

忘れたい記憶だけを残して、元カレとの関係は終わった。当時、記憶を消すためにありとあらゆる努力をした。思い出そうとする自分を叱り、打ち込めるものを探して苦手なスポーツや趣味にわざとのめり込んだ時期もあったように思う。

就職後は、そうした記憶すら曖昧《あいまい》になるほど、仕事に没頭した。

「もしかすると、いつの間にかすっかり卑屈《ひくつ》になっていたのかもしれません。だけど、いろいろやったおかげで思い出したくない記憶は頭の隅に埋もれちゃったし、今の今まで本当に忘れていました……」

人間の脳は意外と忘れっぽい。

なのに、慎之介とこうなったことで、過去の記憶がすっかりよみがえったみたいだ。

「せめて、もう少し気持ちを伝えられていたら……。本当に、ぜんぜん伝えることができないまま終わったんです。結局、私がいけなかったんだと思います」

話を終え、自分では微笑んでいるつもりだった。

だけど、実際はそうじゃなかった。出ているのは、しゃくりあげているような泣き声と、こめかみを伝う涙だ。

「あ……」

凛子は、急いで顔を背《そむ》けて掌《てのひら》で頬をこすった。そして、緩《ゆる》く抱き込んでいる彼の腕から逃れ、ベッドから抜け出そうとした。だけど、身体に巻きつけられたシーツのせいで身動きが取れない。

「どこへ行くんだ？」

聞こえてくる声は、とても穏やかだ。

慎之介が操作したのか、背後で小さな電子音が聞こえ、部屋の照明が少し明るくなった。

「どこって、家に帰るんです。私、どうかしていました」

本当に馬鹿だ。

誘われてのこのこついていくとか、これでは、まるで尻軽女だ。

あげく、服を脱いでベッドに入り、昔の恋人の話をして、涙を流すなんて。

映画ではこんな展開も十分ありうるだろうが、現実に起こってみれば、ただ自分のプライドを傷つけただけだ。

現状を正しく把握すればするほど、今の自分をみっともなく感じた。こんな状況に陥《おちい》ってしまった自分自身が許せない。

凛子は強引に身体を動かして、慎之介の腕を振り払おうとした。しかし、どうしてもできない。どこがどうなっているのか、焦れば焦るほどシーツが身体にまとわりついてくる。

「ちょっと待って。もう遅いし、今君を帰すわけにはいかない」

低く落ち着いた声が、耳のすぐうしろで聞こえた。またしても頬が赤くなってしまいそうで、凛子はできる限り身体をずらし、慎之介と距離を保とうとする。

「歩いてもすぐですし、一人で帰れます」

胸元に巻きついているシーツを緩《ゆる》めようとして、今さらながら自分が今、なにひとつ身につけていないことを思い出した。

「そういった意味で言ってるんじゃない」

「じゃあ、どういう意味でそんなことをおっしゃっているんですか」

半分上の空で返事をしながら、凛子は必死になって今の危機的状況からの脱出法を考えた。

照明がいくぶん明るくなったことで、さっきまで着ていたものが床のあちこちに散らばっているのがわかった。このままベッドから抜け出そうものなら、裸で部屋をうろつくことになる。

「帰らないで、ここに泊まればいいと言ってるんだ。食事には行けなかったけど、冷蔵庫にはなにかしら入ってるし、簡単なものなら作ってあげられるよ」

慎之介の腕が凛子の腰に回った。抱き寄せられ、凛子はまた逃げようともがいた。

「どうして逃げようとするんだ？」

「どうしてって……。こんなのよくありません！　恋人でもないのに、こんなことになっていいはずがないです」

「俺は別にいいと思うけどな。さっきも言ったけど、俺は君が好きだ。だから君とセックスしたいと思うし、朝までずっと一緒にいたいと思ってる」

「……な……なにをおっしゃっているのか、まったく理解できません！」

こんなふうに感情的になるなんて、この間キスを咎《とが》めたときと同じだ。

そう思うものの、こんなときどうやって切り抜ければいいのかなんて、恋愛経験値ほぼゼロの凛子にわかるはずもない。

「もう……！」

こうなったら裸でもなんでもいいから、ベッドから抜け出さなくては。

凛子はやみくもにもがいて、どうにかベッドの端まで移動した。今や、胸元が半分以上あらわになっている。だけど、依然下半身はシーツに捕らわれたままだ。

「俺に言わせれば、岩田さん——君のほうが理解できないな。君も俺と同じ気持ちなんだろう？　セックスはともかく、もっと君と話したいし、一緒にいたいと思ったからここに君を誘った。君もそうなんじゃないのか？」

うしろから抱かれ、その温かさにドキッとする。

「……確かに……そうだったかもしれません。でも、今は違います。社長と朝までこうしていることなんかできません！」

せっかく冷静になろうとしていたのに、身体を包み込むぬくもりに心が思いっきり動揺する。

「どうしてできないんだ。どうして今は違うなんて言うんだ？」

「らしくないからです！　こんなの、私らしくありません」

ふいに身体がシーツごと反転して、慎之介と向かい合う姿勢になる。そのまま身体がぴったりとくっついた。

「らしくない？　そうかな……俺は今の岩田さんが、今まで見たなかで一番君らしいと思うけど」

仰向けにされた凜子に、慎之介の顔が迫る。

「……それって、どういうことですか？　こんなふうに、恋人でもない人と裸でベッドにいることが私らしいっていうんですか？」

「そうじゃない。君はさっきから我慢している。すごく傷ついているのに、事実だけを伝えて泣き言を言わない。泣きそうになっていても、無理に我慢して涙をこらえている。一生懸命自分は大丈夫だって思い込もうとしている。それが虚勢だって半分はわかっていても、気がつかないふりをして……。今だって俺を遠ざけようとして、自分の気持ちをコントロールしてる。……実に君らしいよ」

言うことが、いちいち当たっている。

自分らしくないと思っていたことが、実は一番自分らしいなんて……

でも、これが本当の自分ではいけないのだ。

「何度も言うけど、俺は岩田さんが好きだ。誰にでもこんなことをするわけじゃないし、ここに連れてきた女性は君がはじめてだよ。ここ二年間恋人はいないし、見つける気にもならなかった」

あと五センチも近づけば、唇が触れ合う。

距離はさらに縮まり、今やほんの少し動いただけでキスができるところまで近づいている。

ややもすれば自分から唇を寄せそうになってしまっていることに気づいて、凛子は無意識に唇を噛んだ。

「だけど、君に出会った。いきなり『超合金』だと揶揄《やゆ》されているところに出くわして、気になって注意して見ていたら、いつの間にか君から目が離せなくなっていた」

「ん……っ……」

やんわりと唇が重なり、小さな水音を立てて離れる。

「気がついたときには、君が気になって気になって仕方がなくなっていた。君の人事データを毎日閲覧《えつらん》して、顔写真を日に何度も見たりしてた。そのうち、君が『超合金』なんかじゃないのがわかった。本当は人一倍傷つきやすくて、だけどそれを表に出せなくて余計つらくなってる。そうだろう?」

舌が、唇のなかに溶け込んでくる。

シーツが緩《ゆる》み、凛子の全身がすっかり自由になった。

自然と目蓋《まぶた》が下りて、身体から力が抜けていく。

キスがこんなにも甘いものだなんて、知らなかった。

人の舌がこんなにも柔らかで優しいだなんて――

「岩田さん、俺は君と恋愛がしたい。君はさっき元カレとの別れが自分のせいみたいに言ったけど、恋愛は一人じゃなく二人でするものだ。どちらか一方だけに非があるなんてことはないし、もしそうであれば、それは本当の恋愛じゃない。少なくとも俺はそう考えている」

キスの合間に、彼の言葉が口移しで凛子の身体に染み入っていく。

「君がいじらしく思えて仕方ないんだ。ほかの人が気づかなくても、俺は君の表情の変化に気づいてるよ。君がなにか我慢しているなら理由を知りたいと思うし、君が悲しそうだったら、すぐにでも抱き締めてあげたくなる」

唇を軽く齧《かじ》られ、身体がピクリと反応する。

「もっと君の表情を見ていたいし、もっと君が笑えるようになればいいと思う。一度、君を思いっきり甘やかして、とろとろに溶かしてあげたい……。『超合金』だって溶かせるって、知ってるだろ？　おせっかいだと思うかもしれないけど、それが今の正直な気持ちだ。それに、俺はもう本来の君を知ってる。だからいっさい無理はしなくていいし、好きなように振る舞ってくれたらいい」

「あんっ……！　ん、ん……っ」

掌《てのひら》で乳房を包み込まれ、捏《こ》ねるように揉まれた。キスで唇を塞《ふさ》がれ、指の間に挟み込まれた乳先を愛撫される。

「それに、さっき濡れないって言ってたけど……十分濡れてるよ」

慎之介の掌《てのひら》が、乳房から下腹に移った。

「わからない？　もっと言えば、ここへ来て服を脱がしたときからもう濡れてた。ということは、キスだけでそうなったってことだ。君が濡れなかったのは、たぶん君がそうしたくないと思っていたからだろうな。そして、相手がそんな君の気持ちを理解しなかったから、君の心が傷ついてしまったんだと思う」

「あ……っ……。しゃ……ちょう……。あ、あぁ……んっ！」

和毛《にこげ》を通り花芽の上を緩《ゆる》く通りすぎた彼の指が、凜子の花房をそっと撫でさすった。滑《なめ》らかな指の動きに、思わず声が漏れる。

「濡れないどころか、むしろ濡れやすいほうなんじゃないかな……。ほら、まだちょっとしか触っていないのに……すごい……。信じられないなら、自分でも触ってみる？」

指先を誘導され、凜子は自身の開いた脚の間を確認した。

すごく濡れている。そこだけではなく、ヒップがついているシーツまでも。

「やっ……。ん……あっ……、あ……あああっ……！」

花房のなかを、二人の指が絡み合ったまま泳ぐ。

ぬるぬると温かい秘所の凹凸《おうとつ》が、指先に直接伝わってくる。

「恋人でもない人とこんなことをしちゃいけないっていうなら、恋人になればいい。……さっき結局途中で止めてそれきりって言ってたけど……。それって、まだ最後までしてないってことか？　つまり、まだ、ヴァージン？」

最後のひと言を耳にした途端、身体がぎゅっと縮こまった。

確認されるまでもなく、そうだ。

凛子は慎之介から顔を背《そむ》け、小さく頷いた。

ぜったいに、笑われる。そう思ったのに、いつまで経っても笑い声は聞こえてこない。

「そうか」

ようやく聞こえてきた慎之介の声に続いて、大きく息を吐く音が聞こえた。

「うん、そうか……。よかった……。すごく嬉しいよ。岩田さんのはじめての男になれるのが嬉しい」

「え……？」

思ってもみない言葉に驚き、凛子は顔を上げて慎之介を見た。彼の顔には、明らかに嬉しそうな微笑みが浮かんでいる。

「いや、おかしな言い方をしてごめん……。でも、君を想う気持ちに嘘はないよ」

唇が触れてキスが深くなっていくごとに、頑《かたく》なだった心がほどけていくような気がした。

好きだと繰り返し言われて、ようやくそれが本当だと思えた。

浮かんでいる微笑みが自分だけに向けられるものなら、これ以上嬉しいことはないと思った。

「社長……」

「うん？」

ようやく話しかけたものの、早々に口ごもってしまう。

「……あの……」

せめて、今の気持ちを伝えないと――

そう思うのに、胸が高鳴りすぎて息をするのもやっとだ。

「岩田さん。もし、どうしても帰りたいって言うなら送っていく。でも、できたらこのまま君を抱きたい……もっといろいろなところにキスして、君のすみずみまでを俺のものにしたい」

見つめてくる瞳に、はっきりとした欲望が宿っている。

そんな目つきで見られたことなど、いまだかつて一度だってなかった。

唇が重なると同時に、彼の指が蜜窟の入り口に触れる。

「無理強いはしないよ。君がいいって言うまでは、ここから先は進まないから安心して」

指の腹で花芽をゆっくりと押しつぶすように愛撫される。

「ふ……、ぁ……社長っ……」

ベッドから背中が浮き上がった。自分から唇を寄せてキスをしたような格好になる。すぐさま貪《むさぼ》るようにキスを返され、口のなかが彼の舌でいっぱいになった。

身体のなかに自分以外の人のものを受け入れている――そんなエロティックな感情を呼び起こされて、凛子は夢中で慎之介の肩に腕を回した。

もっとキスをしてほしい。

もっと彼の身体を受け入れたい。

もっと彼で、自分の身体を埋め尽くし掻き回されたい――

まさか自分がこんな感情に捕らわれるなんて思わなかった。

今度こそ、自分の気持ちをはっきりと伝えなければ。

息が上がりすぎてうまく話せないかもしれないけれど、もう前のような失敗はしたくない。

「社長……私、社長に抱かれたいです……」

ようやく絞り出した言葉は、信じられないほど恥ずかしいものだった。

顔を真っ赤にして下を向いても、もう言ってしまったことは取り消せない。

「……私――」

身体ごと彼から逃れようとしたのに、即座に抱き留められてキスをされた。

「ありがとう。嬉しいよ」

唇へのキスが、首筋に移る。そこから急に胸の先に吸いつかれ、我にもなく身体を仰《の》け反《ぞ》らせた。

「ああんっ！　ん、ぁあっ、しゃ……ちょうっ……」

両方の乳房を丁寧に吸われて、気がつけば彼の髪の毛に指を絡めていた。

「安心して。ぜったいに無理はしない。さっきコンビニに寄ったとき、必要なものは買っておいた。……つまり、ちゃんと避妊できるように」

現実的なことを言われ、ほんの少しだけ我に返った。

「……はい」

「岩田さんの気持ちを確かめながら、ゆっくり進めるつもりだ。だけど、もし急ぎすぎていると思ったら、俺のこと叩いていいよ」

慎之介が凛子の目を覗きこんで、いたずらっぽく微笑む。

こちらを見つめる瞳がとても真摯《しんし》だ。

この人にならーー

凛子は心から、そう思った。同時に、今までにないほど性的な欲求が高まっていることに気づく。

初体験を失敗で終わらせて以来、そんな気持ちになったことすらなかった。

心ばかりか身体まで「超合金」になっていた自分が、そう思える日がくるなんて……

改めてそっとキスをされ、彼の指が秘裂のなかで蠢《うごめ》きだす。

「脚……自分で開いてごらん」

言われたとおり脚を開きながら、躊躇《ちゅうちょ》なくそうしている自分に驚く。

「いい子だな」

キスがまたしても唇を離れて、胸の先に移った。

「ひ、あっ……！　ああんっ！」

痺《しび》れるような快楽を感じて、つま先がシーツを蹴る。

声が漏れたのを恥じて唇を噛むのに、押し寄せる快楽は抑えきれない。

「胸が感じやすいんだね。きっと、ほかにももっとそういう場所がある。俺がぜんぶ探し当ててあげるからね。昔の恋の記憶なんか、俺が上書きして消し去ってやる」

顔全体が上気し、呼吸が乱れる。

「いきなりじゃ辛いだろうから、先に指を入れるよ」

耳元で囁《ささや》かれ、頷いて応えた。

蜜窟の縁を硬い指がそろそろとなぞるのを感じた。時折りなかに浅く沈み、出ていってはまた少しだけ入る。それを何度も繰り返されるうちに、蜜窟のなかに指先を感じるようになった。

胸に抱えていた不安は、いつの間にか甘い期待にすり替わっている。

頭上で紙の箱が開く音が聞こえた。

乳房をそっと齧《かじ》られ、くすぐったさのなかに淫《みだ》らな快感が潜《ひそ》んでいることに気づく。

慎之介が、凛子の両脚を大きく広げた。

まるでご褒美《ほうび》を待ちわびる子供のように、大きく胸が高鳴っているのがわかる。

「少しずつ、なかに入る……。準備はいいかな？」

ちょっとだけ微笑んだ顔に、胸が熱くなった。心臓が尋常じゃないほど速く動いている。

今すぐに彼と結ばれたい。

凛子は小さく「はい」と返事をして、首を縦に振った。

自然と慎之介の肩に縋《すが》りつく腕に力が入った。瞬《まばた》きもせずに、顔を見つめる。

触れる程度のキスが唇に降ると同時に、硬く熱いものが蜜窟の入り口を押し広げた。

「あ……あっ……。あああっ……！」

腰にずっしりとした重さがかかり、下腹に熱の塊が宿る。全身が緊張してこわばり、息が止まった。

「大丈夫……。息、吸って吐いてごらん。できるだろう？」

唇の先でキスをされ、甘やかすような声でそう言われた。

頷いて言うとおりにしてみると、少しだけ身体から力が抜ける。

「もう少し深く入るよ？」

囁《ささや》かれては頷き、自分でも気づかないうちに彼の腰に脚を絡みつかせていた。

奥へ進んでいく彼のものに、全神経が集中している。

ほんの少しなかを掻かれて、夢中で声を上げた。

慎之介の指が、花芽を左右になぶりはじめる。これまでまるで存在すら忘れていた膨らみが、これほど強い愉悦を感じさせるなんて、知らなかった。

頭のなかが淫《みだ》らな想いでいっぱいになる。自分がこんなふうになるなんて、思ってもみなかった。

「や……あ……っ。社長っ……」

奥へ進む速度が速くなり、身体にかかる彼の体重に心が躍《おど》った。

なかを少しずつ暴《あば》かれるごとに、たまらないほどの愉悦を感じている。もっとそうしてほしくて、ついねだるような視線を送った。

そんな気持ちを見透《みす》かしたように、慎之介が凛子と視線を合わせ微笑みを浮かべる。

「ちょっと動いてみようか？」

聞こえてくる声に煽《あお》られるように、凛子は繰り返し首を縦に振った。

「可愛いな……。今の君は、とても素直で柔らかいよ」

じっと見つめられ、胸の奥が甘く引きつって息が苦しくなる。

視線を合わせたまま、慎之介の腰がゆっくりと動きはじめた。奥に押し入られ、なかがびくりと震える。

少しだけ腰を引き、さらに奥を突く。

「あああ……っ！　ひ……あぁんっ……！」

慎之介の眉に、ぐっと力が入る。叫ぶ唇をキスで塞《ふさ》がれた。

瞳が潤《うる》み、瞬《まばた》きをした途端に涙がこめかみを伝う。

「――どうした？　ごめん、痛かったか？」

心配そうな顔で覗き込まれ、返事をする代わりに縋《すが》りつく腕に力を込める。

見開かれていた慎之介の目が、瞬《また》いて細くなった。

「……もっと、してほしい？」

「……はい……」

刹那《せつな》強く見つめ合ったのち、慎之介の手が凛子の両脚を高く抱え込んだ。

挿入されている熱の塊が、下腹の内側を抉《えぐ》るようにして奥に入っていく。

「あ……あ……！　しゃ……しゃ……ちょ……、あああぁっ！」

身体中の皮膚が総毛立ち、目の前にきらきらとした光の粒が見えた。

信じられないほど気分が高揚して、凛子はただ夢中になって慎之介の肩にしがみつく。

ふいに腰の動きが止まり、重なっていた身体が少し離れた。

逞《たくま》しい胸の筋肉にうっすらと汗が浮かんでいる。肩から滑り落ちた凛子の手が、シーツの上に落ちた。

乳房をやんわりと揉まれて、小さく悲鳴を上げる。

胸元に目を向けると、慎之介の指が乳先を摘《つ》まんでいるのが見えた。慎之介はそこへ屈《かが》み込むようにして唇を寄せると、おもむろに乳房にかぶりつく。

硬い歯列が、凛子の柔らかな乳暈《にゅううん》をくすぐる。ちゅくちゅくと音を立ててそこを吸われ、体温が一気に上昇した。

「……あ……ん、んっ……社長……っ……」

凛子は慎之介の双肩に掌《てのひら》を這《は》わせ、強く指を食い込ませる。

慎之介の身体が、ふたたび凛子の上に覆いかぶさった。

「岩田さん、俺は君が好きでたまらない……。すごく愛おしいよ……」

胸に唇を触れさせたままそう言われて、身体中が喜びでいっぱいになった。

慎之介の掌《てのひら》が、凛子の脚をさらに大きく広げる。ゆっくりだった腰の抽送が、少しずつ速くなった。

下腹の奥深く入っていく彼のものが、たっぷりとした蜜にまみれながら隘路《あいろ》を強く押し広げる。

繰り返し突かれ、引き戻されるたびに、凛子のなかに快楽が埋め込まれる。

すさまじい圧迫感と叫びだしたいほどの愉悦に、思考が途切れそうだ。

もうなにも考えられない——

身体ばかりか心までも、真っ白な光に包まれて浮かび上がったような気がした。

慎之介の腰が強く打ちつけられる。

「ひぁ……」

一瞬息が止まり、信じられないほどの快楽が凛子のぜんぶに襲い掛かる。

「くっ……」

慎之介のうめくような声が聞こえた。

凛子のなかが痙攣《けいれん》し、一気に緊張したのち、緩《ゆる》やかに弛緩《しかん》していく。

「岩田さん……平気か?」

閉じた目蓋《まぶた》の上に、慎之介の温かな唇を感じた。そのぬくもりが鼻筋をとおり、凛子の唇を覆う。

もう、返事をする力すら残っていない。

凛子はうっとりと目を閉じたまま、ただ甘いキスを受け続けた。

◇　◇　◇

慎之介は、火曜日の朝から「ＨＡＫＵＹＯＵ」に出向き、父親である氷川威一郎《いいちろう》に会いに行った。それは以前から予定されていた「白鷹紡績」横領疑惑に関する報告の時間であり、聞き役は威一郎ただ一人だ。

慎之介は、同社に赴任して以来、あらゆる方面から独自に調査を行《おこな》ってきた。

疑惑の発端となった九十九老人に再度会って話を聞き、自社工場にも自ら足を運んだ。

慎之介は、威一郎に報告するにあたり、当初調査対象になっていた四人について報告書を出した。

まだ全体像を掴めていないし、いずれの人物についてもはっきりとした白黒はついていない。

つまり、今ある調査結果だけでは凛子の潔白を証明することはできないのだ。

彼女を救うためにも、不正に関与した人物をあぶりだして詳細を吐かせ、真実を徹底的に解明する必要がある。

「……参ったな……」

「ＨＡＫＵＹＯＵ」を出て車で「白鷹紡績」に向かいながら、慎之介は大きくため息を吐《つ》いた。

慎之介同様、普段割と穏やかで温厚な威一郎だが、ビジネスにおいては一切の妥協を許さない頑固一徹《がんこいってつ》な男だ。

報告を終えたあとに、ひと言「岩田凛子は不正に関与していない」と付け加えようとも思ったが、根拠を問われたら話が長くなってしまうから止めておいた。仕事がらみでなければ、いくらでも話せる。しかし、息子として父親に好きな人を語るのに、今の状態はどう考えても適当ではないだろう。

「まずは、真実の解明だな」

工場に出向いたとき、工場関係者と昼食をともにして、雑談を交わした。しかし、めぼしい情報は何ひとつ出ない。

こうなったら、あえて社内に横領があったことを公表しようと思う。そうすれば、動揺した犯人がなんらかの動きを見せるだろうし、そうでなくても社員から情報提供を受けることができるかもしれないからだ。

それにしても、ここまで調べ上げて何もわからないとなると、もっと上の者――「白鷹紡績」か「ＨＡＫＵＹＯＵ」の上層部が一枚噛んでいる可能性が高いのではないか。

ますます慎重に調査する必要が出てきた。

もとは小さな紡績会社だった「ＨＡＫＵＹＯＵ」には、親類縁者が多く役員に名を連ねている。身内を疑うのは忍びないが、もはやそんなことは言っていられない。

できるだけ早くすべてを解決して、今一番言いたいと思っていることを威一郎に伝えたい。

つまり、岩田凛子を恋人として彼に紹介して、息子の将来を心配する父親としての彼を安心させてやりたいと思うのだ。

もちろん、最優先なのは凛子自身を守り安心させることだが、実は慎之介自身も、いいかげん周りの期待に閉口しているのだ。

威一郎は、慎之介と顔を合わせるたびに「早くいい人を見つけろ」と、せっついてくる。

威一郎は息子に、一日でも早く生涯の伴侶を見つけてもらいたいと思っているらしい。

慎之介と同じくらい子供好きの威一郎だ。結婚をせっつく裏には、早く孫の顔を見たいという願望が見え隠れしている。

最近では父方の祖母までが、死ぬ前にひ孫を抱っこしたいなどと言いはじめた。

しかしだからといって、慎之介の留守中に自宅マンションに入り、勝手に見合い写真を置いて行ったりするのだけは止めてほしい。

渋滞する車のなかで、凛子の顔を思い浮かべた。

社長に就任してしばらくは、社内のことを知るためにと、階下に下りて各部署を見て回った。そんななか、気がつけば視線の端で常に彼女を探すようになっていた。はじめて会ったときから、なぜか気になっていたのだ。

傘を貸したあの日は、わざわざ朝早めに出て、彼女が住むマンションの前を通っていた。

はじめて公園で会ったあの日は、実は朝からの外出を終えた帰りがけ、公園で遊ぶ彼女を見かけて、スポーツクラブに行くふりをして会いに行ったのだ。

喫茶店でのランチも、前から誘おうと思っていたのを実現させたまでだ。

それから二週間弱もの間、仕事に忙殺されて話す機会がないまま、再び公園で遊ぶ彼女を見つけた。

これまで、何人もの自称子供好きの女性に会う機会があったが、本当にそうであったのはほんの数人だったような記憶がある。

慎之介にとって、恋人にしたい女性が子供好きであることは必須条件ではないが、公園で子供たちと遊ぶ凛子を見て余計心惹かれたのは言うまでもない。

自分にかかわったせいで陰口を言われていると知ったときには、どうしようもなく胸が痛んだ。

本当は傷つきやすい心を持っていながら、それを隠し通している姿のなんといじらしかったことか。

その他、惹《ひ》かれたきっかけはあれこれある。

一度好きだと思ったら、気持ちは一気に加速していった。

これまでに、何度か女性との付き合いを重ねてきたが、こんなにも余裕がないのははじめてだ。

実際、ここまで真面目で、ある意味正直すぎる女性には会ったことがない。

不幸せだったはじめての恋のことも、そんな経緯があったからこその憶病な恋愛観も、ぜんぶひっくるめて愛おしいと思う。

そんな気持ちが高じて、昨日はついいろいろとやらかしてしまった。

いつになく饒舌《じょうぜつ》になっていたし、思っていたことをしゃべりすぎた。

好きだからセックスしたいとか、あまりにもストレートすぎる。

はじめての男になれて嬉しいだなんて、いったいどの口がほざいた？

カッコつけようと思っていたわけじゃないけれど、あれじゃああんまりだ。

いくらなんでも、直前にコンビニで避妊具を買ったことまで言う必要はなかっただろうに。

いや、言わなければ家に常備していると思われたかもしれない。――いずれにせよ、すべてにおいて余裕がなかった。

会社の地下駐車場に到着し、大きくため息を吐《つ》く。

昨夜彼女を抱いたとき、愛おしさでどうにかなりそうだった。

「ダメだ……。今さら彼女を手放すわけにはいかない」

慎之介はそう呟くと、車を降りた。そして、はやる気持ちを抑えるかのように、非常階段で一気に十三階まで駆け上がった。

◇◇◇

慎之介のマンションで夜を過ごした翌朝、凛子が目を覚ましたときには、もうすでに彼は出かけていた。時計を確認すると、いつも起きる時間より一時間も早い。

『おはよう。朝一で「ＨＡＫＵＹＯＵ」に行かなきゃいけないから先に出る。朝食を用意しておいたから、よかったら食べていって。キーはそのまま持っていってくれて構わない。慎之介』

そんなメモが、マンションのカードキーとともにベッド横のテーブルに置かれていた。

彼の名前の下には、十一桁の電話番号も書かれている。

横に「プライベート」とあるから、たぶんビジネス用のものとは違う番号なのだろう。

あたりを見回してみると、散らばっていたはずの洋服は、きちんとした状態でハンガーにかかっていた。

洋服を着て廊下をまっすぐに進む。途中、洗面台を見つけて顔を洗い、キッチンと隣接したリビングダイニングにたどり着いた。

「……広っ！」

思わずそう呟いてしまうその広さは、まるで一流ホテルのスイートルームだ。あまりものが置かれていないせいもあって、すっきりと片付いている。インテリアはすべてデザイン性が高いモノトーンで統一され、二方向全面がガラス張りの窓の外には、はるか遠くまで続く景色が広がっている。

「こんなところで一人暮らし？」

驚きつつ窓に近づいて下を見下ろすと、自分が住んでいるマンションがはるか下に見えた。

よく見ると、小さく並ぶベランダのひとつに、オレンジ色のタオルが干してある。

「あ……。あれって私の部屋？」

位置的にも、間違いない。ペン先ほどの大きさもないタオルが、心なしか風にあおられてはためいているように見える。

自宅マンションと公園の間に建てられたここは、凛子にとって景観を損ねる大きな壁でしかなかった。しかし、これからはベランダに出るたびに、上を見上げてしまうだろう。

そうは言っても、今いる位置が高すぎて、この窓を特定することはできそうもない。

(これって、現実？　それとも、夢……じゃないよね？)

今さらのように自分の頬をつねると、痛みで顔が歪《ゆが》んだ。

まさか、こんな展開になるなんて思ってもみなかった。

だって、慎之介と自分とでは、なにもかもが違いすぎる。

こんな展開になることを、誰が予想しただろう？

同じ土地に生きて同じ会社に勤務していても、相手は社長で、御曹司だ。普通なら近づくことすら簡単にできない存在だし、こうしていることはまさに奇跡だろう。

だけど、身体のあちこちに昨夜慎之介とともに過ごした時間の余韻が残っている。

実のところ、立っているのにも結構な労力が要った。閉じている脚は、なぜかいまだに大きく広げているような感覚があるし、下腹にもじんわりと熱っぽい違和感がある。

あれほど貪《むさぼ》るように乳房を愛撫されたことなんかなかった。

あんなにも繰り返しキスをされ、信じられないほど淫《みだ》らな格好をして繰り返し慎之介に抱かれて……

きっとそのまま眠り込んでしまったのだろう。

いったい彼にどんな寝顔を見せていたのかと思うと、恥ずかしくていたたまれなくなる。

突然こんなことになるなんて、驚きすぎていろいろなことがおぼつかない。

今度彼に会うときは、いったいどんな顔をすればいい？

むろん、会社ではこれまでどおりの接し方をするにしても、プライベートで会ったときはどうすればいいのか。

『俺は岩田さんが好きだ』

慎之介は繰り返しそう言って凛子にキスをしてきた。

『君を想う気持ちに嘘はないよ』

はじめこそ半信半疑だった凛子だけど、彼の言葉を信じた途端、身体中に喜びがあふれた。

そういえば、自分からはまだちゃんと言えていない。

今度会ったら、はっきりと「好き」という気持ちを伝えよう。

まだはじまったばかりの恋愛だけど、精一杯大切に育《はぐく》んでいきたい。

「……と、急がないと！」

窓の外を横切った鳥を見て、はっと我に返った。

いくら時間に余裕があっても、あまりのんびりしてはいられない。

そのとき、もう一方の窓の前に据えられた大理石のローテーブルに、朝食を見つけた。

「もしかして、これ……社長が用意してくれたのかな？」

白いプレートに載せられた朝食は、ソーセージとオムレツと、野菜サラダ。それにオレンジジュースとクロワッサンが添えられている。

まるでホテルの朝食のようだ。食べてみると、少し冷めてはいるものの、とてもおいしかった。

食べながら、テーブルの端に飾られている大輪の薔薇《ばら》を眺める。

香りはさほどないが、すごく豪華だし、活《い》けている花器もおしゃれだ。

改めて部屋のなかを見回すと、カウンターキッチンの上やもう一方の窓際にあるテーブルの上にも、花が飾られている。

「もしかして、ハウスキーパーさんでもいたりして？」

そう思えるほどに部屋は綺麗に片付いているし、およそ一人暮らしの男性の部屋とは思えないほど花があちこちにある。

食べ終えてプレートをキッチンに持っていき、丁寧に洗った。

いかにも使い勝手がよさそうなキッチンには、ざっと見ただけでも必要なものがきちんとそろっている。今手にしているスポンジはもちろん、壁にかけられた調理器具なども使われた形跡が残っていた。

リビングに戻り、バッグを開けてスマートフォンを手に取る。

メモに書かれている慎之介の番号を登録して、少しの間メッセージを送ろうかどうしようかと悩んだ。

「……あれ？」

ふと、視線を向けたソファの端に、ピンク色の花模様がついた台紙のようなものを見つけた。上にクッションが載っていて、詳細はわからない。

近づいてみると、どうやらそれはちょっとしたアルバムのようなものだった。開いたまま置かれていたそれの上のクッションが横にずれ、若くて美しい女性の写真が見えた。

この人は、誰？

栗色のウェーブがかかった髪に、はっきりとした目鼻立ち。微笑んでいる唇には、シックな紅色のルージュが塗られている。ソファに置いたままそろそろとページをめくってみると、見開きいっぱいにその人のスナップ写真が貼られていた。なかには、水着姿の写真だってある。

こんなプライベート写真がここにあるということは、それなりに親しい間柄なのでは？

というか、ビキニ姿でポーズをとっている写真がある時点で、この人が慎之介の恋人だと確定したようなものではないだろうか。

それまでの気分が一転した。

よく見ると、写真の一枚に手書きの文字で「一条真奈美《いちじょうまなみ》」と書かれている。

少なくとも、友だち以上に親しい関係であることは、間違いないだろう。

勝手に写真を見てしまったうしろめたさもあり、凛子はあわててアルバムをソファに戻し、上にクッションを載せた。

ただでさえ散らかっていた頭のなかが、さらに混乱してもうわけがわからない。

そのまま大急ぎで慎之介のマンションを出て、自宅に帰った。なにも考えられないいま、ただ黙々と出勤の準備を整え、ふと思い立って窓を開けて、少し先にそびえ建つタワーマンションを見上げる。

さっきまで、確かにあの建物の最上階にいて、この部屋のベランダを見下ろしていた。

干しっぱなしだったオレンジ色のタオルは、今も物干しざおにかかっている。

（もしかして、甘い夢を見ていたのかも……）

一度そう思うと、昨日起きた出来事が嘘のように思えてきた。窓を閉めて部屋のなかを見回すと、いつもと同じ風景が広がっている。

（……ううん、昨日あったことは確かに本当のことだった）

彼の部屋があれほど片付いていたのは、真奈美という女性が通い詰めているせいかもしれない。

飾られていた花も、彼女が活《い》けたものだとしたら？

だけど、慎之介が自分を好きだと言ってくれた言葉だけは信じたいと思う。

ふと、頭のなかに、公園で桃花が言った言葉が思い浮かぶ。「一緒にお泊まり」ができたという意味では、自分と慎之介は桃花の言うところの「親友」になれたのかもしれない。

つまりは「親友」という言葉の認識が、自分と慎之介では異なっているのでは？

彼にとって、相手が女性の場合には、身体の関係を持ってはじめて「親友」と呼べる存在になる、とか……

（ダメ……どっちみち、今さら「親友」なんて無理……）

時計を見ると、いつもの出勤時刻になっていた。凛子は以前慎之介に借りた折り畳みの傘をバッグに入れ、急ぎ足で駅へと向かった。


それからの数日は、割となにごともなく日々が過ぎていった。

月末が近づいているということもあり、各部署の社員たちはそれぞれの仕事にかかりきりだ。

「岩田さ～ん、仮払いお願いしたいんだけど～」

「岩田さん、住田《すみだ》おおぞら銀行から電話です」

こまごまとした仕事がどんどん降ってくる。

慎之介とは、あれ以来話せていない。連絡先は知っていても、電話をかけることはもちろん、メッセージを送信することすらできずにいた。

彼に会いたいとは思う。けれど、写真の女性のことが引っかかっていて、どうしたらいいのかわからないのだ。

電話番号のメモをくれたということは、凛子からの連絡を待っているのだろうか？

人事データを見れば、凛子の連絡先はすぐにわかるはずだ。けれど、慎之介から連絡がないということは、自分からはするつもりがないのか、あるいは人事データを個人的な用事に使いたくないと思っているのか……。

そんなふうに思い悩んでいた木曜日の午後、思いがけず慎之介から内線が入った。

もちろん、内容は仕事に関することで、なんらうしろめたいことなどない。しかし、直接内線をもらうことなどなかったから、少々気が動転してしまった。

彼の要望は、自社工場に関する書類を出してほしいということ。該当する項目について、少なくとも過去五年分が必要らしい。

やりかけていた仕事を急いで終わらせ、凛子は依頼された書類の抽出に取りかかった。

終業時刻を一時間過ぎた頃作業が終了し、秘書課を通して慎之介に連絡を入れる。しかし、あいにく彼は取引先社長との会食に出かけたあとで、今日はこのまま直帰予定だという。

提出しておくことにして社長室に書類を運び込んでいるとき、秘書課長に声をかけられた。慎之介からの預かりものだという茶封筒を手渡される。

席に戻りなかを見ると「岩田凛子様へ」と表書きのある包み紙が入っていた。

（なんだろう？）

あたりに誰もいないことを確認して、なかを開ける。

見た途端、思わず声を上げそうになった。

入っていたのは、以前凛子が愛用していたゲレネック社の電卓だ。販売されたときの梱包《こんぽう》のままであることからして、それが新品だということがわかる。

（いったい、どうやって……？）

限定品だから当然今は販売されていないし、たまにオークションサイトなどで見かけても、中古品が、元値の倍以上の値段で出品されているのを見るのみだ。

こんな高価な品を黙って受け取るわけにもいかない。凛子は自宅に帰り着いてから、勇気を振り絞って慎之介に連絡することにした。

今の時間であれば、まだ自宅には帰っていないだろう。

仕事中であると想定して、電話ではなくＳＮＳを使ってお礼のメッセージを送ってみる。

『電卓、ありがとうございました。大切に使わせていただきます』

さんざん考えて送った文面は、短い上にちょっと事務的すぎたかもしれない。せめて絵文字でもつけたほうがよかっただろうか。普段文字だけで用件を済ませてしまう凛子だったが、理沙をとおして桃花にメッセージを送るときだけは、絵文字を多用している。

凛子が後悔していたところで、返事がきた。

『恋人になってくれた記念だよ』

「社長……」

SNSを通じて返ってきたその言葉に、胸がいっぱいになる。

おそるおそる電卓のキーを叩いてみると、すぐに以前のリズムが戻ってきた。

「うわぁ、やっぱりこれ！」

凛子は改めて電卓を手に取って、まじまじと見つめる。

どの角度から見ても美しいフォルム。

特に斜め下から見たキーの配列と刻印の色合いが綺麗だ。底面は全面が特殊加工されており、どんなに強く打ち込んでも決してズレることはない。

思えば、凛子は幼い頃から電卓には慣れ親しんでいた。

母親の影響もあってか、子供の頃おもちゃ屋に行くと、必ず数字に関係するものに目を引かれていた。五歳の誕生日にもらったカラフルな電卓のおもちゃは、凛子がはじめて自分からリクエストして買ってもらったプレゼントだ。

その頃から、電卓は凛子のお気に入りのグッズのひとつだった。普段頻繁《ひんぱん》に使うことはなかったものの、机には常にインテリア感覚で電卓を置いていたものだ。

そして今、電卓は仕事をする上で大切で、なくてはならないパートナーになっている。そんな、長年電卓に親しんできた凛子が出会ったなかで、ゲレネック社のものは間違いなくナンバーワンであり、いわば一生の宝物だったのだ。

それが今、凛子の手に戻ってきた。自分で買ったオリジナルのものではないけれど、かつてのものと同様、新品でピカピカの子だ。

キーに指を這《は》わせながら、慎之介のことを想う。

いくら大企業の御曹司でも、これを手に入れるにはそれなりの労力がいるだろう。その彼の気持ちが、素直に嬉しかった。たった一度――しかも話のついでにちょっと触れただけなのに、慎之介はちゃんと憶えていてくれたのだ。

「嬉しい……」

慎之介の部屋で見た女性の写真など、そんなに深く悩むことではないのかも、などと、現金なことを思う。言ってくれた言葉を信じて、余計なことは考えなければいいのだ。

凛子は電卓を抱き締めたまま、窓際に立った。

慎之介のマンションは、夜の風景のなかで柔らかな灯《あか》りを放っている。

きっとまだ彼は帰っていないだろう。

そうとわかっていながら、凛子はしばらくの間電卓を胸に、建物の最上階を見つめ続けた。


月末の繁忙期が過ぎ、八月に入った。オフィス街の気温も一気に高くなった気がする。

それぞれに忙しいのには変わりないが、社内には幾分落ち着いた雰囲気が流れている。

慎之介と結ばれてから十日ほどになるが、あれからお互いに忙しい日々が続き、直接会うことはないまま日々が過ぎている。

ことに慎之介は多忙で、ここ何日かは「HAKUYOU」での勤務が続いているようだった。

慎之介に会うことはできずにいるが、メッセージのやりとりは続けている。

『電卓、毎日使っています。本当にありがとうございます』

『どういたしまして。毎日のように君に触ってもらえる電卓がうらやましいよ』

短いけれどかなりインパクトがある返事に、凛子の顔が赤くなる。

『電卓、スマートフォンの待ち受け画像に設定しました。これで外出中も電卓と一緒です』

ちょっと馴《な》れ馴《な》れしすぎるかと思ったが、結局そのまま送信した。

『本当に？　岩田さんってやっぱり面白いよ』

そうやって何度かメッセージのやり取りをしていたが、昨日の朝、凛子が送ったおはようございますの挨拶《あいさつ》以降、彼からの返事は途切れている。

「岩田さん、最近ちょっと変わった？」

ふいに園田からそう言われたのは、かかってきた問い合わせ電話を終えてしばらく経ってからだ。

「え？　私ですか？」

向かいのデスクから身を乗り出し、園田がぐいと顔を近づけてくる。

「うん、そう。なんだか、前よりも口調が柔らかくなった気がする。っていうか、ぜったいそう。だって、確実にそこでバトルする回数も減ってるし。今だって、いつになく穏やか～に『マニュアル読めよ！』的な質問に答えてたでしょ」

園田に言われて、凛子はさっき受けた電話の内容を思い返す。

問い合わせてきたのは、去年新卒で入社した、繊維事業部の社員だ。

「そうでしたか？　私は質問に答えていただけだったんですけど」

問い合わせの内容は、取引先との打ち合わせ時に支払った領収書をなくしてしまったが、どうすればいいかということだった。

園田にじっと顔を見つめられ、凛子は今一度自分の受け答えを思い出す。

(うーん……、言われてみれば……)

確かに、いつもならもっと事務的な対応をしていたかもしれない。少なくとも、すっかり困り果てている彼に上司に代わるよう言い、繊維事業部長に対処法を説明などしないはずだ。

「……そうだったかもしれません。その……声がすごく困っていたみたいだったので」

「ほら、やっぱり」

園田がしたり顔で頷く。

「いいと思うよ。なにがあったか知らないけど、その調子でいけば、そのうち『超合金』なんて呼ばれなくなるかもしれないわよ。声のトーンもすごくいい感じだと思う」

内線が鳴り、園田は「人事部に行ってきます」と言って席を立った。

(いいと思うよ……か……)

なにがどういいのか、具体的にはよくわからない。だけど、指摘されてなんとなく気づいた。

(もしかして、社長の影響かな?)

そう思いながら、凛子は慎之介の微笑んだ顔を思い浮かべる。

これまでは、正しいことだけが正義だと思っていた。

それは今も同じだけど、人とのかかわりにおいては、それだけじゃないということを慎之介を見て学んだように思う。

社長と一経理部社員——こんなにも立場の違いがある二人なのに、しっくりくるという感じがするのはなぜだろう？

一緒にいると落ち着かない気分になるのに、同時にどこかしら安らぎを感じてしまうのはどうしてか。

抱かれてみて、はじめて自分とほかの人の身体がぴったりとフィットする感覚を味わったような気がする。

「ぴったり……か……」

凛子は日頃経理を担当しているなか、計算などで一度でぴったりと数字が合うことに対して妙な不安感を覚えることがあった。

あまりにも簡単にぴったりだと、かえって本当に正しいのかと思ってしまうのだ。

これも、経理部に所属するものとしての職務上の癖なのかもしれない。

翌日の金曜日。

その日、凛子は社外の研修に参加することになっていた。朝直接会場に向かい、夕方になってから出勤する予定だ。

あいかわらず慎之介からの連絡はない。どうやら連日「ＨＡＫＵＹＯＵ」に出向いているようで、以前のように社内で見かけることもなくなっている。

凛子はというと、いまだ慎之介の部屋で見た美女の写真が気になっている。そのせいで継続的にダメージを受け続けているけれど、むやみに人を疑うのはよくないと、なんとか自分を納得させようとしていた。

結局は、慎之介を信じたいのだ。メッセージは滞《とどこお》っているものの、彼から贈られた電卓の存在が、凛子の心を落ち着かせてくれている。

しかし、返信がなくなってからもう丸二日だ。電卓をもらって以降、ＳＮＳでのやりとりが続いていたため、ちょっと落ち着かない気分になっている。

「お疲れ様です」

研修を終えた凛子は会社に戻り、経理部の入り口で声をかけた。

「あ、岩田さん。お疲れ様です！」

ちょうどキャビネットの内側に立っていた村井が、落ち着かない様子で凛子に駆け寄る。

「村井さん、どうかしたんですか？」

部内を見回すと、今経理部にいるのは、村井と谷だけだ。

「どうもこうも……なんだかよくわかんないんですけど、内部監査ってやつが入るらしいんですよ」

「内部監査？」

谷のほうを見ると、彼は渋い顔でこくりと頷いた。

内部監査とは、企業内部の監査人が、会計や各業務の正当性や妥当性などを調べるものだ。毎年行《おこな》われていて、例年は中間決算が終わってから実施されていた。

これまでやってきた仕事内容をチェックされるわけだが、常日頃から適切な処理を行《おこな》っているのだから、別段あわてることはない。しかし、今回はいつもと時期が違う。ようやく月次処理を終え通常モードに戻ってすぐのタイミングのため、厄介だと思うのも無理はない。それに、中間決算に向けて準備に取りかかろうとしている今、あまり時間をかけてほしくないというのが、経理部員としての本音だ。

「そうですか。わかりました」

しかし、入ると決まったのなら、あとは速やかに対応するのみ。調べられる側としては、要求されたものを用意して提出すればいいだけの話だ。

（もしかして部長と園田さんは、その件で離席中なのかな）

凛子は席に着き、予定していた業務に取りかかる。

カレンダーに書き込んだとおり、凛子は来週の月曜日から三日間、夏季休暇に入る予定だった。明日からの土日を合わせると、五日間の休みになる。

取り立てて予定もないので、内部監査に対応するために時期をずらすことになるなら、それはそれで構わない。

そう思っていた矢先、榎本が自席に着いた。

「部長、内部監査が入るらしいと聞きましたが」

凛子が訊ねると、榎本は顔を上げて頷く。

「ああ、そうだ。急に決まったんだよ」

「わかりました。監査チームのメンバーはどなたですか？」

「まだ正式発表ではないんだが――」

榎本が挙げたのは「ＨＡＫＵＹＯＵ」でもエリートと言われる人たちの名前だ。

「それから、うちの氷川社長がチームリーダーをされるそうだ」

「社長が？」

内部監査で社長自らがチームリーダーを担うなんて、なにか特別な理由でもあるのだろうか。

ここのところ「ＨＡＫＵＹＯＵ」に頻繁《ひんぱん》に行っていたのも、もしかしたらこれが関係していたのかもしれない。

「承知しました。部長、私の夏季休暇は変更したほうがいいですか？」

「いや、その必要はない。日頃岩田さんがきちんとやってくれているから、なにも問題はないだろうし」

「そうですか。わかりました」

慎之介自らがチームリーダーになると聞いて多少驚いたが、榎本の様子からして時期が多少ずれただけで特別なものではないのだろう。

凛子は、予定どおり夏季休暇をとることにして、不在中の担当業務の調整に取りかかった。


土日を含め合計五日間の夏季休暇に突入した。

だからといって、どこか旅行に行くわけでもない。はじめの二日間で実家に顔を出すほかは、取り立てて用事もなかった。

『じゃあ、久しぶりにゆっくりご飯でもどう？』

日曜日に理沙から電話をもらい、月曜日の夜に、新しく開拓したチャイニーズバーで二人だけの女子会を開いた。

「今日は桃花ちゃんは？」

「久々に旦那と父娘デート。家の近所のレストランに行くんだって、二人とも張り切ってた」

我が子大好きな理沙の夫は、彼女よりひとつ年下のホテルマンだ。

「いい旦那さまだね」

「うん。って、うちのことはいいから、その後御曹司とどうなったか聞かせなさいよ」

話題は、もっぱら慎之介のことだ。お酒が入るにつれ、つい饒舌《じょうぜつ》になってしまう。

結局凛子は、事の顛末《てんまつ》を理沙に語っていた。

「――で、今のところまだ連絡はなし」

「ふぅん。まぁ、もともと忙しい人みたいだし、監査チームのリーダーになっちゃった手前、凛子に連絡しづらいってのはあるのかもね」

理沙が料理をつまみながら分析する。

「ああ……うん。そう言われればそうなのかな」

理沙に指摘され、はじめてその可能性に気づいた。勤務する会社のトップの人なのに、なんとなく仕事とは分けて考えていたみたいだ。

「それにしても、ケベなんとかっていうメーカーが好きだとか、子供好きだとか……いろいろと共通点もあるし、縁があったんだろうね」

「ケベなんとかじゃなくて、ゲレネック」

理沙に今までのことを順序立てて話しているうちに、凛子自身も、ここひと月とちょっとの間に起きたことを振り返ることができた。

「もしかして『超合金』って呼ばれているのが、恋がはじまるきっかけのひとつだったとか？」

そうであれば「超合金」というあだ名が、一気にありがたいご利益のあるものに思えてくる。

「ところで、あんたたちって、今も役職や苗字で呼び合ってるの？」

「え？　うん、そうだけど」

「へえ～……なにそれ、わざと？　そのほうがベッドとかで盛り上がっちゃうから？」

「は、はあ？　ちょっと理沙ってば、急になにを言い出すのよ」

思いもよらなかったことを言われて、凛子はあわててあたりの様子を窺う。

「だってほら『社長』だの『岩田さん』だのって……。ものすごく親密なことをしながら、呼び方だけはお堅いままとか、なんだかゾクゾクしちゃわない？　私ならするなぁ」

意味深長《しんちょう》な理沙の視線が、凛子の赤くなった顔を見つめる。

「ちょ……そ、そんなつもりじゃないって！　まったくもう……」

「そう？　だったら今度意識してやってみたら？　そのリアル上司と部下プレイみたいなやつ。ぜったいいい感じになると思うよ」

「プ……プレイって！」

さすが、いまだラブラブな夫婦関係を保っている人の言うことは違う。

結局その日は、だいぶ遅くまで話し込み、自宅に帰り着いたのは日付が変わる少し前のことだった。

寝る準備を済ませ、冷蔵庫にあった冷たいほうじ茶を飲みながらベランダに出る。雲ひとつない夜空にそびえるマンションを見上げて、大きく深呼吸をした。

「社長……」

本音を言えば、連絡がないことは不安だ。

ならばヘンに意地を張らず、自分から連絡してみてもいいのでは、と思わなくもない。

だけど、慎之介から連絡がないのに、事情があったら？

理沙の言うように、内部監査の件でわざと距離を置いているのなら、余計なことはしないほうがいいはず。

つらつらと考えを巡らせていると、ベッドの上に置いていたスマートフォンが鳴った。

あわてて部屋に入り、画面を確認する。

「社長……」

一気に心拍数が上がり、全身に動揺が押し寄せた。

「――はい、岩田です」

ベッドに座ろうとして失敗し、床にしりもちをついた。

「……っとと……うわ！」

その拍子に、手からスマートフォンが落ちて、壁際の本棚に当たる。

急いでスマートフォンを拾う。

「す、すみません！　ちょ……っとあわてちゃって」

受話口を耳に当てると、クスクスという笑い声が聞こえた。

『大丈夫か？　もしかしてスマホを蹴っ飛ばした？　会社でペンを蹴ったときみたいに』

「いえ、蹴っ飛ばしてはいません。ベッドに座ろうとして……滑っちゃって」

改めてベッドのふちに座り、背筋を伸ばしてかしこまる。

『しりもちをついたのか？　大丈夫だった？』

「はい、平気です」

『それならいいけど。……君のお尻は、すごく魅力的だからね』

「はっ……？」

いきなりの艶《つや》っぽい声に、耳の奥がジンと熱くなる。

『聞こえなかった？　岩田さん、君のお尻はすごく魅力的だ、って言ったんだよ。お尻だけじゃなくて、いろいろと……ね』

低く響く慎之介の声が、凛子の身体のなかに染み入っていく。

まるで実際に会って、耳元で囁《ささや》かれているような感覚に陥《おちい》り、下腹のあたりがキュッと引きつる。

「……あっ……ありがとうございます……」

ようやく絞り出した答えが間抜けすぎた。だけど、それ以外なにを言えばいいのかわからずに、凛子はスマートフォンを握りしめて黙りこくる。

『くっ……いや、連絡できなくてごめん。ちょっと耳に入れておきたいことがあって電話したんだ』

「はい。もしかして、内部監査の件ですか？」

『ああ、そうだ。さすがに勘がいいね。榎本部長からなにか聞いた？』

「社長がチームリーダーをなさると」

『実はそうなんだ。この間の「HAKUYOU」の会議で急遽《きゅうきょ》決まってね。それで、ちょっと連絡がしづらくなっていた。本当なら、毎日でも連絡をすべきだったんだけど』

「いえ、事情はわかりますから」

今聞こえている彼の声は、ビジネス用ではないプライベートの声だ。だけど、少しだけ堅苦しさを感じるのは、話す内容のせいなのだろう。

慎之介曰《いわ》く、今回の監査は例年行《おこな》われているものと同じではあるものの、いつもより調査期間が長くなりそうだという。

『あまり詳しく言えなくて悪いんだが、先日君に出してもらった――』

「……はい、自社工場に関する書類ですか？」

『そうだ。あのあたりを……少しね』

めずらしく言いよどむような話し方だ。もしかしたら、本来なら一経理部員には言えないようなことなのかもしれない。

「わかりました。監査チームのリーダーであれば、いろいろと制約があるかと思います。本当は、こうして電話をくださるのも望ましくないことですよね？　無理なさらないでください。……私なら大丈夫ですから」

本当は、今すぐにでも会いたいと思う。だけど、彼は「白鷹紡績」の社長であり、将来は「ＨＡＫＵＹＯＵ」のトップに立つ人物である。

そんな人に、迷惑をかけるわけにはいかない。たとえ想い合っていても、彼には公的な立場というものがあるのだ。

『君こそ無理しないで。好きだよ、岩田さん。そのことだけは、忘れないで』

ふいに告げられた言葉に、心が震えた。

「……はい……ありがとうございます……では、失礼します」

『うん。じゃあまた』

電話が切れてからも、しばらくはそのまま動けずにいた。

スマートフォンを下ろし、ベッドのふちからずるずると滑るように床に座り込む。

「『好きだよ、岩田さん。そのことだけは、忘れないで』……か……」

言われた言葉を繰り返して、込み上げてくる嬉しさとともに安堵の長いため息を吐く。

「あの女の人のこと、聞きそびれちゃったけど……、でもきっと、あの人は関係ないってことよね。言葉で好きって言ってくれた社長のこと、信じなきゃ。……私も好きです、って言えばよかったな。私もあなたのことが大好きです。好きで好きでたまりません、って……」

うなだれて反省をしてみたが、どうせ言うなら面と向かって言いたいように思う。

本当なら、今すぐにでも会いに行って好きという気持ちを伝えたい。

「あ」

もしかすると、慎之介はもう自宅に帰り着いていたのかもしれない。

凛子は急いで立ち上がり、もう一度ベランダに出た。けれど、いくら上を見ても、ここから慎之介の姿が確認できるはずもない。せめて居場所くらい聞けばよかったと思っても、今となってはもう知る由もなかった。

休み明けの木曜日、凛子はいつもどおり少し早めにロッカー室に入った。

すると、めずらしく園田が先に来ている。彼女は、凛子を見るなり足早に近づいてきた。

「よかった。最近は早めに来てるって言ってたから、待ってたのよ」

急《せ》き立てられ、朝の挨拶《あいさつ》もそこそこに着替えを済ませる。ほかに誰も来ないうちにロッカー室を出て、二人してデスクに向かう。

凛子が席に着くと同時に、園田がそばににじり寄ってきた。

「どうしたんですか？　私が休んでいる間になにかあったんですか？」

深刻な顔をして凛子をじっと見つめていた園田が、唇の前に指を置くしぐさをする。

「あった……。ありすぎるほどあったの。岩田さんに電話しようかどうしようか迷ったんだけど、せっかくお休みしてるのに邪魔しちゃ悪いと思って――」

園田が言うには、凛子が夏季休暇をとった一日目の今週月曜日に、経理部社員が個別に会議室に呼び出され、いろいろと質問されたのだという。

「それでね……」

園田の話を聞きながら、凛子は自分の顔色が徐々に変わるのがわかった。

彼女によると、自社工場の社員給与支払いにかかわる横領が発覚したという。そして、その件で最も容疑がかけられているのが凛子らしいということだった。

「私が？」

確かに、工場を含む「白鷹紡績」全社員の給与支払い業務は、凛子が担当している。

凛子は、月の上旬に勤怠の集計と人事情報を収集し、整理したうえで給与金額を決定する処理を行《おこな》う。十日頃にデータを作成して、榎本に確認を依頼。承認を得たのちに、振り込み処理をする。振り込み処理の後も再度榎本に確認をしてもらい、給与支給日には各部署ごとに明細書を配布するのだ。

「少なくとも、経理では誰も岩田さんを疑ったりしてないわよ。榎本部長なんて、連日監査チームとやりあって、岩田さんの……というか、経理部の関与を否定してる。でも、じゃあ誰がって感じで……。まぁ、まだ調査がはじまったばかりだし、私も詳しいことはあまり聞いていないんだけど、一応先に耳に入れといたほうがいいと思って」

「わかりました。ありがとうございます」

とりあえず礼を言うと、園田は力なく微笑んで小さく肩をすくめた。話していた間にぽつぽつと社員が出勤してきたため、園田はそそくさと自分のデスクに戻っていった。

(なんで？　なにがどうなってるの？)

頭のなかに、慎之介の顔が浮かぶ。

月曜日に受けた電話では、この件にはひと言も触れていなかった。

まさか、横領があったとは。それに、よりによって自分が一番の容疑者になっているとは――

なぜ、慎之介は凛子になにも告げなかったのだろう。

まだ発覚前だった？

それとも、立場上言うに言えなかった？

いずれにせよ、まるで身に覚えのない濡れ衣であることだけは、はっきりしている。

（誰が横領なんかしたの？　いったいどうして、こんなことに……）

日頃から、きっちりと規約やマニュアルに則《のっと》った仕事をしてきたのに、なぜこんなことになったのだろう？

頭のなかが混乱して、なにをどうしたらいいのかわからない。

凛子が内心茫然自失《ぼうぜんじしつ》になっていると、村井が出勤してきた。そして、そのすぐあとには谷が。

挨拶《あいさつ》は普通に交わした。しかし、二人とも見るからに気まずそうにしているし、経理部の前を通りすぎる人の視線を気にしている様子もある。

始業時刻になっても、榎本は出勤してこない。パソコンを開きメールを確認すると、横領に関する情報提供を呼びかける社内一斉メールが届いていた。

昼前になり、榎本から内線が入った。十階にある会議室に呼ばれる。

手招きをされて、彼が座る長テーブルの正面に座ると、凛子はまっすぐに彼の顔を見た。五日ぶりに見る榎本は、だいぶ疲れているようで、肌の色艶も悪い。

「えっと……岩田さん。内部監査のこと、ちょっとは聞いているかな？」

「はい。園田主任から少し伺いました」

「そうか」

どこかほっとしたような表情を浮かべると、榎本は凛子にこれまでの内部監査報告についてかいつまんで話しはじめた。

工場職員給与の横領については、榎本のほうでも工場長らに話を聞いてまわっているという。

「いずれすべてが解明される。だから、あまり噂のことは気にしないようにな。私は六年もの間、岩田さんのことを見てきた。内部監査チームの人たちには感情論に聞こえるかもしれないが、給与関係の件については、私は君のことをこれっぽっちも疑っていないよ」

榎本が凛子を見て、力なく微笑みを浮かべる。

「ありがとうございます」

「じゃあ、そういうことで。この先、監査チームに呼ばれてなにか聞かれるかもしれないから、そのときはわかることをそのまま伝えればいいからね」

そう言って先に部屋を出ていく榎本に向かって、凛子は頭を下げた。

榎本は毎年内部監査の時期になると、ストレスのせいで体重が落ちて頬がこける。ただでさえそうなのに、今年は突然降ってわいた横領発覚だ。彼はそれで、心底参っている様子だ。

少し遅れて会議室をあとにした凛子は、非常階段を使って八階に下りた。デスクに戻る前に、化粧室に立ち寄る。

洗面台の鏡を見ると、いつも以上に硬い表情の自分がいた。

（いったいどうしたらいいの……）

こちらを見つめてくる不安げな瞳を見つめ返しながら、凛子はほんのしばらくの間放心する。

そのとき、ドアの向こうから甲高い笑い声が聞こえてきた。

はっとして、一番近い個室に入り鍵を締める。

「――笑っちゃう。まさか『超合金』が……だったなんて！」

声が小さくて、聞き取りにくい部分がある。だけど、きっとそれは「横領犯」といった類《たぐい》の単語で間違いないだろう。声の主は、以前ロッカー室で凛子のことを色気づいていると揶揄《やゆ》していた杉原だ。

「でも、まだ確定したわけじゃないんですよね？」

別の声が言う。すると、杉原がすぐに畳みかけるように声を上げた。

「確定したようなもんでしょ。それと、あの社長との写真の件。あれ、裏があると思ったけど、これでわかったわよ」

「え？　それってどういうことですか？」

「だから、社長って今回の内部監査のチームリーダーでしょ？　きっとあれは、社長なりの調査方法だったんだと思う。ほら、よくあるじゃない？　真相を究明するために自ら犯人に近づいて、犯行の手がかりを探るってやつ」

「え～？　杉原さん、それドラマの見過ぎですよぉ」

聞き役の声が軽く笑い声を立てる。

「だって、そうでもなきゃ社長があの『超合金』に近づくと思う？　思わないでしょ？　社長は内部監査のために彼女に近づいたの。きっと、もうじき事件は解決に向けてクライマックスを迎える。そして大団円――これで決まりよ」

杉原の持論は、個室のなかにいる凛子の耳にしっかりと届いていた。化粧直しを終えたのか、杉原たちは出ていった。残された凛子は、のろのろと個室を出て、もう一度鏡の前で立ちどまる。

もし、今聞いたことが本当なら――

（社長は、真相を究明するために、私に近づいたの……？）

凛子は鏡に映る自分に向かって、大きく頭《かぶり》を振る。

（ううん、そんなわけない。社長は本当の気持ちで私に接してくれた）

化粧室を出ると、凛子はまっすぐに自分のデスクに向かった。

今は必要以上に動揺すべきではない。

冷静に日々の業務をこなすのはもちろん、自分に向けられた疑いを晴らすべく、できることを探さなければ。

「岩田さん」

席に着こうとする凛子に向かって、園田が受話器を持ったまま手を振った。

「社長から内線が入ってるの。今保留にしたから、取ってもらっていい？」

「はい、ありがとうございます」

椅子に座り、受話器を取る。小さく息を吸い込み、赤く点滅するボタンを押した。

「お電話代わりました。岩田です」

『ああ、氷川です』

数日ぶりに聞く慎之介の声が、耳に心地よく響く。

電話の用件は、過去十年間の銀行預金の入出金データがほしいというものだった。

凛子は電話を切ると、早々に必要なデータと資料を準備して、社長室に向かった。

ノックをして声をかけると、すぐに入るよう返事がきた。ドアを開け、目を伏せたままなかに入る。

顔を上げなければと思うが、どうしても視線が彼を避けてしまう。本当は見たくてたまらないのに、さっき化粧室で聞いた言葉が今も胸に重くのしかかっているのだ。

「やあ、早かったね。ありがとう。ちょっとそこに座ってもらっていいかな？」

指定された一人掛けのソファに腰を下ろし、持参したものをテーブルの上に置いた。

少し見ないうちに、社長室のなかはだいぶ模様替えしたみたいだ。以前置いてあった大仰な応接セットがなくなり、すっきりとしたシンプルなデザインのものに変わっている。

「コーヒーと紅茶、どっちがいい？」

話しかけられて無意識に顔を上げると、こちらを見る慎之介の視線とぶつかった。

部屋の窓辺に小さなカフェコーナーが設置されているのが、視界のはじにうつった。

「あ。では、私が――」

「いや、俺が淹《い》れるからそのまま座ってて。これ、わざわざお茶を持ってきてもらわなくて済むように自分で用意したんだ。なかなかいいだろう？」

慎之介が黒色のコーヒーマシンを指で弾く。

「お望みなら、ホット・チョコレートもできるよ」

「では、紅茶で」

慎之介の顔には、いつもと変わらない穏やかな微笑みが浮かんでいる。会社にいる今、それはビジネス用の笑顔なのだろう。だけど、口調がちょっと砕けすぎだ。

もしかしてわざと？

これから話す内容のことを踏まえて、意識的にそうしている？

憶測ばかりが頭のなかを駆け巡り、どうにも落ち着かない。

そのときふと、自分の持ってきたものが目に入った。

「社長、これをお返しします。長い間借りっぱなしになっていてすみませんでした」

データと一緒に、以前借りた折り畳み傘を茶封筒に入れて持ってきていたことを思い出したのだ。

「ああ、うん。別にそのまま持っていても構わなかったのに」

慎之介の声と、カップにお茶が注がれる音がシンクロする。

凛子は、なんと返していいのかわからず、正面を向いて黙った。

二人とも何も言わない。

しばらくすると、慎之介がカップをふたつ持って、テーブルの向かい側に座った。すすめられ、礼を言ってひとくちお茶を飲んだ。香りを感じることはできるものの、気が張っているせいか、まったく味がわからない。

「榎本部長から、なにか話あった？」

「はい。先ほど会議室で内部監査について伺いました」

「そうか」

そこまで言ってもらえれば、こちらから口火を切ることができる。凛子は思い切って、自分から話を持ち出した。

「私に横領の容疑が、かけられているんですね？」

単刀直入《たんとうちょくにゅう》に聞いて、慎之介の目を見る。彼はいくぶん表情を硬くして、ゆっくりと首を縦に振った。

「ああ、そうだ」

「でも、私は横領には一切かかわっていません」

「もちろん、それは十分わかっている」

慎之介の顔から、微笑みが消えた。眉根に浅い皺が寄り、真剣な面持ちでこちらを見つめてくる。

「──ありがとうございます。そう言っていただけて、少し安心しました。……社長は、いつから横領の件をご存じだったんですか？」

「一カ月以上前だ」

「そうですか」

──やはり、知っていて言わなかったのだ。

少なからずショックを受け、その反動か、話す声がやけに冷めた声になる。

「ここの社長に就任すると決まったとき、俺はこの会社の会計を独自に調べた。その結果、今回発覚した横領の一端を見つけることができた。その流れで、今回の監査チームのリーダーを務めることになったんだ。でも、それと君のことは別の話だ」

慎之介の声のトーンは変わらない。けれど、彼の視線に、こちらの様子を窺うような色が浮かぶ。

「俺は君が横領にかかわっているとは、まったく思っていない。君はそんなことをするような人じゃないし、なにがあっても俺は君を信じるつもりだ。だが、疑いを晴らすためにはそれ相当の証拠が要るし、むろん本当の犯人を見つける必要もある」

冷静に考えて、彼の言っていることは理解できる。そのとおりだと思うし、自分が彼の立場であってもそう判断するだろう。

「……私に話しかけてこられたのは、横領の件があったからですか」

自分でもイヤな聞き方だと思った。けれど、そうとわかっていても、聞かずにはいられなかったのだ。

つまり、岩田凛子という人物がどんな人間なのか調査するため――横領をするような女であるかどうか、自分の目で見極めようと思ったから慎之介は凛子に声をかけたのかと、本人の口から聞きたかった。

やや考え込むようなしぐさをしたのち、慎之介がおもむろに口を開く。

「最初、調査のために君に近づいたのは事実だ」

やはりそうだった。

社長である彼が一介の経理部社員に接触してきたのは、もともと真実の究明のためだったのだ。

一瞬目の前が暗くなり、全身が凍りついた。

「だが――」

慎之介が再度口を開いたとき、内線の音が部屋に響いた。

慎之介が席を立ち、応答する。

「ちょっとだけ待っていてくれ」

電話を切ってから凜子にそう言うと、慎之介は部屋の外に出ていった。

社長室に一人きりになり、凜子は大きく息を吸って天井を見上げる。

「ほら、やっぱり……」

凜子は小さく呟く。

慎之介とのことは、確かに現実だった。けれど、所詮一時《いっとき》で終わる甘い夢に過ぎなかったのだ。

しかし、慎之介は、凜子が横領にかかわっているとは思っていないと言ってくれた。そう思ってもらえただけでも、よかったとしよう。だからこれから先は、真相究明のためにできることを考えよう。

正直、胸が張り裂けそうになっているけれど、今はそんな感傷に浸っているときではない。余計なことは考えず……

そう思ったとき、デスクの上に置いてあったスマートフォンに着信が入った。

驚いて、ただじっと、音のするほうを見つめる。

自動応答が設定してあったのか、数秒後に相手の声がスピーカーを通して聞こえてきた。

『もしもし、慎之介さん？』

軽やかな女性の声が、歌うように呼びかける。

凛子はドアのほうを振り返ったが、慎之介はまだ帰ってこない。

『もしもし？　慎之介さ～ん、まなみですけど――』

その名前に、凛子ははっとして席を立った。

以前慎之介の家で見た写真を思い出す。

あのとき書いてあった名前が「真奈美」だった。

（もしかして、あの写真の？）

『もしも～し。し、ん、の、す、け、さ～ん』

応答がないせいか、声が若干大きくなる。

『おばあさま、慎之介さんが返事してくれないんですけど』

しばらく間が開き、今度は年配の女性の声が聞こえてきた。

『慎之介、私よ。あなたのおばあちゃん。今度の土曜日に真奈美さんとデートするっていう提案なんだけど、終わったらそのままうちに寄ってちょうだい。その日はうちに泊まって、日曜日は三人でお買い物に行きたいわ。そうだ、真奈美さんのお母様も誘っちゃいましょう……もしもし？　あら……ヘンね、ちゃんと声が届いてないのかしら？』

声が途切れ、そのまま通話が終了する。

直後、慎之介が部屋に帰ってきた。

「すまない。あと少ししたら出かけなきゃならなくなった——どうした？　立ち上がったりして」

「あっ、いえ」

あわてて、再び腰を下ろす。

慎之介がソファの横までやってきて、立ち止まった。そして、凛子の斜め横に置かれている二人掛けのソファに腰を下ろす。凛子はとっさに身体の位置を横にずらし、視線を膝に置いた。

「データはこのまま借りていいかな？」

「はい、問題ありません」

「そうか。たぶん、いろいろと聞きたいことが出てくると思う。よければ、今度の週末うちに来ないか？　デートを兼ねて一緒に調べてもらいたいことがあるんだ」

凛子は顔を上げて慎之介を見た。

土曜日はデートの予定が入っているはず。しかも、日曜日は三人――いや、四人か――でお買い物というおまけつきだ。

「すみません。週末は予定が入っているので」

ありもしない予定を口にして、再度視線を膝の上に向けた。

「そうか。じゃあ、平日仕事が終わってからは？」

慎之介の口調が、さらに砕けた感じになる。

土日二日間を双方の家族ぐるみでともに過ごす相手とは、将来を約束した恋人以外のなにものでもないだろう。それなのに、なぜ慎之介は平気な様子で凛子を誘うのか。

もしかしたら彼は、本当は凛子が横領犯だと思っていて、油断させるためにあえて、疑っていないなどと言ったのだろうか。

もしそうであるなら、これまでにあったことはすべて嘘になる……。

凛子は自分の心がみるみるかじかんでいくのを感じた。もはや、これまでだ――

「来週は残業続きで帰宅が遅くなる予定ですので。それに、私が横領の容疑者である以上、社長のご自宅に伺うのは好ましくないと思います」

心と頭が分断されたせいか、自分でも驚くほど、冷静な声を出せた。

だけど、本当はまるで違う。頭のなかはぐちゃぐちゃで、心はものすごく傷ついている。

「容疑を晴らすための協力は惜しみません。それも仕事のうちですし、私自身、一分一秒でも早く不正について真相を明らかにしたいと思っています。……いずれにせよ、本来なら横領の容疑者である私と個人的にかかわるのは禁止されているはずです。それに、疑惑をきっかけにした気持ちなんて、たぶん一過性のものです。今までのことはぜんぶ忘れますから、社長もそうしてください」

凛子は伏せていた視線を一時だけ上に向けた。

見えた慎之介の顔には、驚きの表情が浮かんでいる。

「もうこれ以上、私にかかわっていただかなくて結構です。なにかあれば会社でお話を伺いますので、個人的な連絡は、今後一切おやめください。私もそうしますし、いただいた連絡先も削除しておきます」

再び下を向いてそれだけ言い終えると、凛子はソファから立ち上がって部屋の入り口へ向かった。ドアの前で身体ごと振り返り、視線を下に向けたまま一礼する。

「岩田さん！」

閉まりかけるドアの向こうで、慎之介の声が響いた。

込み上げそうになるものを奥歯を嚙んでやり過ごすと、凛子は自分のデスクに向けて非常階段を一気に駆け下りた。

◇◇◇

いったい何が起きた？

凛子が去った直後の社長室で、慎之介は一人、状況を把握しようとソファの前で考え込んだ。

あと三十分もすれば、ここを出なければならない。以前からアプローチをしていた海外の大手アパレル企業のトップが、ようやく直接会って話を聞きたいと言ってきたのだ。

しかし、その前に頭のなかを整理しなくては。

慎之介はどっかりとソファに腰を下ろし、大きく深呼吸をした。

（なにがどうした……。いきなりなんであんな態度をとるんだ？）

突然掌《てのひら》を返したように突っぱねられ、慎之介は心底混乱して天井を見上げた。

初めて凛子を抱いた日以降、ずっと会えずにいた。仕事が忙しすぎて、ほとんど社内にいなかったことも一因だ。だけど、三日前に電話で話したときは、まだ気持ちは通じ合っていたはずだ。声には温かなぬくもりが、確かに感じられた。

それなのに、急に今までのことは忘れるだの、これ以上かかわるなだのと言い置いて去ってしまうとは……

驚きすぎてなにひとつ言いたいことを言えないまま、彼女を見送ってしまった。

仮にこれをビジネスに置き換えるとすれば、社長としてあるまじき大失態を演じたことになるだろう。

取り返しのつかない失敗をしたと思うのなら、今すぐにできる限りの対策を講じて立て直しを図るべきだ。

だが、彼女はいったいなぜ急にあんなにも頑《かたく》なな態度をとり、自分を遠ざけようとしたのか。

その理由がわからないと、立て直しもままならない。

言っていたように、今のお互いの立場上、望ましくないから?

いや、そうであればあの言い方はおかしい。

容疑が晴れるまでは、という期間限定で関係を断つ、というものではなかった。彼女は、もう二度と連絡をするなと言い放ったのだ。

「……いったいどうしたっていうんだ?」

小さく呟いたとき、デスクの上にあるプライベート用スマートフォンに着信が入った。

まさか凛子からではないだろうが、一縷《いちる》の望みをかけて画面を見ると、果たしてそれは父方の祖母からの電話だった。

「はい、慎之介です」

『慎之介、聞こえる？　あなたの電話、壊れてない？』

電話に出るなり、祖母の大きな声が聞こえてくる。

「聞こえてるよ。電話は正常だと思うけど、今どこ？　なにかあった？」

普段元気ではあるが、父方の祖父母は結構な高齢だ。不意の電話には、なにかあったのではと心配してしまう。

『そう、ならよかった。今はうちにいるわ。真奈美さんと一緒なの。さっき真奈美さんからあなたに電話をかけてもらったのよ。だけど、ちゃんと話せなかったから、てっきり電話が壊れているのかと思って、今度は私が電話をしたっていうわけ』

「そうなんだ。ごめん、今立て込んでいて、ゆっくり話せないんだ。っていうか、どうして真奈美さんが俺の番号を知っているんだ？」

真奈美というのは、祖母の古い友人の孫だ。まだ学生で、都内のお嬢様学校としても有名な女子大に通っている。

『私が教えたのよ。言ったでしょう？　近々三人でデートしましょうって。今週末は空いている？　日曜日はうちで食事会を開こうと思っているんだけど――』

「悪いけど、ここんとこずっと土日も忙しいんだ。それと、前も言ったけど、俺は真奈美さんとデートなんかする気ないから。それに、俺、今大切に想っている人がいるんだ。じゃ、ほんとごめん。もう行かなきゃいけないんだ。切るよ」

『え？　慎之介、今なんて――』

祖母との電話を強引に終えると、慎之介は気持ちを切り替えて出かける準備を整えはじめた。

今は考えている時間はない。けれど、岩田凜子だけはぜったいに手放すことはできない。

部屋を出て、秘書課長に声をかける。

すると、先ほどの海外アパレル企業トップからの伝言を伝えられた。それによれば、本日これからの面会の状況次第では、自社オフィスに来てもらったほうがいいのかもしれないとのことだ。

もしかすると、週末は海外で過ごすことになるかもしれない。そうなると、一度自宅に寄る必要が出てくる。

そんなことを思いながら、慎之介はエレベーターで地下駐車場を目指した。

◇◇◇

終業間際になり、その日に入出金した金額を記帳して榎本に提出する。

一日中落ち着かない様子だった榎本だが、今ようやく席にどっかりと座り、一息吐《つ》いている。

社内はいくらかざわついた感じではあるものの、内部監査が入っていてもそうでなくても、それぞれがいつもどおり業務をこなすことに変わりはない。

凛子も努めて冷静に振る舞い、今日ばかりは自ら『超合金』であることを強《し》いた。

凛子にかけられている横領疑惑のことが知れ渡っているのか、今日は誰一人、経理に無理難題を言ってくるものはいなかった。

仕事を終えて園田とともにロッカー室に向かいながら、すれ違った他部署社員と「お疲れ様です」と挨拶《あいさつ》を交わす。

いつもと同じ風景だけど、なぜかどこかしら違うような気がする。横領犯と疑われていて、そのために距離をおかれているのかと思ったりもしたが、そのわりに、冷たい感じはしない。なんとなく不思議に思いながらロッカー室に入り、帰り支度をした。

「みんな岩田さんのこと心配してるよ。今日、あちこちの部署で聞かれたわ。『岩田さん、大丈夫？』って」

「心配、ですか？」

「うん」

ドアが開き、一気に人が増えた。続きが気になったがそのまま園田との話は中断してしまい、おのおののタイミングで退社した。凛子は心もち重い足取りで、駅に向かう。

歩きながら、今日の社長室でのやりとりのことを思い浮かべた。

我ながら、なんであんな言い方をしてしまったんだろうと思う。あれでは、恋愛ドラマで自分が主人公だと思っている、ヒステリー女ではないか。

足早に改札を通り抜け、やってきた電車に飛び乗る。

「ふぅ……」

車内のざわめきと電車が走る音に紛れて、繰り返し大きなため息を吐《つ》いた。

どうしてこんなことになってしまったのだろう？

詳しいことはまだ聞かされていないが、いったい給与関係でどんな不正が行《おこな》われていたというのか。いずれにせよ、この件に関しては必ずや真相を究明して、かけられている容疑を晴らさなくては。

その点については、自身が潔白であるとわかっているだけに、それほど心配はしていない。

しかし、慎之介とのことについてはいったいどうすればいいのか。皆目見当もつかない。

ようやく心から想い合える人と出会ったと思ったのに、実はそうじゃなかった……なんて。

「それもそうだよね……。私はシンデレラじゃない。現実は映画みたいにうまくいくわけがない……」

呟きは周りの騒がしさのなかでかき消され、自分の耳にも届かないくらいだ。

「ん？」

ふと振動に気づきバッグを見ると、なかでスマートフォンの画面が明るくなっている。確認すると、慎之介からのメッセージが届いていた。

しかも、連続で何度も。

もしかして、仕事に関連する急ぎの用事でもあるのだろうか？

あわててメッセージを見ると、凛子が今どこにいるのか、慎之介のマンションのカードキーを持っているか訊ねていた。

カードキーは、財布のなかに大切に保管してある。

もしかして、自分のカードキーを失《な》くして、急遽《きゅうきょ》凛子が持っているものが必要になったのだろうか？

それとも、今すぐに返却しろということ？

ちょうど自宅最寄り駅に到着したので、ホームに降り立つ。自分の居場所とカードキーの所在を返信した途端、慎之介から電話がかかってきた。彼の番号はすでに削除済みだが、表示された数字を見ただけでそれとわかる。

凛子は急いで画面をタップして、耳に当てる。

「はい。岩田です」

『ああ、よかった！　俺だ、慎之介』

「はい。すみません、まだカードキーをお返ししていませんでした」

『いや、持っていてくれて助かったよ。今日はこれからなにか用事がある？』

「いいえ、なにもありません」

『そうか。じゃあ、悪いけど俺のマンションまで行ってくれないか。実は、ものすごく急ぎの用事があるんだ――』

慎之介が言うには、今夜急遽《きゅうきょ》海外へ行くことが決まり、あと三時間以内にパスポートが要るという。

だが自分は今現在も仕事相手とともにおり、自分ではパスポートを取りに行く余裕がないとのこと。

今回の出張には、新規のビッグビジネスが成功するか否《いな》かがかかっている、と慎之介は言う。

「わかりました。できるだけ早くお届けします」

電話を終えると、凛子は急ぎ足で慎之介のマンションに向かった。教えられた場所からパスポートを取って、タクシーを捕まえるために大通りまで急ぐ。一心に駆けながらも、頭の隅で再び訪れた彼の部屋のことを考えたりしている。

（ううん、どっちみちもう私には関係ない。もう、二度と行くことはないから）

完全に吹っ切れたとは言えないのが悔しいけれど、自分と慎之介との間に未来がないことは確定している。

とにかく今は彼にパスポートを届ける。同時に彼のマンションのカードキーも返す。それが凛子のやるべき仕事だ。

心は、いまだ千々《ちぢ》に乱れている。だけど、夢のようなひとときはもうとっくに終わっていることを、凛子はちゃんとわかっていた。

慎之介から電話をもらった一時間後、凛子は指定された空港近くのホテルの前に来ていた。

乗ってきたタクシーを降りると、ホテルの煌《きら》びやかな照明に一瞬目がくらんだ。今まで足を踏み入れたこともないようなゴージャスなエントランスだ。思わず足がすくむ。

まさかこんなところに来るとは思っていなかったから、凛子はごく普通の白いブラウスと、グレーのボックススカートという格好だ。

（もっといい服を着ていたらよかったのに）

気おくれして入り口の近くまで行けないでいると、初老の男性が近づいてきて声をかけてくれた。ホテルの制服を着ていることから、ここの従業員だとわかる。

「失礼ですがお客様は『白鷹紡績』の岩田凛子様ではありませんか？」

「はい、そうです」

驚いて男性の顔を見ると、彼は心が和《なご》むような微笑みを浮かべた。聞けば、彼は慎之介に、凛子を案内するよう依頼されているのだという。

案内されて乗り込んだエレベーターには、ほかに乗客はいなかった。緊張してかしこまっていると、操作盤の近くにいたその人が、凛子を振り返ってにっこりと笑った。

「氷川社長の大切な方だと伺っております。お帰りの際も、私がご案内させていただきますのでご安心ください」

エレベーターを降りて、部屋の少し手前まで案内してもらった。話しぶりからして、慎之介はここの常連のようだ。

今さらながら自分とは住む世界が違う人だと思い、大きすぎる差を感じる。

部屋の前に到着し、一呼吸置いたのちにドアをノックした。

「いらっしゃい。待っていたよ」

ドアが開くなり声をかけられ、部屋に引き入れられる。目が合った途端、いきなり唇にキスが落ちてきた。

「ん……っ……ん、ん……」

室内は薄暗く、奥に見える灯《あか》りがほんの少し届くのみだ。

逸らそうとする頬を掌《てのひら》に捕らえられ、逃げ出そうとする腰を強く引かれる。肩にかけていたバッグが床に落ちた。

こんなことをするつもりで来たんじゃない。そう思うものの、抱き寄せられた力に心が揺れる。

「しゃ……ちょうっ……パスポートを……」

「あともう少しだけ時間がある。岩田さん、行く前に君を抱きたい。昼間社長室で君と会って、そうしたいと思った。社長にあるまじきことだが、ほんの少しでも君に触れたいと……でも、君は触れさせてくれるどころか、俺を遠ざけるようなことばかり言ったね。なぜだ？」

「り……理由は、昼間申し上げたはずです」

話す間だけ唇が離れ、キスが中断する。

まるで焦《じ》らされているみたいになり、凛子は唇を噛んだ。

「俺は納得してない。俺が前に君に電話してから、なにがあった？」

「なにもありません！　そもそも、社長と私がこんなことをしていること自体がおかしいんです。……ぁんっ……んっ……」

唇を甘く齧《かじ》られ、スカートの上から太ももをまさぐられた。

「こんなことって、こうして君にキスしたり、身体を愛撫して君を気持ちよくさせてあげることか？」

「ひ……ぁ……っ……」

首筋に舌が這《は》い、膝が折れそうになる。

「ごめん。職権乱用って言われても仕方がないことをしてるって自覚はある。でも、こうしたいっていう衝動を止められないんだ」

ブラウスのボタンがあっという間に外された。スカートの裾を、腰までたくし上げられる。

「こうされるの、イヤか？」

問われて、無意識に首を横に振っていた。もうやめなければと思っても、やはり凛子は彼が好きなのだ。

気がついたときには自分からキスを求めて、口のなかを動く彼の舌に、うっとりと目を閉じていた。

脚から力が抜けそうになり、とっさに慎之介の肩に腕を回す。

キスが続き、彼の手が導くままに、いつの間にかふくらはぎまでずり下がっていたショーツから、片方の足を抜いた。

まさか、こんなところで？

そう思うものの、慎之介がそうであるように凛子もまた、今すぐに交じり合うことを欲していた。

最後……、これが最後だから……。そう思い、凛子は彼に身体を預ける。でも、つい彼を責めるような言葉が口をついてしまう。

「いつも、こんなこと……していらっしゃるんですか？」

慎之介が、キスしていた唇を、凛子の耳元に移動させる。

「こんなことって、ヤりたすぎて廊下で立ったまま……ってことか？　ない。君以外、こんなことをしたこともなければ、しようと思ったこともない」

普段耳にすることがない言い回しをされて、身体の芯が急激に熱くなった。

「……や……らしいっ……、んっ……」

抗議するつもりで出した声が、キスで途切れた。

「いやらしいって？　だって仕方ないだろ？　岩田さん、君がそんなふうに俺を誘うからだ」

「さ……そってなんか、いな……ぁ、んっ……！」

ぶつかってきた慎之介の視線が、凛子の瞳を射貫く。ビジネスのときの強い目力とは違う、獰猛《どうもう》さを感じさせる――まるで獲物に食らいつく前の獅子《しし》のようだ。

素直にこのままここで抱かれたいと思うと同時に、自分がこんなにも動物的な欲望を抱いていることに戸惑いを感じてしまう。

だけど、凛子も自分の衝動を抑えきれなくなっていた。

慎之介が避妊具の小さな袋を破り装着するまでの間、ずっと胸をときめかせている自分に心底驚く。

ブラジャーを押しのけるようにして、慎之介の掌《てのひら》が凛子の乳房を覆った。もう片方の手が、凛子の左脚を押し上げる。あらわになった秘所に、彼の屹立《きつりつ》が触れた。

「ぁんっ！」

硬く猛《たけ》った屹立《きつりつ》に、下からすくい上げるように突かれた。

左のつま先が床を離れ、壁に背中が押し付けられる。

いつか見た映画のワンシーンにも、こんな抱かれ方をしたヒロインがいた。どんないきさつがあったのかは思い出せないけれど、二人ともすごく官能的な表情を浮かべていたことを憶えている。

左の太ももを慎之介の腕に抱え上げられ、彼の首にしがみついた状態でそのまま上下に揺さぶられる。

「社長っ……」

つい、あられもない声を上げてしまう。

慎之介の切っ先が凛子の隘路《あいろ》を押し広げ、最奥に行きあたってもなおその先を暴《あば》こうとする。

「あぁっ！　あああっ……！」

頭のなかで銀色の光が弾け、固く閉じた目蓋《まぶた》の裏に降り注いだ。

叫ぶ声が掠《かす》れ、引きつったような呼吸音になる。まるで泣きじゃくっているような自分の声が聞こえた。ぐったりと慎之介の肩に頭をもたれさせていると、背中が壁を離れた。

慎之介が凛子の両脚を腕に抱え、屹立《きつりつ》を挿入したまま歩き出す。一歩前に進むごとになかを苛《さいな》まれ、身体の真ん中を繰り返し電流が走り抜ける。

行きついた先は、蜜色の間接照明が灯《とも》る洗面所だった。

「ひっ……！」

裸の双臀《そうでん》が冷たい洗面台に触れた途端、思わずしゃっくりのような声が漏れた。

慎之介が小さく笑い声を上げる。それを聞いた凛子が唇を尖《とが》らせると、慎之介がゆるゆると腰を動かしはじめた。

先端が抜け出る寸前まで腰を引き、ゆっくりと最奥まで突き戻す。

合わせていた視線が、凛子のそれを誘うように少しずつ身体の真ん中の線を下りていく。

「んっ……ん、ぁ……ああ……しゃちょう……っ」

見えてきたのは、自身の柔毛から垣間見える花弁、そして、蜜窟に深々と分け入っている慎之介の身体だ。

「や……ぁあんっ……。あ……んっ、あああっ！」

淫《みだ》らすぎる光景を目の当《ま》たりにして、凛子の全身が熱く火照《ほて》る。

ぬらぬらと濡れた彼の猛《たけ》りが、凛子の目の前で蜜窟から抜き去られた。十分すぎるほどの硬さを維持しているそれは、慎之介の腹筋を突き破らんばかりにそり返っている。

視線を外せないでいる凛子の耳元に、慎之介が囁《ささや》いた。

「君のほうが、よっぽどいやらしいよ」

覗き込むようにして視線を合わせ、唇に音を立ててキスが降る。

「なっ……違っ……」

反論する暇もなく身体の向きを変えられ、うしろから抱きすくめられた。

乱れ切った着衣は、もはや凛子の肌を隠す役割を果たしていない。

「すごく綺麗だ」

凛子のこめかみに唇を寄せると、慎之介が両方の乳房を掌《てのひら》で包み込んだ。背中が仰《の》け反《ぞ》り、自然と腰をうしろに突き出した格好になる。

「ほら、見て」

目線を上げると、正面の鏡に淫《みだ》らな格好をした自分がいた。

鏡に映る慎之介の目が、背後でうっすらと細められる。

「挿れるよ」

決して挿入をねだったわけじゃない。だけど、まだ彼のものが入っていた余韻に酔いしれていた凛子の蜜窟は、容易に慎之介のものをなかに招き入れてしまう。

「あああっ！　あ、あっ……」

彼の屹立《きつりつ》の硬さが、蜜窟の隘路《あいろ》をさっきとは違う角度で押し広げる。

彼の右手が乳房を離れ、凛子の花芽を捕らえた。蜜にまみれたそこを指でいじられ、痺《しび》れるような快感が全身を襲う。

徐々に腰の抽送が激しくなり、まともに立っていられなくなる。

前に倒れそうになり、両手で洗面台のふちを掴んだ。

突き上げてくる慎之介の切っ先が何度も繰り返し凛子のなかを掻き、卑猥な蜜音を響かせる。

彼の掌《てのひら》が、凛子の首筋に移った。指先で唇の輪郭をなぞられ、口のなかを緩《ゆる》くくすぐられる。

知らぬ間に凛子は目を閉じて、自分から彼の指に吸いついていた。

「すごく、エロい……。たまらないな……」

はっとして目を開けると、鏡に映る自分たちの痴態《ちたい》が目に飛び込んできた。

「あんっ！　しゃちょ……」

鏡のなかの慎之介の視線が、凛子の身体を視姦する。

突き上げが激しくなり、洗面台に伏せた姿勢になった。腰を強く打ち付ける音が、洗面所のなかに響き渡る。

背中に慎之介が覆いかぶさってきて、上体を腕のなかに包み込まれた。痺《しび》れるような感覚が、凛子の全身を席巻する。

「ああああっ！　あ……っ……ん、んっ」

身体をねじるようにして唇を塞《ふさ》がれ、そのまま愉悦の波に呑み込まれた。身体の奥深いところで、慎之介のものが力強く脈打つのを感じる。

うつ伏せになっていた身体が反転して、ふわりと浮き上がったような気がした。

もうなにも考えられない。

抱き締める力強い腕を感じながら、凛子は慎之介からのキスを受け続けるのだった。

◇　◇　◇

中東の国に向かう飛行機のなかで、慎之介はじっと自分の掌《てのひら》を見つめていた。

世界的な評価が高い航空会社のファーストクラスは、自宅マンションと同じくらいゆっくりと物思いに耽《ふけ》ることができる。

つい一時間ほど前まで岩田凛子の身体に触れ、その滑《なめ》らかな曲線を愛《め》でていた左手。右手では、もっと深く彼女を堪能した。まだ交わることにさほど慣れていない身体をほぐし、たっぷりとした蜜がシーツをしっとりと濡らすまでなかを掻いて甘い声を上げさせ——

（……っと、余韻に浸《ひた》っている場合か、氷川慎之介！）

慎之介は自分を叱咤《しった》し、これから締結させるつもりの商談について考えをまとめはじめる。

そして、恐ろしいほどの集中力を見せてそれをやり終えると、ほっと深いため息を吐《つ》いてシートに全身を預けた。

はじめて会って以来、どんどん惹《ひ》かれていく。彼女のことを想うと、いつだって理性が吹っ飛びそうになる。

外見は、もともと好みだったような気がするが、今となっては外見が先なのかわからない。内面がもう、たまらないのだ。

「超合金」と言われるほどクールで硬いイメージとは裏腹に、暴《あば》いて見えた中身は、ふわふわのメレンゲよりも柔らかで脆《もろ》い。

好きだ。なんなら、もう愛しはじめていると言っていいほど想っている。

しかし、肝心の彼女のほうは自分のことをどう思っているのだろう？

もう何度もキスをしたし、身体を合わせもした。

けれど、まだ一度たりとも、彼女の口から自分に好意を寄せている言葉を聞いたことがない。

ふたたび自身の掌《てのひら》に視線をおき、慎之介は小さく首をかしげた。

わからない――

岩田凛子という女性に出会い、図らずも恋に落ちた。

彼女に近づき、想いを正直に告げた。

彼女の唇と身体は、自分の手のなかにある。

けれど、心はどうだ？

彼女が見せる戸惑いや躊躇《ちゅうちょ》。そして時として向けられる、情熱的な眼差し。

慎之介は広げた掌《てのひら》を強く握り、眉間《みけん》に深い皺を刻む。

どうしても、わからない。

捕まえたようでいて、指の間からするりと逃げていってしまう彼女。

そうかと思えば、おずおずとした態度ですり寄るような様子を見せたり。

「……俺としたことが……」

穏やかな微笑みと父親譲りの厳しさをうまく使い分け、慎之介は今の地位を実力で勝ち取ってきた。ビジネスにおいては、継続的に満足のいく結果を出してきたし、それはプライベートもしかりだ。

恋愛に関して、苦労した憶えもなければ、失敗を犯した記憶もない。

思い返すと、どれも皆淡白な付き合いだったような気がする。相手を焦がれるほど想ったことなど皆無だ。

そんな自分が、これほどまでに一人の女性に心奪われてしまうとは――

それだけならまだしも、まるで恋愛の初心者のようにあれこれと思い悩み、自分の行動を思い返しては考え込んだりしている。

これまでそうしてきたように気軽な感じで、ひと言「俺のことをどう思っている？」と、聞けば済む話ではないのだろうか。

しかし、凛子自身から言ってほしいと思い、聞くのを躊躇《ちゅうちょ》して、いまだに彼女の気持ちを聞けずにいる。

「俺はいったい、なにをやってるんだ？」

慎之介は小さく呟いて、自嘲気味に唇を歪《ゆが》めた。

片想い真っ最中の中学生男子でもあるまいし……

今度会ったら、ストレートに彼女の気持ちを訊ねよう。

慎之介はそう心に決めて、窓の外の雲海を眺めた。

◇◇◇

大きな窓の向こうに、遠くビル群が見える。

目を開けると、自分を見下ろしている慎之介の顔が見えた。

「社長……」

唇が近づいてきて、優しいキスを交わす。

壁は白く、天井は高い。

部屋のなかは、たくさんの日の光に溢《あふ》れている。

さっきまでキスをしていたはずが、いつの間にか慎之介は凛子に背を向けて部屋を立ち去ろうとしていた。

「社長……？　どこへ行くんですか？」

呼び止められて振り返った彼の顔には、穏やかな微笑みが浮かんでいる。

凛子は上体を起こし、ベッドから出ようとした。だけど、なぜか身体が思うように動かず、慎之介はそのままドアに歩いていく。

「社長！　待ってください！」

叫んでも、もう慎之介は足を止めなかった。あいかわらず凛子の身体は動かない。

ドアの手前で立ち止まった彼が、振り向いてゆっくりと口を開く。声は聞こえないけれど、唇の動きで何を言っているのかわかった。

〝さよなら〟

「社長！」

自分の声に驚き、凛子はベッドから飛び上がって瞬《まばた》きをする。

大きく目を見開いて、あたふたとあたりを見回した。目に入るのは、住み慣れた自室だ。一瞬日付と時間の感覚がわからなくなり、枕元に置いたスマートフォンを手に取る。

木曜日の午前五時五十五分。あと五分でアラームが鳴るところだった。

「はぁ……また……」

ここのところ、やたらと夢ばかり見ている。

場所や時間は様々だけど、出てくるのは氷川慎之介と決まっているし、夢の最後は必ずと言っていいほど、去っていく彼を見送るシーンだ。

ベッドから抜け出し、ラグの上に座った。唇には、夢のなかで交わしたキスの余韻が残っている。

「馬鹿すぎる……」

あの日パスポートを届けにいったホテルで、図らずも慎之介に抱かれた。

洗面所で、そしてベッドで散々抱かれ、あろうことかそのまま寝入ってしまった。次の朝早くモーニングコールで起こされるまで、目が覚めなかったのだ。会社には十分間に合う時間ではあったものの、あまりの出来事に凛子はそこで軽くパニックを起こした。その後部屋専属の女性コンシェルジュが、朝食とともに、クリーニング済みの洋服やメイクセットなどの必要なものを持ってきてくれた。もし必要なら別の洋服も用意できると言ってくれたが、それは辞退した。

朝食を食べ終えて準備ができた頃、部屋のドアがノックされた。

やってきたのは、前日世話になった男性ホテルマンだ。彼は凛子の退室に付き添い、ホテル前からタクシーに乗せてくれた。そんな彼の顔には、昨日よりもちょっとだけ親し気な微笑みが浮かんでいた。

たった一晩泊まっただけなのに、もうこんなにも居心地の良さを感じている。一流ホテルのおもてなしと慎之介の用意周到《よういしゅうとう》な手配に驚きつつ、凛子はホテルをあとにしたのだ。

あんなことになるはずじゃなかったのに——

パスポートを届けたらすぐに帰るつもりだったし、部屋に入らないで済まそうと思っていた。

だけど、実際はどうだ。

あっさり部屋のなかに引き込まれ、熱烈にキスをされて腰砕けになって……

正直に言えば、気持ちはまだそっくり残っている。だからこそ、拒み切れず彼に縋《すが》りついてしまったのだ。

だけど、自分はもうやみくもに恋愛に溺《おぼ》れていい歳ではない。

彼に特定の人がいるのなら、きっぱりと諦めて二度と親密な関係になるべきじゃなかった。

「情けない……」

凛子は、あの日から幾度となく自己嫌悪に陥《おちい》り、自分の弱さに腹を立て続けている。

ふと窓のほうを見て、昨夜はカーテンを開けっぱなしにして眠ったことに気づく。

周りには同じ高さの建物などないが、ちょっと迂闊《うかつ》だった。

そういえば、先日実家に帰ったときに母親から防犯について注意を受けたばかりだ。

そのとき母から、バッグチャーム型の防犯ブザーをプレゼントされていた。今、通勤用のバッグにぶら下げてある。ピンク色である上にハート型のそれは、およそ自分らしくない持ち物だ。けれど、目ざとく見つけた園田曰《いわ》く「結構岩田さんっぽい」らしい。

「どこが私らしいのかな？」

言われたとき凛子は不思議に思い、首をひねったものだ。

「あ……そういえば、システム化の件を社長に聞きそびれたままだった……」

違うことを考えていても、いつの間にか慎之介に関係することになっている。

なにをしていても、常に思考は彼のほうに流れていき、好きだという気持ちはいまだ消える気配がない。

いったいどうしたら諦められるのだろう?

せめて嫌いになれたら——なんて思ったりもしたけれど、好きという気持ちが強すぎて、どうにもならないのだ。

「……っと、準備しなきゃ」

凛子はのろのろと動き出し、出勤の準備をはじめた。

横領疑惑をかけられている割には凛子の扱いに目立った変化がないのは、周りが気を使ってくれているからだろうか。

十一階端に設置された監査室には、何度か書類を持って行ったことがある。けれど、個別に呼び出されるわけでもなく、日常の業務を淡々とこなす日々が続いていた。

いつもなにかと突っかかってくる黒木でさえ、ここのところ不気味なほど大人しい。

そんななか、ただ一人杉原だけは、変わらない敵意を凛子に向け続けている。

そして、肝心の慎之介はといえば、海外出張を終えてからも引き続き忙しくしている様子だ。忙しすぎて体調を崩したりしないだろうか……。彼のことが、つい心配になる。

でも、もう個人的に慎之介のことを気にする必要はないのだ。

宣言したとおり、スマートフォンの電話帳からは、彼のプライベートの連絡先は削除した。

けれど、慎之介からは定期的に連絡がくる。

とはいえ、それは甘い話などではない。

社内の個人メール宛てに、メッセージが届くのだ。

内容は監査に関することに終始している。だから誰に見られても支障はないものだ。

しかし、文末にはいつも、凛子を気遣うような言葉が添えられている。

『大丈夫だから、心配しなくていい』

『あまり無理はしないように』

そんな短いメッセージから、温かな思いやりが伝わってくる。

ホテルで会って以来、二人きりで話す機会はない。だけど、常に彼の気遣いを感じていた。

あるとき、残業中に離席して戻ると、デスクの隅に蓋つきのコーヒー容器が置いてあった。見覚えのあるそのカップは、社長室に置いてあったものと同じだ。

また別の日に「アイビー」でランチを頼むと、プレートの上に凛子が好きなタカヤス丸チョコボンボンがふたつ添えられていた。驚いて店主に聞くと、凛子が来たときにオマケとしてつけてほしいと慎之介から託されていたという。

慎之介は、桃花から聞いた凛子の好物を憶えていたのだ。

(でも、いったいどこで買ったの？)

電卓に続き、二カ所目の購買先不明案件だ。

首を傾げながらデザートとして食べたそれは、チープなのに、自然と顔がほころんでしまうおいしさだった。

(ほんと……なんでこんなに、よくしてくれるの？)

改めて考えてみても、理由が思いつかない。

ごく普通のＯＬであるならまだしも「超合金」というあだ名がつけられている上に、横領犯の疑いまでかけられている凛子だ。

彼とは距離をおくと宣言したし、彼もそれを受け入れた。だからこそ、プライベートな連絡先には連絡をしてこないのだろう。

やっぱり、横領犯と疑っている？

杉原が言っていたように、監査のためなの？

そうであれば、真相の究明が成されたときが、すべての関係が終わるタイミングなのだろう。

昼食を終えてデスクに戻ると、慎之介からメールが届いていた。

内容は、「経費精算のシステム化の件」だ。

榎本から「役員会で承認が得られなかった」とは聞いていた。しかし、なにかほかに理由があるのかをどうしても知りたくて、昨日内部監査関連のメールを返信する際に、思いきって訊ねてみたのだ。

『君がこれまでに提出した申請書類一式を、データで再提出してほしい』

メールには、そんなふうに書かれている。

横領をきっかけに、電子化を再検討することになったのだろうか？

凛子はすぐに過去の申請データをまとめ、メールにファイル添付して送信した。

その後、慎之介からこの件について何度か問い合わせのメールがあったため、その都度返信をする。

電子化が実現するのであれば、嬉しい。

だけど、今感じている喜びはそれだけが原因ではないことには、自分でも気づいていた。

慎之介と、こうしてかかわっていられることが嬉しいのだ。あくまで仕事だとわかっているのに、どうしようもなく心がときめく。

（馬鹿みたい……。今さらなにを考えているの、私ったら……）

慎之介には決まった人がいる。

もともと社長なんて雲の上の存在だし、二人の関係は横領の件と内部監査ありきのことだ。

それらが片付けば、こんな曖昧《あいまい》な関係も終わりになるだろう。連絡が途絶えて、またもとのような淡々とした日常が戻ってくるのだ。

(うん……でも、それでいい)

凛子は、一人頷いて唇を固く結ぶ。

けれど、すべてを「過去」という倉庫に押し込めようとするのに、いくら努力しても想いが溢《あふ》れてくる。

(もうっ!)

未練たらしい自分を叱咤《しった》し、日常の業務に戻った。電卓を叩き、データ入力を完璧に終える。

書類をキャビネットにしまって、席を立った。

それにしても、いったい誰が横領などしたのだろう?

給与に関する不正処理だとは聞かされたものの、いまだに凛子は詳細を知らされていない。

気になって、自分でも調べてみたりもしたが、役職のない凛子にできることはそう多くはない。

(うまく行かないな……)

化粧室からデスクに戻ろうとしたとき、少し先に郵便物を手にした榎本を見かけた。外部から送られてきたものは、すべて一度総務部で取りまとめ、各部署に仕分けすることになっている。

しかし、榎本はたまに自ら総務部に出向き、その日届いた郵便物を部署に持ち帰ってくることがあった。習慣化しているし、いつもなら気に留めることはない。けれど、なぜか今日に限って榎本の様子が気になった。それは、彼の挙動がいつもとは違って見えたせいかもしれない。

榎本は、歩きながら郵便物を確認している。そして、廊下の突きあたりに向かって歩いていく。彼はそこに置かれているダストボックスの前で立ち止まり、周りをゆっくりと見回した。

すんでのところで柱の陰に身を隠した凛子は、そこから榎本の様子を窺う。

すると、榎本が持っていた郵便物のうちの一通を手に取り、すばやくビリビリに引き裂いてダストボックスのなかに放った。

（えっ……いったいなにを捨てたの？）

凛子は不審に思いながら、榎本が立ち去るのを待った。そして、大急ぎでダストボックスへ向かい、それらしき郵便物の残骸をかき集め、なにごともなかったかのようにデスクに戻った。

ぜったいにおかしい――

郵便物の残骸をデスクの引き出しにしまったのち、凛子はそこに鍵をかけた。とりあえず、目の前の仕事に没頭している様《さま》を装《よそお》う。

拾うときに確認したが、あれはたまに送られてくる個人宛てのDMなどではなかった。破られてはいたものの、差出人が会社が法人契約しているカード会社であることは目視で確認済みだ。おそらく中身は、請求書だろう。

「白鷹紡績」では、本社と自社工場に勤務する役員に、法人カードを発行している。所持している者はそれを使って、交通費などの経費の支払いをしていた。

法人カードは、カード会社が企業や法人に対して発行するクレジットカードのことだ。しかし、法人といっても名義はそれぞれ個人であり、使用できるのは、カードに記載されているその人のみだ。

(それを捨てるなんて……)

榎本は役員ではないため、法人カードはもっていない。

彼は、凛子が新卒で入社して以来ずっと世話になってきた上司だ。まだなにもわからなかった新人時代の凛子を温かく見守り、なにかと気遣ってくれた。

そんな榎本を疑うのは忍びないが、現に彼は、自分宛てではない、経費にかかわる重要な書類を破り捨てている。

（いったい、なんのために？　……まさか、今回の横領に関係しているとか？）

疑われるのは、請求書の偽造と差し替え——

（まさか、部長に限って……）

今まで榎本のことを疑ったことはなかった。

しかし、改めて思い返してみると、給与振込の実務担当は凛子だが、人事部とのデータのやりとりは必ず榎本を介している。そして、法人カードに関する処理全般については、データ自体を榎本が作成しており、凛子はそれに基づいて支払処理を行《おこな》っていた。

疑いたくはない。

けれど、彼の今回の行動は明らかにあやしい。

ホワイトボードを見ると、榎本は夕方から「ＨＡＫＵＹＯＵ」に出向くことになっており、その後直帰予定だ。

「じゃ、あとのことはよろしく」

ほどなくして、榎本が皆に声をかけて「ＨＡＫＵＹＯＵ」へ向かった。凛子は日常の業務をこなしながら、こっそり当該カード会社にかかわる経理処理のデータを抽出する。

ざっと見ただけでは特に不審な点はないが、よく調べればなにかしら出てくるかもしれない。

終業時刻を迎え、フロアにいる社員がそれぞれのタイミングで帰っていく。

折しも、昨日から日本列島に大型の低気圧が近づいてきており、今夜遅くには関東地方を通過すると予報が出ていた。そのせいもあってか、今日はほかの日に比べると残業する者が少なく、今経理部にいるのは、凛子のほかには園田だけとなっていた。

「岩田さん、まだ帰らないの？」

バッグを肩にかけた園田が、前の席から声をかけてくる。

「はい、もう少しだけ」

園田は一瞬考え込むような表情を見せ、そして凛子のデスク横にやってきてしゃがみ込んだ。

「今日はもう帰るけど、なにか手伝えることがあったら言ってね」

凛子は園田の面長な顔をじっと見つめ、小さく「はい」と言った。

「たぶん私だけじゃないと思うけど、部長から今回の件については余計な手出しは一切無用だって言われてるの。部長も、上からそう言われてるんだって。表立ってなにもしてあげられなくてごめんね。でも、私は岩田さんのこと絶対的に信じてるから」

そして唇を一文字に結び、園田は力強く頷いて見せた。

「園田主任……。ありがとうございます」

「うん。じゃあ、お先に」

凛子が頭を下げると、園田はほんの少しだけ微笑みを浮かべながら廊下向こうに消えていった。

席を立って辺りを見回してみると、もうフロアに残っているのは凛子を含めあと数人だけだ。距離があるため、お互いの存在はそばに来なければわからない。しかし、念には念を入れて、拾った請求書はまだ引き出しから出さないでおく。

法人カードに関する書類は、榎本の席のうしろにあるキャビネットのなかだ。そこは施錠してあり、鍵は榎本が管理している。

だから、関連書類の現物を見ることはできない。けれど、金額を転記してある元帳のデータを見れば、ある程度調べられる。

「あれ？」

取り出した元帳のデータを見ているうちに、半年前の請求分について不審な点に気づいた。

ある役員の分の支払い金額が不自然に大きいのだが、彼はこの月、確か入院していたはずだ。

考えられる引き落とし月に関する誤差を考えてみても、明らかにおかしい。通常使われる金額の五倍近くが引き落とされるのは、不自然だった。

これは、なにかある――

そう思ったとき、背後から人が近づいてくる気配がした。

とっさに振り返ると、榎本がいた。

「やあ、岩田さん。まだ残ってたの？」

温度の感じられない声でそう話しかけられ、凜子の心臓がとまりそうになる。榎本が、感情が読めない表情で凜子を見ていた。

「は……はい、ちょっとやり残したことがあって」

「そうか。でも、もうそろそろ帰らないと、だいぶ雨脚が強くなってきてるよ」

本当は、すぐにでも逃げ出したいくらい動揺している。

凜子は必死に平静を装《よそお》い、何気なくパソコンの画面を切り替えた。

「そうですか。気がつきませんでした」

切り替える前の画面には、当該役員の給与データが表示されていた。

もしかして見られたのでは？

そう思ったが、榎本は特になにかを気にするふうでもなくホワイトボードの前で立ち止まり、軽く頷いた後自分のデスクに向かっていった。

「部長、直帰ではなかったんですか」

時計を確認すると、もう午後九時五分前だ。たぶん、フロアには凜子と榎本以外、誰もいないだろう。夢中になりすぎて、こんなにも時間が経っていることに気づかなかった。

「うん、ちょっと忘れものを取りにね」

榎本はデスクにつくと、引き出しの鍵を開けてなかを探りはじめる。

「さて……。僕はもう帰るけど、岩田さんは？」

「私も、もう片付けて帰ります」

「そうか。じゃあお先に」

「はい、お疲れさまでした」

凛子が前を通りすぎる榎本に向かって声をかけると、彼は手を上げて応えた。いつもと何ら変わりない彼の様子に、凛子はほっと胸をなでおろす。

とりあえず今日は帰ろう。

榎本が廊下向こうに消えたのを確認してから、凛子は引き出しの鍵を開け、昼間彼が捨てた郵便物を取り出した。それをバッグに入れた文庫本の間に挟み、そそくさと椅子から立ち上がる。

やはり、フロアに残っているのは凛子だけだった。

バッグを持ち、経理部を出る。エレベーターが一階に下りているのを確認して、ロッカー室に入り大急ぎで着替えを済ませた。

ドアを開けて廊下に出ると、なぜかエレベーターが八階に到着したところだった。

なんとなく不審に感じつつも、エレベーターに乗り込もうとする。一歩足を踏み出した途端、なかに人がいることに気づき、凛子は仰天した。

「え、榎本部長！」

「やあ、岩田さん。戻って来てあげたよ」

伸びてきた手に腕を掴まれ、逃げ出す間もなく、そのままエレベーター内に引き入れられ、壁際に追い込まれる。

「もう遅いし、岩田さん一人じゃあぶないと思って」

言葉とは裏腹に、榎本の顔には今まで見たこともないような歪《ゆが》んだ微笑みが浮かんでいた。

「部長、いったいなにを――」

突然、近くでバチバチという音がした。驚いてそちらに目を向けると、彼の手に、黒色のスタンガンが握られている。

恐怖に囚《とら》われた凛子は、声も上げることができず、大きく喘《あえ》いだ。

「大丈夫……。もう誰も残っちゃいない。……あぁ、疲れた。ここのところ胃薬を飲む機会が増えちゃってねぇ。まぁ、もう何年も前から飲んではいたんだけど、岩田さんが経理に来てから確実に量は増えたね」

エレベーターが上昇し、十二階で止まる。凛子は榎本に引きずられるようにして、エレベーターを出た。フリースペース前を素通りして、廊下を奥へ進む。その先には、ほとんど倉庫と化している小会議室がある。

「ドア開けて入って」

榎本が小会議室のドアを顎《あご》でしゃくった。腕を掴んでくる榎本の力は思いのほか強い。

今叫べば、誰か来てくれるだろうか？

けれど、スタンガンが視界に入り、安易に声を出せない。

震える手でドアを開けてなかに入ると、榎本が照明のスイッチを押した。ドアノブについたサムターン式の鍵をかけようとする音が聞こえる。

「あれ？　鍵が壊れてる……？　まあ、いいか。ちょっとじっとしててくれよ――」

榎本は鍵をかける代わりに、壁際に積んである段ボールでぞんざいにドアを塞《ふさ》いだ。

背中を押され、段ボールが積まれた部屋の角まで歩かされる。肩を掴まれてドアのほうを見ると、榎本が凛子の目の前にスタンガンをちらつかせた。

「最近、君がコソコソとなにか調べているのには気づいてたよ。だから、君が陰で見ているのを承知の上で、あえてあの封筒を破いてダストボックスに捨てたんだ」

榎本がにんまりと笑う。凛子は、彼の巧妙な罠に引っかかってしまったのだ。

ちょうどそのとき、凛子が持っていたバッグのなかでスマートフォンの着信音が鳴った。

「ちっ……誰だ？」

凛子の手から、榎本がバッグを奪い取る。そして、ごそごそとなかを探った。

（あ、チャーム……）

凛子の視線の先で、母親から渡された防犯ブザー付きのバッグチャームが揺れた。こんなときのためにプレゼントされていたのに、どうして今の今まで忘れていたのだろうか。

（私の馬鹿っ……）

後悔したところで、バッグはもう榎本の手のなかだ。

「え〜っと……あぁ、あったあった……。うん？　知らない番号からだぞ……ゼロキュウゼロ――」

榎本が十一桁の電話番号を読み上げる。それは、忘れようとしても忘れられずにいる、慎之介の個人用の番号に間違いない。

彼の番号を削除しておいてよかった。そうでなければ、余計面倒なことになっていたに違いない。

「うるさいなぁ」

着信音が鳴りやまないのに腹を立てた榎本が、画面を操作して着信を切る。しかし、すぐにまた鳴りはじめた。榎本がスマートフォンの電源を落とした。

（社長……！）

凛子のスマートフォンをバッグのなかに入れると、榎本はそれを入り口近くの床の上に放り投げた。

「やれやれ、とんだ邪魔が入ったな。さて、と……今度は俺のスマホの出番だ」

榎本がスーツのポケットからスマートフォンを取り出す。そして、なにやら操作したあと、凛子に視線を置いたまま、それを壁際のラックのふちに置いた。

「僕もいろいろと考えたんだよ。どうしたら岩田さんの口を封じることができるかって……。できるだけ穏便に、後々のことも考えてね。そうしたら、もうこれしかないって思ったんだよ。君には申し訳ないが、これも仕方のないことだって諦めてもらうほかないかなぁ」

のんびりとした口調が、気味の悪さを増幅している。

戻ってきた榎本が凛子のすぐ横にきて、スマートフォンのほうに向かって手を振ってみせた。

「今から君との動画を撮らせてもらうよ。まぁ、いわゆるイケナイ動画ってやつをね……。大丈夫、ここには監視カメラはないから。心配しなくても、動画は僕個人が保存しておくものだからね。あそこから撮れば、ちょうど全身が映る感じだ。……岩田さん、君が悪いんだよ。僕が捨てたゴミを拾ったり、コソコソと調べ物をしたりする凛子は身体を硬くして、できるだけ榎本から遠ざかった。

まさか榎本に、郵便物を拾ったところを見られていたなんて。

「大人しく横領犯の汚名を被ってくれていたら、再就職の面倒くらいみてあげるつもりだったのになぁ。まぁ、こうなったら別の意味で、面倒をみることになるんだろうね。……ふふっ……くっくっく……」

榎本が気味の悪い笑い声を漏らす。

「部長、やめてください……。ご自分がなにをしようとしているか、もう一度よく考えてみてください……」

凛子は、勇気を振り絞って声を出した。

榎本には妻子がある。記憶が正しければ、子供はまだ学生のはず。

「うん、君は僕の家族のことを心配してくれているのかな？　もしそうなら、それには及ばないよ」

気が高ぶっているのか榎本はペラペラと一方的にまくしたてはじめた。夫婦関係はとっくに破綻しており、すでに別居中ということ。二人いる子供も妻の味方で、もはや彼のことを父親と思っていないらしいこと。毎年夏に行っている旅行は、家族とではなく、妻以外の女性を伴ってのものだ、ということ——

「お金さえあれば、たいていの女性は僕になびく。だから、僕も好き好んで『超合金』の相手をするわけじゃないんだ。しかし、こういううしろ暗い繋がりっていうのも、なかなかいいね……。今まで知らなかった欲望の扉を開くっていう感じでさ……」

ニヤつきながらしゃべり続ける榎本が、おぞましくてたまらない。まるで人が変わってしまったような彼を前に、凛子は奥歯を噛み締めて、叫びだしそうになる気持ちを抑えた。叫んでも、きっと彼を刺激することにしかならない。

どうにかして逃げ出さなければ。

このままでは、取り返しのつかないことになる。

だけど、どうやって？

必死になって考えようとしているのに、思考が乱れてなにも浮かばない。

「ねぇ、岩田さん」

榎本の手が凛子の肩にかかり、彼の顔が正面から近づいてきた。

「ふふっ……君はよく見ると綺麗な肌をしてるね。『超合金』だとか言われてるけど、本当のところはどうなの？」

凛子のうつむいた頬に、榎本の生暖かい息がかかる。

これ以上そばに寄られたら、なにもかもおしまいだ。

だけど、ヘタに動けばスタンガンを押し付けられ、動けなくなるだろう。

凛子は一か八かの勝負に出た。

必死になってできる限り息を吸い込んだ。そして――

「わぁーー！」

榎本の耳元で、出せる限りの大声を出す。

「いぃっ……！」

驚いた榎本が激しく仰《の》け反《ぞ》り、顔をゆがめる。

その隙を突いて、凛子はスタンガンを持つ榎本の手を思い切り強く殴りつけた。衝撃で床に落ちたスタンガンが、壁際のラックの下に滑っていく。

「この野郎っ！」

榎本が振り上げた手が、凛子の右腕に当たる。

よろめいた凛子は、床に横倒しになった。それを見た榎本が、大げさにため息を吐《つ》く。

「まったく……君がそんなにお転婆《てんば》だとは知らなかったなぁ」

凛子がそのまま動けずにいると、榎本はラックの前に行き、そこにしゃがみ込んだ。

「どこだ？」

彼は下を覗きこみ、さらに姿勢を低くしてラックの下を探る。

動くなら榎本が油断している今だ。

凛子は、とっさに立ち上がり、入り口まで走った。そして、バッグを手に取って防犯ブザーを作動させる。

ピーッという耳をつんざくような音が大音量で鳴り響いた。

「な、なんだ？」

彼がこちらへ来る前になんとかしなくてはと、凛子は必死で段ボールをどけ、ドアを開けた。転がるようにして外に出た途端、つんのめって転びそうになる。

「ちくしょう！　待てっ！」

背後でバチバチという音とともに、榎本が叫ぶ声が聞こえた。

凛子はうしろを振り返りざま榎本にバッグを投げつけて、やみくもに走り出した。

「待てええっ！」

うしろで、榎本のドスの利いた声が聞こえる。

「イヤぁっ！」

振り返るのもおそろしく、凛子は声を上げて走り続けた。

ようやくフリースペース前の自動販売機までたどり着いたところで、洋服の背中を強く引っ張られた。

（もうダメ……）

そう思った瞬間、凛子の身体がくるりと反転した。

「岩田さん！　大丈夫か？」

慎之介の顔が、凜子の大きく見開いた目に映る。

「社長っ……」

彼の右腕に身体を抱きこまれると同時に、慎之介が大きく脚を蹴り上げたのがわかった。

ドスンという鈍い音が聞こえ、榎本が仰向けになって床に倒れる。

「もう大丈夫だ。ケガはない？」

「は……はい、大丈夫です」

榎本は、大の字になって伸びたまま動かない。スタンガンは、どこかに飛んでいったようで、近くに見あたらなかった。

慎之介に導かれ、凜子は自動販売機の横にある椅子になんとか腰を下ろす。

「ちょっと待ってて。すぐに片づけるから」

肩にかかる温かな掌《てのひら》と、顔を覗き込んでくる力強く優しい瞳。

慎之介が来てくれたのだから、もう平気だ。

「はい」

凜子は、こっくりと頷いて小さく深呼吸をする。そして、震える手で防犯ブザーのスイッチをもとの位置に戻した。

「すぐだから、ね」

慎之介は凛子の肩を一瞬だけ強く抱き締め、榎本のほうに向きなおった。

榎本はようやくもぞもぞと動き出したが、自分を見下ろす慎之介に気づいてすくみ上がる。

「しゃ、社長……！」

慎之介が、榎本からネクタイとベルトを奪い取る。そして、それを使って彼の両手足を縛りあげた。うつ伏せになった榎本が、顔を上げ必死の形相で慎之介に向かって声を上げる。

「社長、誤解です！　こ、これはですね――」

「黙れ！　この件に関しては、君に弁解の余地などない！」

慎之介がピシャリと言い放つと、榎本は一瞬身体をこわばらせたあと、がっくりとうなだれて動かなくなった。

慎之介がスマートフォンで、警備会社へ連絡を入れる。

ほどなくして、警備会社の男性たちがフロアに到着した。

慎之介は、榎本の襟首を掴んで彼を起き上がらせる。そして、榎本を睨《にら》みつけながら低い声で彼に言った。

「明日、改めて話を聞かせてもらう。この期に及んで逃げられると思うな。君がやったことは、もうすべて明らかになっている。君はもう終わりだ。今夜中に今後の身の振り方をよく考えておくんだな」

「しゃちょうっ……！　しゃ、しゃちょおおおっ！」

警備員に両脇を固められて、榎本がエレベーターホールへ引きずられていく。

彼の姿が見えなくなったところで、慎之介が椅子に座る凛子のもとにやってきた。そして、凛子の前に跪《ひざまず》く。

慎之介の腕が、凛子の身体をゆったりと包み込む。気のせいか、彼の指先が小刻みに震えているような気がする。

「無事でよかった……。君にもしものことがあったら、俺は――」

「社長……」

慎之介の体温が、震えるほど優しかった。

――自分には、この人しかいない。

今ここにいてぬくもりを感じるこの人こそ、自分が心から愛せる人だ。

凛子は心のなかで呟き、慎之介の温かな背中に腕を回した。

凛子は、慎之介に車で送ってもらい、実家に帰った。

特に怪我はしていないが、今夜は一人でいないほうがいいだろうと、慎之介が気遣ってくれたためだ。

「明日は仕事を休んで、ゆっくりするといい。あとのことは俺にぜんぶ任せて。土曜日に迎えにいくから、そのときに詳しいことはすべて話すよ」

帰る道すがら、慎之介はそう言って凛子を安心させてくれた。

襲われたときの恐怖は、いまだ頭から離れない。けれど、彼がそばにいてくれるだけで心が安らぐ。

信号で止まるたびに触れてくる掌《てのひら》が優しくて、思わず頬ずりをしそうになった。

「疲れただろう？　眠っていてもいいよ」

そう声をかけられ、凛子は助手席の背もたれに横向きになって身体を預けた。その姿勢で慎之介の横顔をうっとりと眺め続けていたら、いつの間にか本当に眠っていたみたいだ。

「岩田さん、着いたよ」

肩をそっと揺すられて目を開けると、彼が凛子のシートベルトを外しているところだった。

「あ……ありがとうございます。私ったら、本当に寝ちゃって……」

間近にある慎之介の顔が、ゆったりとした微笑みを浮かべる。

「大丈夫か？」

「はい、もう平気です」

事前に連絡していたためか、車が家の前に着いた途端、玄関のドアが開き両親が出てきた。

「わざわざ送っていただいて、どうもありがとうございます」

母親に促され、二人して玄関に入る。

電話では、勤務先の社長に車で送ってもらうことは伝えていた。けれど、詳しいことはなにも話していない。だが、口調からなにか察していたのか、両親ともに心配そうな表情を浮かべている。

「さぁ、どうぞ、上がってください」

父親が慎之介を誘った。

「いいえ、もう遅いですし、僕はここで失礼します」

慎之介が、丁寧にお辞儀をした。

「そうですか……。いや、本当にありがとうございます。凛子、お見送りを――」

「いいえ、もうここで……。土曜日に、僕が迎えにきますので、それまでどうぞよろしくお願いします。岩田さん、じゃあ明後日《あさって》にまた」

「はい、本当にどうもありがとうございました」

両親とともに、凛子は慎之介を見送った。

「凛子、いったいなにがあったの？」

リビングで両親と向かい合い、凛子は事の顛末《てんまつ》をある程度まで正直に話した。

榎本に襲われそうになったことについては、明確な表現は避け、暴力をふるわれそうになった、とだけ伝える。さすがに、ありのままを聞いたら両親は倒れてしまいかねないと思ったためだ。

一連の出来事をできるだけ簡潔に、かつ大げさにならないよう努めて伝える。けれど、案の定二人ともひどく驚いて、凛子を質問攻めにした。父親は冷静になろうとして、しきりに部屋のなかを歩き回り、母親は寝る間際まで凛子の世話をあれこれと焼いてくれた。翌日の金曜日には凛子も両親もだいぶ落ち着きを取り戻し、のんびり過ごすことができた。

「――で、あの美形社長とは、どういう関係なの？」

そして迎えた、土曜日の朝。父親がまだ起きてこないうちに、母親からそう問われた。

「ど、どうって……。私にもよくわからない。でも、すごくいい人なの。今まで出会った人のなかで……ううん、きっとこれから出会う人のなかでも一番の、とびっきり素敵な人だと思う」

凛子が言った言葉は、母親を通して、寝起きの父親に伝えられたようだ。

午後になり、約束どおり凛子を迎えに来た慎之介を、夫婦が全力で引き留めようとする。

「すみません。うちの両親、社長のことを私の危機を救った正義のヒーローだって絶賛していて……」

凛子は今日の午前中、両親に慎之介とのことを根掘り葉掘り聞かれていた。そのせいで、慎之介を妙に意識してしまう。

慎之介は嫌な顔ひとつせずに、凛子の両親に対応してくれた。そして、今は事件のこともあってきちんと話せないが、すべて決着したら説明にくると彼らと約束をかわした。

凛子の両親に慎之介が頭を下げ、二人で実家を出る。車に乗ってからも、なんだかそわそわとして落ち着かない。こうして二人きりでいるだけで、心臓は破裂しそうなほど高鳴っている。

そんな凛子の気持ちを察してか、慎之介はまずは状況説明をと、今回の横領事件の真相と榎本のその後について一気に話してくれた。

榎本については、慎之介自ら聴取したらしい。

終始聞き役に徹していた凛子だったけれど、あまりに驚いて途中何度も息を呑み、目を丸くし、そして放心した。

慎之介が語るには、榎本は十年も前から横領に手を染めていたという。

彼は自社工場を退職した役職者六名のデータを操作し、在籍扱いにしたうえで給与などを支給、それを自分の個人口座に振り込み処理していた。そして、そのお金を自身の遊興費として湯水の如く使っていたらしい。横領が発覚した当初、工場長と工場の会計担当者も疑われたが、彼らはまったく関与していないことが証明されたようだ。

法人カードの不正については、本来なら役員が退職した時点で解約すべき法人カードを不正に継続、所持し、使用していたそうだ。自身が使った金額はほかの現役役員が使用したものとして振り分け、その請求書を偽造。こうして榎本が横領していた金額は、すべてを合わせておよそ十億円にもなるという。

そして榎本は、共犯者のことも語ったそうだ。

もともとは、法人カードの不正を彼一人でやっていたのだが、だんだんと欲が出て、人事データを操作できる共犯者を仲間に引き込んだ、と。

それが、人事部の杉原だった。

「杉原主任と榎本部長が？」

まさかの繋がりに、凛子は目を見張った。

凛子より三つ年上の杉原は、見た目も派手で、自ら華やかな独身生活を謳歌《おうか》していると豪語していた。そんな彼女が、どちらかといえば地味な榎本と通じていたとは――

彼女は過去七年にわたって、榎本の指示のもと人事データを改ざんしていた。榎本によれば、二人は何度も、横領したお金で一緒に海外旅行に出かけていたらしい。

本来なら給与関係の人事データは、複数の担当者が持ち回りで行《おこな》うことになっている。

そういった理由から、当初、人事部の担当者は横領に関与していないと目《もく》されていた。しかし、実際に担当していたのは杉原だけだったそうだ。彼女は言葉巧《たく》みに当該業務を独り占めし、ほかの担当者にはんこだけ押させていたのだ。

「榎本が口を割ったと知って、杉原もこれまでのいきさつをすべて話したよ」

彼女が横領に手を染めたきっかけは、自身がやっていた小さな不正を榎本に指摘されたことだという。

「杉原主任は、いったいどんな不正をしていたんですか？」

「事務用品や切手を私用で使っていたようだ。額は小さくても、罪は罪だ。榎本は、それをネタに杉原に関係を迫ったらしい」

最初こそ抵抗していた杉原だったが、そのうち徐々に情がわいて、いつしか榎本に言われるがままに、大掛かりな横領に加担するようになった、と。

凛子は小会議室でのことを思い出し、身震いをした。

「……どうして横領なんかしたんでしょう」

請求書を破棄するのを見る前の凛子は、榎本のことを微塵《みじん》も疑っていなかった。

彼は決してバリバリと仕事をするタイプではなかったものの、間違っても不正をするような人間には見えなかったのだ。

「本人曰《いわ》く、最初はちょっとした憂《う》さ晴らしだったらしい。そのうち、それが当たり前になって、会社の金を自分のものだと思うようになった。君が何度も提案していた経費精算のシステム化については、結論を言うと、これまでの申請はすべて榎本が握りつぶしていた。実際、俺は君がそれを申請し続けていたことを君に聞くまで知らなかったし、調べてみても、過去に申請されたという記録も残っていなかった」

「えっ？　それってどういうことでしょうか」

「榎本は、システム化によって横領が発覚するのを恐れたんだ。そしてそれとは別に、経費精算に限らず、ほかの業務についてもシステム化が進めば、自分の仕事がなくなってしまうとも恐れていた。自分がただの時代遅れの役立たずになるような気がした……彼はそんなふうに言っていた」

「そんな……」

肩を落とす凛子に、慎之介がねぎらうような視線を投げる。

「この件に関しては、今後電子化することを前提に進めるよ。もともと、折を見てそうしようと考えていたんだ」

「そうですか。……よかったです」

システム化が実現することは、喜ばしい。けれど、胸にもやもやしたものが残る。

どうして榎本は、こんな大それたことをしでかしてしまったのだろう。

新入社員だった凛子を適切に導いてくれたのは間違いなく榎本であり、彼の真面目な仕事ぶりを手本にしてここまでやってきたのも、また本当のことだ。

けれど、犯した罪は事実だし、凛子に対して人としてあるまじき行為をしようとしたのも事実。

もしもっと早く凛子が気づいていたら、少しは違っていただろうか……

いろいろ考えて、やるせない気持ちになる。

「どうした？」

凛子が下を向いて黙り込んでいることに気づいたのか、慎之介が静かな声で訊ねる。

凛子は慎之介に視線を向けた。

「……給与関係の担当者として、不正に気づけなかった自分が情けないです。もっとなにかできていたんじゃないかって……。そんなふうに思って……」

「いや、榎本は君に渡すデータ自体を改ざんしていたんだ。君が気づかないのも無理はないし、そもそも見つけることは無理だった。それは断言する」

事実、榎本の手口は完璧だったそうだ。

「だから、君が責任を感じる必要はどこにもない」

赤信号で車を停めた慎之介が凛子の肩をそっと抱き寄せ、こめかみにキスをする。

「今日は俺と一緒に過ごさないか。まだまだ話したいことがあるし、それに、君を一人にしたくないんだ。……泊まっていってよ」

「はい……。私も、そうしたいと思っていました。話したいこと……話さなきゃいけないことがたくさんあります」

もう迷ったりしない。自分を偽《いつわ》らない。

自分の気持ちに素直になり、まずは彼を好きだという気持ちを、ちゃんと言葉にして伝えよう。そして、『真奈美』という女性についても、きちんと話をしよう。

「そうか、よかった……」

慎之介のキスが唇におりてきた。

凛子は慎之介からのキスにぎこちなく応えながら、重なってきた彼の手を強く握りしめた。

凛子の実家から車できっかり一時間後。凛子は今、慎之介とともにマンションの自室にいた。

宿泊の準備をするため、立ち寄ったのだ。

慎之介の家と違い、ここは狭いワンルームマンション。どこでなにをしているかは一目瞭然《いちもくりょうぜん》だ。引き出しを開けて下着を取り出すのにも、慎之介の視線が気になって仕方がない。

緊張のあまり、すぐに済むと思っていた準備が、思いのほか時間がかかっている。着替えにどの洋服を持っていくかなど細かなことで悩み、さほど多くないワードローブを引っかき回し、バッグに入れては出しを繰り返していた。

仕事上のことならテキパキと片付けることができるのに、どうして自分のこととなるとこうも手間取るのだろう。

「もうっ、のろまお馬鹿っ……」

「え？」

「あ、いえっ……なんでもありません！」

自分についた悪態を、慎之介に聞きとがめられるとか、恥ずかしすぎる。

「手伝う？」

「いえ、もう終わりますから」

こうなったらとりあえずバッグに詰め込んで、行ってから選ぼう。そう思い、やみくもにバッグに突っ込みはじめたら、手元が狂ってブラジャーを放り投げてしまった。

「あっ……」

声にならない悲鳴を上げ、とっさに床を這《は》って逃げ出したブラジャーを掴もうとした。しかし、すんでのところで一瞬早かった慎之介の手に奪われてしまう。

「俺の勝ち」

床に手をついたまま見つめ合った瞳が、いたずらっぽく笑う。

「きゃっ！」

そのまま仰向けに押し倒され、長いキスをされる。

ようやく唇が離れたときには、もうすっかり息が上がっていた。頬が上気していて、凛子が性的に興奮しているのが慎之介にはまるわかりだろう。

恥ずかしすぎて、どこかへ逃げ出したくなる。

けれど、はた、と気づいた。

もう迷わない、自分を偽《いつわ》らないと決めた以上、それを貫《つらぬ》かなければ……

「真奈美さん……」

凛子は慎之介の目を見つめながら、ぽつりとずっと気になっていたその名前を口にした。

自分や慎之介に対して正直であろうとするなら、彼女について話し合うことは避けられない。

「なんだって？」

「一条真奈美さんのことです。……すみません。私、この間、社長の部屋のソファに置いてあった真奈美さんの写真を見てしまいました。それに、会社の社長室で、社長が席を外されたときにかかってきた電話を――とったわけじゃなくて、スピーカーになっていたみたいで、向こうの声を聞いてしまったんです。土曜日に真奈美さんとデートして、その後に社長のおばあさまのところへ行って、泊まって。日曜日は真奈美さんのお母様も誘って皆さんで買い物を、と……」

一気にしゃべり、凛子は大きく息を吸った。

「ちょっと待ってくれ。話が見えない……。しかし、君も知っているとおり、俺は先週末は海外にいた」

「はい、むろんそれは承知しています。ですが、聞いた感じでは真奈美さんは社長の婚約者かなにかだと感じました。すでに家族ぐるみのお付き合いのようだし——」

凛子が訴えるなか、慎之介がふいに微笑みを浮かべる。

こんな話の最中に笑うなんて……。ショックを受け、凛子は慎之介の胸の下から逃げ出そうと身を起こした。

「おっと、どうした？」

凛子の身体を押しとどめて、慎之介が顔を覗きこむ。別方向に顔を背《そむ》けるのに、すぐに慎之介の顔が追いついてきた。

「どうして俺から逃げようとするんだ？　言ってくれなきゃわからないし、言わなきゃずっとこのまま君を離さないよ」

唇が近づき、あと少しで触れそうになる。

見つめてくる目力がものすごく強い。それに、到底あらがえないほどセクシーな光を放っている。

「……だって、笑うから……。真剣な話をしているのに、社長が笑うからです」

もう一度顔を逸らそうとして、図らずも唇の先が触れ合った。

うつむこうとする凛子の顔が止まり、唇が逡巡《しゅんじゅん》する。

ちゃんとキスがしたい。

だけど、今はそうすべきときじゃない。

凛子は唇を強く噛んで、できる限り慎之介から顔を背《そむ》けた。

「ごめん、茶化すつもりで笑ったんじゃないんだ。君が可愛すぎて……」

慎之介の鼻が、凛子の顎《あご》の線をなぞる。

「でも、ありがとう。すごく嬉しいよ。君が今、俺から逃げようとした理由を言ってくれたこと、君が正直に話してくれていること……。だけど、誤解しないでくれ。一条真奈美さんのことは、心配いらない。彼女と俺の祖母同士が親友でね。それで彼女のことを知っているだけで、特別な関係なんかじゃないんだ」

「でも……あんっ！」

凛子の首筋を、慎之介の舌がぺろりと舐め上げる。覆いかぶさっている身体が密着し、脚の間に彼の膝が割り込んできた。

「祖母同士が俺と真奈美さんをくっつけようとしているのは知ってる。だけど、真奈美さんにはもうすでに恋人がいる。その恋人っていうのが実は俺の親友なんだ。彼ら二人とも、祖母たちの考えを知ってる。だから、当面は祖母たちに適当に合わせておいて、おいおい理解してもらおうってことになっているんだ。あの写真は祖母が勝手にうちに上がりこんで置いていったものだ。一度遊びに来たいと言うから鍵を渡したんだけど、それきり返してくれなくてね」

凛子の頬に慎之介の唇が触れる。凛子は、そろそろと顔を動かして正面を向いた。

「じゃあ……真奈美さんとは、なにも……？」

「ああ、誓ってなにもない。俺が好きなのは君だ。それに、俺は好きだという気持ちを複数の人に分散させるような器用なマネはできない。……いや、正直に言えば、君を好きになってみて改めてそうだとわかった」

「ん……っ……」

慎之介のキスが凛子の唇を塞《ふさ》ぐ。

甘くとろけるように柔らかな舌の動きが、たまらなく淫《みだ》らだ。口のなかに施される愛撫が、そのまま身体の奥に伝わっている。

「ぁ……あああんっ、あ……社長っ……」

全身の皮膚が総毛立ち、身体だけではなく心までが大きく震える。

凛子は、今自分が出せる限りの勇気を振り絞った。

「好きです……！　社長……」

「え？」

凛子の精一杯の告白に、慎之介が片方の眉を吊り上げた。そのまま、凛子の顔に見入る。

浮かんでいる表情を言葉にするとしたら、驚きながら笑っている、といった感じだ。

「私、社長のことが好きです。すごく……好きです。こうしている今も、心臓が破れそうなくらい……。私が話したかったこと……話さなきゃいけなかったこと……今、ようやくぜんぶ言えました。社長、大好きです。こんなに誰かを好きになったことなんかありません」

「ああ……！」

大きく目を見開いた慎之介が、天井を仰いだ。

「え？」

突然の感声に驚き、凛子は目を瞬《またた》かせる。

「やった！　って、思ったんだ。やったな、俺！　って」

慎之介が満面の笑みを浮かべた。

「ずっと聞きたくて、聞けなかった言葉だ。君が俺のことをどう思っているのか、ずっと知りたかった。だから今度会ったら聞こうと思っていたのに、君に先を越されたよ」

慎之介のキスが首筋をとおり、ワンピースの胸元に移る。前ボタンをひとつ外すたびに、デコルテに音を立ててキスをされた。

「社長……ふぁ……っ、しゃちょ……う……」

指先がブラジャーのカップにかかり、そっと下に引き下ろす。あともう少しで乳房が零れ出る寸前で動きを止め、慎之介が凛子を見た。

「脱がしていい？」

硬くなりはじめた乳先が、カップのふちにかろうじて隠れている。

ものすごくじれったい。

いっそ、一気に脱がして思い切り抱いてほしい——

「一気に脱がして……思い切り、抱いてください……」

思ったことを、無意識のうちに口にしていた。その瞬間、慎之介の表情が捕食者のそれに変わる。

引き下ろされたカップから乳房が零れ、すぐさま先端に吸いつかれた。

「あんっ！　社長っ……」

すべてのボタンが外される時間さえもどかしく、凛子は自ら生地に手をかけて、左右に強く引いた。

はだけたワンピースの肩口が、腰まで下りる。双臀《そうでん》を持ち上げられ、ショーツごとワンピースが抜きとられた。

凜子の太ももを跨《また》ぐ格好で立ち上がった慎之介が、自分の着ているものを部屋の隅に脱ぎ捨てる。

凜子はうっとりと、その様《さま》に見惚《みと》れた。

秀逸な彫刻のように引き締まった身体が凜子の上に覆いかぶさり、耳朶《じだ》にキスされる。

「一応聞くけど、避妊具の買い置きって、ある？」

とろとろにとろけていた思考が、一瞬のうちに固まった。

「あ、ありません……、ごっ、ごめんなさい、すみませんっ……ん……っ」

さっき自分が言った言葉や今の状況が頭のなかでごちゃまぜになり、どうしていいかわからない。

「いや、いいんだ。ちょっと聞いてみただけ。避妊具の買い置きなんかなくて当たり前だし、なくて大丈夫だ」

慎之介が微笑んだ顔でキスをする。

「俺も今持っていないから、残念ながら岩田さんのなかに入ることはできない。だけど、その分あとでたっぷりと、君を堪能させてもらうよ。だから今は、途中までだ。準備はいい？」

「え？　社長……あぁんっ！」

ふいに胸元に移動した唇が、乳房全体にキスを落とした。それが徐々に下へ下りていき、下腹の上で止まる。

途端になかが痺《しび》れるように疼《うず》いて、広げた足のつま先がギュッと縮こまった。

下腹を優しく丁寧に舌が這《は》い、まるでなかを舐められているような感覚に陥《おちい》る。

じっとしていられなくて腰を浮かせると、そのまま彼の肩の上に両方の太ももを抱え上げられた。

下から見つめてくる視線に囚《とら》われ、凛子の頬が赤く染まる。

「やっ……社長……、こんなの……」

舌先で花芽を舐められ、身体が跳ね上がる。

「少しだけじっとしてて……」

視線を合わせた目をうっすらと細めて、慎之介が凛子の両脚を掌《てのひら》でしっかりと固定させた。

「……できるだけ、でいいから」

慎之介の舌が、凛子の開いた花房のなかに触れた。それがゆっくりと動き出し、たっぷりと時間をかけて舌で捏《こ》ね回す。

大きく吸い込んだ息が止まり、閉じた目蓋《まぶた》がぴくぴくと震えた。ちゅぷちゅぷという淫《みだ》らな水音が耳に入り、耳がじぃんと熱く火照《ほて》るのを感じる。

もうまともに目を開けていられない。

瞬《まばた》きをしたそのとき、蜜窟のなかに慎之介の舌が入ってきた。それは、浅いストロークで抽送をはじめ、凛子のなかに蜜が溢《あふ》れる。

舌でなかを愛撫されているという事実が、凛子の身体ばかりか心までも戦慄《わなな》かせた。

「やぁ……んっ！　あ、ああっ……！」

視界が白く歪《ゆが》み、身体のなかに生まれていた愉悦の種がパンと弾け飛んだ。全身が痺《しび》れるような緊張に包まれたあと、ゆっくりと弛緩《しかん》していく。

ふと気がつくとベッドを背もたれに、慎之介の腕のなかに横向きに抱かれていた。身体には、ベッドに置いてあったブランケットがかけられている。

「……わ……私……」

顔を上げると、慎之介が自分を見る瞳に出くわす。

「ごめん。ちょっと激しすぎたかな？」

凛子は小さく首を横に振った。

気を失っていたわけでも、眠っていたわけでもない。慎之介が自分を呼ぶ声も聞こえていたし、ぼんやりとではあるけれど横たわっていた身体を抱き上げられたこともわかっていた。

「そうか？　じゃあ、次はもっとじっくりと時間をかけて君の全身にキスをすることにしよう」

穏やかな慎之介の微笑みに、凛子も自然と口元をほころばせる。

屈《かが》み込んできた慎之介の顔に唇を寄せて、長いキスを交わした。そうしているうちに、また身体が熱くなりはじめ、二人同時に顔を見合わせて微笑み合う。

「よし、ここはいったん切り上げて俺の家に行こう。冷蔵庫のなかは食べ物でいっぱいだけど、夜になって腹が減るまで、まずは君を貪《むさぼ》らせてもらうよ」

それから競うように服を着て車に乗り込み、十分と経たないうちに、二人は慎之介のマンションで再び唇を合わせていた。

まだ夕方前なので、外光が緩《ゆる》くベッドルームに射《さ》し込んでいる。

ブラインドが静かに閉まり、部屋の壁が灰白色に変わった。

「焦《じ》らされた分、飢《う》えが増しているかも……」

軽々と身体を抱き上げられ、ベッドまで連れていかれる。

「さっき言ったこと、憶えているよね？」

「さっき……？」

「うん、さっき『一気に脱がして、思い切り抱いて』って言ったろ？　まさか、忘れたとは言わせないよ」

「きゃあっ！」

横たわった身体をくるりと反転させられ、新しく着替えたワンピースのジッパーを下ろされる。

四つん這《ば》いの格好のままぜんぶ脱がされ、背後から腰を抱き込まれた。

「今度こそ、ちゃんと君を抱ける……。岩田さん、好きだよ」

右掌で乳房を揉まれ、左手で蜜の溢《あふ》れ具合を確かめられた。自分でもわかるくらい、しっとりと濡れそぼったそこは、浅く入ってきた慎之介の指を嬉々として受け入れている。

きっとすべてを彼に見られているに違いない。だけど、今となっては羞恥心《しゅうちしん》すら、慎之介がくれる愛撫のように感じている。

「ひ、あっ……！」

慎之介の長くしなやかな指が、凛子の蜜窟の奥深くに分け入り、なかを探りはじめた。ゆるゆると円を描くように内壁を撫で回し、凛子の反応を見る。

どこを探られても、すごく感じる。ピリピリと電流が走るところや、下腹がむず痒《がゆ》くなる場所。

乳先や花芽といった身体の先端が疼《うず》き、甘い刺激を与えられて思考が乱れどんどん淫《みだ》らになっていく――

「やぁっ……、そこっ……やだっ……」

「ここ？　気持ちいいのか？」

「……気持……ち……そ……んなこと……あああんっ！」

恥じらう気持ちと快楽に溺《おぼ》れてしまおうとする気持ちが、凛子のなかでせめぎ合いを続けている。だけど、身体はもうとっくに慎之介との睦《むつ》み合いに夢中になっている。

「や……ぁん……、あっ……あ……」

目の奥でパチパチと光が爆《は》ぜ、腰ががくがくと痙攣《けいれん》する。

手足の筋肉が緊張して、勝手に声が漏れた。指だけで、あっさり達してしまったようだ。

「君が気持ちいいと思うところは、俺がひとつ残らず探し当てる。前にそう言ったろ？」

慎之介が凛子の耳元で囁《ささや》きかける。

目の前でこれ見よがしに開けられた避妊具の袋が、空になってシーツの上に落ちた。

背中をするりと撫でられ、思わず腰を高く上げて仰《の》け反《ぞ》った。

自分のことながら、ものすごく淫《みだ》らな格好をしていると思う。

溢《あふ》れ出る蜜が慎之介の指を伝い、シーツをしっとりと濡らしていくのがわかった。

慎之介の胸板が、凛子の肩甲骨の上に触れる。

次の瞬間、慎之介の張り詰めた屹立《きつりつ》が凛子のなかに分け入ってきた。

舌や指で愛撫され、もう二度も達しているそこは、慎之介を容易に迎え入れる。凛子は早々に嬌声を漏らした。

「……しゃちょう……っ……、ぁああっ……！」

彼の腰が抽送をはじめた。はじめは、ごくゆっくりと探るように。その穏やかで淫靡《いんび》な腰の動きが、凛子の身も心もかき乱していく。

慎之介が、凛子の双臀《そうでん》を掴んだ。そして、蜜窟のまわりを指で押し広げ、より深いところまでなかを暴《あば》いてくる。彼が動くたびに、身体の芯が熱く焼けて溶け出す。

凛子はたまらずに腕を折って肘《ひじ》をついた。すると、余計腰を上に突き出した格好になり、蜜に濡れた先端が凛子の最奥に口づけて、さらに奥を目指そうとする。

「やあんっ！　あんっ……ん、んっ……！」

屹立《きつりつ》が硬く張り詰め、なかにある襞を丁寧にめくりあげる。凛子の内奥が繰り返し収縮し、とろりとした蜜を太ももの内側に溢《あふ》れさせた。

恥じらって身をよじると、そこからまた得も言われぬ快楽が生まれてくる。もう、じっとしていられない。

凛子は四つん這《ば》いになったまま、おずおずと腰を揺らめかせた。すると、すぐに腰を引き寄せられて何度となくなかを掻かれる。

「たまらなく淫《みだ》らだ。……もっと啼《な》かせたくなる」

背後から囁《ささや》かれ、目蓋《まぶた》の裏が、かあっと熱くなる。気がつけば夢中で腰を動かし、あられもない声を上げていた。

「は……ぁっ……、社長……キス……して――」

うしろを振り返ろうとした途端に、挿入したままの状態で、身体を反転させられる。

正面から抱きしめられ、唇を合わせながら腰を強く振られた。

「君のなかが、蠢《うごめ》いている……。わかるね？　もうぜんぶ、とろとろだよ……。ほら、君はもう『超合金』なんかじゃないだろ？」

凛子は頷き、慎之介の腰の動きに懸命に追いすがった。内壁をえぐるように捏《こ》ねられ、蜜窟が不随意に痙攣《けいれん》する。

だけど、まだ終わりじゃない。彼の屹立《きつりつ》はいまだ淫欲にまみれ、凛子の隘路《あいろ》を内側から甘く攻め苛《さいな》んでいる。

今にも気が遠くなりそう――

目の前で閃光が弾け、全身がビクリと跳ね上がった。それと同時に、慎之介のものが凛子の蜜窟の奥で力強く脈打つ。

「しゃちょ……う……」

慎之介が微笑み、唇を尖《とが》らせて凛子にキスをした。

「もっと？」

そう問いかけてくる彼の顔を間近に見て、凛子の心が溶解する。

「……もっと……」

凛子はそう呟くと、慎之介のキスに応えながら彼の腰に両脚を強く絡みつかせた。慎之介が眉尻を下げて微笑む。

「すごく可愛いよ……。このまま君を、もう一度抱くことができたらいいのに――」

慎之介が、そう呟きながら凛子の唇を啄《ついば》む。小刻みに、わざと音を立てながら。

「だけど、このままじゃ君の望みに応えてあげられないんだ。すぐに君のなかに戻るから、少し脚を緩《ゆる》めてもらっていいかな?」

「は……はい」

言われている意味がわからないまま、凛子は慎之介の脚を緩《ゆる》めた。慎之介の視線が、凛子と交わっている部分に移る。

(あ……)

そのときになって、凛子はようやく理解した。

つまり、避妊具はひとつにつき一度しか使用できないということ……

そんなことに気づかずにいた自分が恥ずかしい。

「ご……ごめっ……なさい。私ったら――」

二十八歳にもなって、なにをやっているのか――。凛子は自分の知識のなさに、いたたまれない気持ちになる。しかし同時に、慎之介が自分との行為で達していたことをものすごく嬉しく感じた。

「どうして謝るんだ？　むしろ……すごく興奮する」

「ひぁっ……！」

蜜窟のなかから熱塊が引き抜かれ、凜子は軽く悲鳴を上げた。奥がまだ蠢《うごめ》いているのがわかる。

たった今満足したばかりのはずなのに、もう彼に飢《う》えているなんて……

「そんな色っぽい声……俺以外の誰にも聞かせちゃダメだ」

慎之介が凜子の耳元で囁《ささや》き、耳朶《みみたぶ》を軽く噛んだ。とたんに全身の肌が熱くざわめき、吐息が零れ落ちる。

「そ……んなこと、しま……ぁあああっ！」

慎之介の指が蜜窟のなかに深々と入り込んだ。そして、角度を変えながらゆっくりと抽送をはじめる。

たちまち快楽の波が押し寄せ、自然と身体を強く仰《の》け反《ぞ》らせていた。ベッドから浮いた双臀《そうでん》をすくい上げられると同時に、蜜窟から抜け出した指が無防備な花芽をなぶる。

「あんっ！　ぃ……ゃあんっ……！」

全身がビクリと跳ね、目の前がぼやけた。まるで身体中が電気を帯《お》びたようになり、小刻みな震えが止まらなくなる。

「しゃ……ちょう……。も……ダメ……っ……」

そう口にした途端、慎之介の指が花芽を離れた。あと少しで達してしまうギリギリのところで解放され、凛子は得も言われぬじれったさを味わう。

凛子は、乱れ切った呼吸を整えながら、自分を見る慎之介の瞳を見つめた。いつの間にか部屋の中はずいぶんと暗くなっている。

こういうときは、どんな顔をすればいい？

まるで見当がつかず、ただ戸惑っていると、慎之介が相貌《そうぼう》を崩した。

「唇、尖《とが》ってるよ」

直後、強く抱きしめられて繰り返しキスを浴びせられる。もしかして、拗《す》ねた顔をしていたのだろうか？　凛子は顔を火照《ほて》らせて下を向いた。

「イチャついている間に、すっかり夜になっちゃったな。――おいで」

「きゃっ！」

いきなり抱きあげられ、窓際へ連れていかれた。窓のほうを向いて立った凛子を、慎之介が背後からゆったりと抱き寄せる。

リモコンの操作音が聞こえ、ブラインドが静かに横に開いた。

「わぁっ……」

遠くまで広がるゴージャスな夜景を前に、凛子は思わず感嘆の声を上げる。視線を巡らせて見惚《みと》れていると、うしろから首筋にキスをされた。そのまま腰を引かれ、上体が前に倒れる。

この高さと暗さでは、誰かに見られる心配はないのかもしれない。けれど、自然と恥ずかしさが込み上げてくる。

「手、窓につけてごらん」

言われたとおりにして顔を上げると、目下に様々な色の灯りが見えた。

慎之介の指が、凛子の蜜窟の位置を探り当てる。そこに触れられただけで、もう膝がくずおれそうだ。

「ぁあああんっ！　んぁっ……！」

突如、背後から深々と屹立《きつりつ》を挿入された。同時に、両方の乳房を揉みしだかれる。

ゆるゆるとした腰の動きが、まるで打ち寄せる波のように凛子の身体を揺らした。気づけば凛子は、腰を思いきり後ろに突き出した体勢になっていた。

ガラスに、自分たちの痴態《ちたい》が反射している。

恥ずかしさに顔を上に向けると、ガラス越しに慎之介と目が合った。慎之介が、より強く腰を動かす。

「い……ゃあ……んっ……、ぁ……ああっ！　社長っ……」

突き上げるような快楽に苛《さいな》まれ、凛子は唇を噛んで首を横に振った。

「イヤなのか？　本当に？」

背後からの甘い囁《ささや》き声に、身をよじり後ろを振り返る。

「ち……違います」

必死に否定した凛子を、慎之介が嬉しそうに見つめた。

「くくっ、岩田さん……君はたまに可愛すぎる」

下から激しく突き上げられ、踵《かかと》が浮いた。窓に全身を押し付けられ、なおも深く貫《つらぬ》かれる。

「岩田さん、君だけはぜったいに誰にも渡さない……ぜったいに、だ」

挿入されたまま向かい合わせになり、今一度唇を合わせる。慎之介の腰が激しく動き、室内にぐちゅぐちゅという淫靡《いんび》な音が響いた。

「いっ……やあっ！」

「くぅ……うっ」

最奥で慎之介が爆《は》ぜるのを感じながら、凛子もまたその日何度目かの絶頂を迎えた。

九月に入り、凛子は予定していたとおり中間決算の準備を進めていた。

ただし、今回は一筋縄ではいかない。何せ、多額の横領が発覚したあとなのだ。その対応だけでも目が回りそうに忙しい。

あのあと、横領の首謀者である榎本は、懲戒解雇《ちょうかいかいこ》されることが決まった。同時に業務上横領容疑で逮捕され、現在は勾留《こうりゅう》中の身だ。

杉原も榎本同様、懲戒解雇《ちょうかいかいこ》は免れないだろうと言われている。彼女はほかにも単独で、複数の不正行為をしていたことが明らかになっていた。

事件発覚後、一時騒然としていた社内も、真実が明らかになってからは少しずつではあるが、落ち着きを取り戻しつつある。

それぞれの部署でも、今回の件について詳しい説明がなされた。

その後社内文書が配布され、当然ながら凛子に向けられた嫌疑《けんぎ》もすっかり晴れている。

「とんだ災難だったね」

ある役員は凛子をねぎらうような微笑みを浮かべながら、そう言ってくれた。

「岩田さんが横領なんかするわけないって思ってた」

「でも表立ってかばえなくてごめん。今後はもっと仕事面でも頼られる先輩になるから」

そう言ってくれたのは、谷と園田だ。村井に至っては、涙ながらに凛子の潔白が証明されたことを喜んでくれた。

そして驚いたことに、いつも凛子に突っかかってばかりだった黒木まで、事件後はじめて経理に現れたときに「俺は最初から信じてた」と、なぜか上から目線で言ってきたのだ。

そんな状態に驚いている凛子に、慎之介が言う。

「横領が発覚したあと、匿名でもいいからなにか知ってたら情報を提供してくれるようにと、会社が呼びかけをしただろう？　あのとき、君にかけられた嫌疑《けんぎ》を疑問視する意見がたくさん届いていたんだ。君は『超合金』ではあっても、その実誰よりも信頼されていたんだよ」

それを聞いた凛子は、しばらくの間ただ茫然《ぼうぜん》と立ち尽くしてしまった。懸命に、彼が言った言葉を理解しようとする。

まさか、自分がそんなふうに思われていたとは……

振り返ると、自分という人間は新入社員のときでさえ、まるで可愛げがなかった。仕事を覚えることばかりに必死で、職場の人間関係などほとんど気に留めなかった。

経費精算の役割を担い他部署の人とかかわりを持つようになっても、愛想笑いひとつ浮かべなかった。

会社という大きな組織に身を置きながら「超合金」と呼ばれても仕方のない、冷たくて事務的な対応を続けてきたのだ。それなのに、周りの人はこんな自分をちゃんと認めてくれていたのだ。

「あの！　引越し費用の精算をお願いしたいんですけど」

キャビネットの向こうから、初々しい声が聞こえた。見ると、人事部に新しく配属された新人の男性社員だ。

いかにも慣れていないといったふうで、そこに立っているだけでも落ち着かないといった様子だ。

「はい、異動にともなう引越し費用の精算ですね」

きっと就業規則をきっちり読んで書類を書いたのだろう。必要な書類はそろっているし、特に問題はない。

（それにしてもすごく安い）

以前同じような引越し費用を精算したことがあったが、彼の費用の一・五倍はかかっていた。

「すごく安いですね。この引越し業者は、どうやって探したんですか？」

これまでの凛子なら、こういった感想を口にすることはなかった。頭のなかに留め置き、あとで自分で調べようと決めてそのまま淡々と事務処理をして終わっていたことだろう。

ちょうど横をとおりすがった園田が、足を止めて横並びになっているキャビネットのドアを開ける。

「ここ、ネットで引越し料金の比較をするサイトで見つけたんです。おまけに、今ちょうど期間限定でキャッシュバックまでしていたんです」

「キャッシュバックまで……」

凛子は男性社員から検索したというサイトの情報をもらい、すぐに自分のパソコンで閲覧《えつらん》してみる。

「そうそう、これです！　ほら、すっごく便利でしょう？」

「本当ですね。知らなかったです。これを使えば、今後引越しにかかる経費を抑えることができそうです。教えてくださってどうもありがとうございました」

「いいえ！　こちらこそすぐに精算してもらってありがとうございました！　助かりました」

そう言って彼は、上機嫌で帰っていった。

それまでキャビネットを覗きこんでいた園田が、凛子のそばにやってきて、腕を肘《ひじ》でつついた。

「岩田さん、ここ最近ますます雰囲気がぐーんと柔らかくなったね。めっきり表情も豊かになってきちゃって……もしかして、恋人でもできたんじゃないの？」

「えっ？」

園田に指摘され、凛子は思わず声を上げる。その声に驚いたらしい谷と村井が、目を見開いて凛子を見る。

「あ……いえ……その……」

しどろもどろになる凛子の顔が、みるみる赤くなった。

あわてて席に座るけれど、もう誤魔化しようがない。

「ちょっと！　まさか図星？　急に顔つきが変わったと思ってたのよぉ。ああそうなの～！」

「あ、やっぱり？　俺もそう思ってました。なんだか物腰が柔らかくなったっていうか『超合金』じゃなくなっちゃったっていうか――あ、すみません」

横に座っている村井が口を挟む。斜め前を見ると、谷までがそうだと言わんばかりにうんうんと頷いている。

「だよね。実は俺もそう思ってた」

「あ、私も～」

背後のキャビネットの向こうから、業務部の社員たちが賛同した。思いのほか多くの人が話を聞いていたらしい。凛子はいっそう赤くなって、席に座りながら身体を縮こめた。

「そうか～、岩田さんにもついに春が来たのね～。これでもう『超合金』なんて称号ともお別れだね～？」

園田が言うには、最近の凛子は以前とは違って、経費精算に来る社員とも気軽に雑談を交わすようになっていたらしい。

自分では、まったく自覚がなかった。

凛子は自分を囲む周りの人の顔を順に目で追った。その顔は、どれも皆穏やかな表情を浮かべている。

「ざ……雑談といっても、自然と口をついて出たことを話しているだけです。持ってきていただいた経費精算について聞きたいことがあったり……。でも、たまに脱線して、業務とまるで関係ないことを話していたりするかも……」

「それでいいんじゃない？　仕事の話ばかりじゃ、いくらなんでもつまらないでしょ？とにかく、脱『超合金』おめでとう。さ、それはひとまず置いといて仕事仕事～。そのうち、皆で食事会でも開こうよ。なんだかんだいろいろあったし、お疲れ様会を兼ねてね？」

園田に肩をポンと叩かれ、凛子は反射的に頷いた。

（皆で食事会って、うちの部署だけで？　それとも業務部も一緒？　仕事の一環？　だとしたら勘定科目は……）

脳内が仕事モードになって、ようやく頬の火照《ほて》りが治まってきた。

落ち着いてきたところで、さっきの会話を振り返る。

言われてみれば、確かにそうかもしれない。

自分でも、ここ最近なんとなく仕事のテンポが前と違う、という程度の自覚はあった。

しかし、それが今言われたような、脱「超合金」に繋がっていたとは……

（……っと、仕事仕事！）

凛子はさっき聞いたばかりの引越し料金比較サイトを閲覧《えつらん》しなおし、会社として今後どう活用できるか考えはじめる。

いつもと同じ業務。だけど、なぜかいつもより格段に楽しくて心地いい。

内線が鳴り、受話器を取る。

「はい、経理の岩田です」

内線の用件は、経費精算に必要な領収書についての問い合わせだった。

「わかりました。それなら――」

ふと電話の横に置いてある鏡を見ると、そこに映る自分の顔が微笑んでいる。

凛子は無意識にそれに微笑みを返して、自分でもわかるほどの柔らかな声で、通話を続けた。

十月になり、経理部に新しい部長が着任した。

新部長の花田《はなだ》は元物流企画部の課長で、同部署にいた頃の園田の上司でもある。年齢は五十五歳で、十年前に妻に先立たれた男やもめであるらしい。

「大丈夫。フットワークは軽いし腰が低い人だから、なにかと使い勝手はいいと思う」

園田が言ったとおり、新部長はちょこまかとよく動く人で、経理部の雰囲気も明るくなった。

一方、凛子個人については、ひと言で言えば順調そのもの。

慎之介はあいかわらず優しいし、顔を合わせればすぐにキスをして抱き締めてくる。

今日、凛子は慎之介とともに、彼の実家で「HAKUYOU」社長夫妻と夕食をともにしていた。

「まぁまぁまぁ！　慎之介が彼女を連れてくるなんて、はじめてのことよ。嬉しいわ。ねぇ、あなた」

慎之介の母親の美都子《みつこ》は、女優のように美しい人だ。いかにも社長夫人らしく上品でありながら、同時に子供のように無邪気にはしゃいだりする魅力的な女性。

父親の威一郎は、子会社の平社員である凛子のことを、穏やかな表情で迎え入れてくれた。

恋人の両親兼勤務先の親会社の社長夫妻を前に、凛子は緊張のあまり喉がカラカラになっている。

「うむ、こいつは俺に似て硬派だからなぁ」

（でも、二人きりでいるときは限りなく軟派です）

凛子は心のなかで威一郎に突っ込みつつ、どうにか微笑んだ顔を保っている。

ここ最近の慎之介は、二人のときは凛子が困惑するほど濃厚なスキンシップを求めてくるのだ。

「岩田さん、緊張するなというほうが無理だとは思うけど、見てのとおりごく普通の両親だから」

（どこがごく普通？）

凛子は慎之介のほうを見て、ぎこちなく口元をほころばせる。

普通とは自分の両親のような人たちのことをいうのであって、目前にいる大企業の社長夫妻には到底当てはまらない言葉だ。

「父さんも母さんも、今日は時間をとってくれてありがとう。改めて紹介するよ。俺の最愛の恋人の岩田凛子さんです」

そして慎之介は、聞いているほうが恥ずかしくなるほど、凛子の美点を並べたてる。

「うむ、岩田さんの仕事ぶりについては、実はちょっと周りから聞いて知っているんだ」

威一郎の言葉に、凛子の箸《はし》がぴたりと止まった。

「親父、なに勝手にリサーチしてるんだよ」

慎之介が少々ムッとした顔で抗議すると、威一郎は鷹揚《おうよう》に首を横に振った。

「いや、リサーチしたんじゃなくて、勝手に耳に入ってきたんだ。この間の役員会で、一連の騒動の件で岩田さんの名前が出たとき、威三郎《いさぶろう》が以前岩田さんの世話になったことがあると言い出してね」

「へえ、威三郎おじさんが？」

氷川威三郎とは「ＨＡＫＵＹＯＵ」の常務であり、威一郎を長男とした氷川三兄弟の末の弟だ。

「いや、正確には威三郎の孫娘が世話になったらしい」

「孫娘って莉子《りこ》ちゃんのこと？」

慎之介が首を傾げる。

「うむ、そうだ」

威一郎が、話を続けた。

「白鷹紡績」では、毎年五月に近隣の小学校の児童を、職場体験として受け入れている。やってくる児童の数はおよそ二十人。対応する担当者は、例年部署単位の持ち回りだ。

今年は経理部が担当部署で、村井が対応することになっていた。しかし、当日になって体調を崩し、急遽《きゅうきょ》凛子がその代役になったのだ。

威三郎と同居する小学校三年生の孫娘が、今年その職場体験のメンバーに入っていたらしい。

もともと子供好きの凛子だ。

表向きはいつもどおりだったが、周りに社員がいないときには、オフモードの凛子として子供たちに接した。

職場体験があった日の夜、莉子は威三郎にその日あったことをいろいろと話して聞かせたらしい。

それによると、職場体験の途中で、莉子はトイレに行きたくなった。しかし、莉子はその小学校に転校して間もなく、親しい友だちがおらずどうしてもそれを言い出せずにいたらしい。結果、立ったままおしっこを漏らしてしまい、ちょうどそばにいた凛子がいちはやくそれに気づき、助け舟を出してくれた、と。

「あぁ、あのときの女の子が……」

確かにあのとき、凛子は目の前にいた女の子の脚が濡れているのに気づいたのだ。

凛子は、とっさにその女の子——莉子の腰に、羽織っていたカーディガンを巻いた。

『悪いけど、プリントを配る手伝いをしてくれない？』

凛子はそう言って、莉子をその場から連れ出した。

そしてすぐにロッカー室に連れていき、園田にひと言声をかけてから、大急ぎで子供用の下着などのサンプルを探したのだ。「白鷹紡績」はその仕事柄、社内にいろいろな服や肌着のサンプルがある。そのなかで、もう使わないものから莉子にあうものを選んで、凛子はロッカー室に戻った。

着替えを済ませた莉子は、凛子の手配したプリントを、実際に配る作業をした。そして、無事なにごともなかったかのように学校へ帰っていったのだ。

その後学校経由で、会社宛てに児童たちからお礼の手紙が届いた。そのなかの一枚に、莉子が書いてくれた凛子の似顔絵付きの手紙があったことを思い出す。

「威三郎は、そのうち『白鷹紡績』に行って、直接岩田さんにお礼を言いたいと思っていたそうだ。莉子も『あのときの、かっこいいお姉さんにもう一度会いたい』と言っているそうだから、そのうち会ってやってくれないかな」

「はい、もちろんです」

凛子は椅子に座ったまま、かしこまって頷く。

「そのときは、俺も同席させてもらうよ」

隣にいる慎之介が、凛子を見てにっこりと笑う。

「それにしても、俺が説明する前に素晴らしさを知られているとか……さすがだな、岩田さん」

「そんな……」

食べていなければ間が持たないせいもあって、今日の夕食では、凛子はいつも以上の食欲を見せて箸《はし》を動かし続けていた。

そのため食後のお茶とデザートの果物を食べきった今は、さすがに座っているのもやっとという状態になっている。

「時に岩田さん、折入って君に聞きたいことがあるんだが」

慎之介が母親とともに食器を持ってキッチンに向かったとき、威一郎がわざわざ立ち上がって凛子の正面に席を移動してきた。

入社式ではじめて威一郎を見たときは、その風格ある立ち姿にすっかり圧倒されたものだ。そんな大人物が、今恋人の父親として凛子の前に座っている――

凛子は小さく息を吸い込んで、まっすぐに威一郎の目を見た。

「はい、なんでしょうか」

「うん、実はね……岩田さんを『HAKUYOU』の秘書課に引き抜きたいと思っているんだが、どうだろう。これは、威三郎の希望でもあるんだが、同時に私の意向でもある」

「えっ……わ、私が？」

想像だにしなかった申し出に、凛子は目を丸くした。

「『白鷹紡績』の人事部長や『アイビー』の元店主からも君の人となりを聞いたが、仕事に対する姿勢はもちろん、普段の生活態度も実にすがすがしいものだそうだね」

凛子は慎之介に教えられて以来、落ち着いてランチを楽しめる場所として「アイビー」に足繁く通っている。

しかし、なぜ今「アイビー」の名前が？

それに、現在の店主ならまだしも、どうして会ったこともない元店主が関係してくるのか。

凛子の混乱ぶりに気づいたのか、威一郎はにこやかに続けた。

「『アイビー』に行くといつもいる老人がいるだろう？　あの人が、あの店の元店主だ」

威一郎曰《いわ》く、あの店は彼が子供の頃から営業しており、経営者は彼の同級生の父親――つまり、いつも店にいる老人だという。今はもう息子に代替わりしたものの、店のことが気になって仕方がなく、結果、毎日のように店に顔を出し、気に入った客を見つけては話し込んでいるらしい。

「今の店主にも聞いたが、親父さんと同じことを言っていたよ」

そういえばその老人とは、二度目に来店したときに相席になり、思いがけずアナログレコードの話などで盛り上がったのだった。それ以来、店で居合わせたら親しく話をする間柄になっている。

まさかの繋がりに驚いていると、慎之介がキッチンから帰ってきた。

「あれ？　どうかした？」

慎之介が凛子の肩に手をかけ、向かい合って座る二人を見る。

「ちょうど、今岩田さんを『ＨＡＫＵＹＯＵ』の秘書課にこないかと誘ったところで――」

威一郎がにこやかな顔で話す一方、慎之介の表情がみるみる険しくなる。

「は？　いったいなんの話だ？」

凛子の隣にどっかりと座り込むと、慎之介は眉間《みけん》に皺をよせたまま威一郎に顔を向けた。

「これはまだ私と威三郎の間だけで話していることなんだが、先月うちで長年勤めてくれた秘書が退職してね。岩田さんにとってもスキルアップできるいい機会でもあるし、ぜひ前向きに考えてみてほしいと思ってね」

「父さん！」

「まぁまぁ、いったいなにごと？」

慎之介が声を大きくしたところで、キッチンから美都子が帰ってきた。

「岩田さんはうちの大事な社員だ。秘書として引き抜くだなんだという話なら、まず社長である俺をとおしてくれ」

「引き抜きなんだから、わざわざ社長に断る必要ないだろう？」

「彼女は俺の恋人だ！」

「恋人であると同時に『HAKUYOU』子会社の社員でもある」

言い争う父子をよそに、美都子が凛子を誘った。

広いリビングを突っ切って、ベランダに出る。見えてきた灯《あか》りに照らされた庭は、まるで一枚の日本画のように美しい。

「ごめんなさいね。あの人たちって、いつもああなのよ。顔を合わせると、どうしても仕事の話になっちゃって、しょっちゅう言い争いをするの。でも、すごく仲は良いから安心してね。ちょっと歩きましょうか。それ、履いてくれる?」

サンダルをすすめられ、美都子とともに庭を散策するうち、ようやくガチガチだった緊張がほぐれてきた。それも、美都子の柔らかな雰囲気のおかげだと思う。

「岩田さん」

一歩先を歩いていた美都子が、立ち止まって凛子を振り返る。

「はい、なんでしょうか」

凛子は背筋をしゃんと伸ばしかしこまる。それを見た美都子が、慎之介そっくりの穏やかな微笑みを浮かべた。

「ふふっ、岩田さんって本当に可愛らしい方ね。さすが慎之介が選んだ人だわ」

美都子は一歩前に出ると、前で重ねている凛子の手を取って両方の掌《てのひら》で包み込んだ。

「こんなこと頼むのも変だけど、慎之介のこと、よろしくお願いしますね。一人の人間としての穏やかな面と、ビジネスマンとしての強い面。それとは別に、慎之介には案外子供みたいなところがあるの。そういうところは父親と一緒。さっきの言い争いだって、まるで兄弟げんかみたいだと思わなかった？」

「あ、なんとなくわかるような気がします」

「でしょう？」

凛子は美都子と顔を見合わせて、クスクスと笑い声を上げた。

そこへ、凛子を探す慎之介の声が聞こえてきた。

父子の言い争いはあったものの、最後はなごやかな雰囲気で、食事会は終了した。

二人は夫婦に見送られて、慎之介のマンションに帰る。同棲しているわけではないけれど、双方の自宅にいつしか二人分の歯ブラシが並ぶようになっていた。

「うちの母となにを話していたんだ？」

ベッドに横になり、慎之介に肩を抱かれている。

「社長と、社長のお父様のことについてお話を伺ったりしていました」

「ふぅん、そうか」

慎之介は凛子の頭を自分の肩に乗せると、身体全体をすっぽりと包み込むように両脚を絡めてきた。

彼の唇が凛子の額《ひたい》を愛《め》で、指先が着たばかりのパジャマのボタンを外しはじめる。

「社長は、お父様と仲直りできたんですか？」

「うん……仲直りというより、話し合いのうえ合意した、という感じかな」

「合意？」

凛子が顔を上げると、慎之介が視線を合わせてきた。

「そう、合意だ。俺と父は、今回の引き抜きの件についてビジネスライク且《か》つ大いに私情を挟んだ話し合いをした。そこで出た結論は、君の選択に任せるということだ。……まあ、それが当然といえば当然なんだが……。君はどうしたい？」

訊ねておきながら、慎之介は凛子から視線を離しそっぽを向く。

「社長……」

「君自身がそうしたいと思うほうを選んでくれて構わない。どちらを選んでも俺と君が恋人であることには変わりないし、君の意思を捻《ね》じ曲げるつもりなんてないから」

口ぶりから察するに、今彼が明後日《あさって》のほうを向いているのは、凛子の決断に私情が交らないようにするためなのだろう。

凛子は、しばらくの間自分から顔を背《そむ》けている慎之介の顎《あご》のラインを見ていた。

きっと彼なら、どの角度から見てもかっこいい。

そんなことを思いながら手を伸ばし、慎之介の頬に触れる。

「社長……私には今の部署でまだ学ぶべきこと、やりたいと思っていることがたくさんあります。それを中途半端に投げ出したくはありません……。ですから、私は『HAKUYOU』の秘書課には行きません。少なくとも今はまだ、社長のそばで働かせていただきたいと思います」

言い終わると同時に、慎之介の顔がゆっくりと凛子のほうに向きなおった。

「今の言葉、本当か？　俺に気を使っているんじゃなくて、本心から出た言葉なのか？」

慎之介の顔には、まだ不安が残っている。

「はい。私の意思で、私がそう望むから言った言葉です」

「そうか……。よかった」

慎之介が、心底ほっとしたような表情を浮かべた。そして、凛子の顔に繰り返しキスを浴びせる。

いかにも嬉しそうな笑顔を見せられ、凛子もつられてにっこりと笑った。

「私、社長の笑った顔が好きです。穏やかで優しい微笑みが好きです……。仕事モードのときの厳しい顔もたまらなく素敵だと思います。それに、今の子供みたいに無邪気な顔や……私を抱き締めてくださるときの顔も……んっ……」

唇が重なる。すでにパジャマのボタンは、すべて外されていた。その下に見えるのは、慎之介がチョイスした総レースのベビードールだ。

「これ、着てくれたんだね」

「はい。せっかくプレゼントしてくださったので……ぁんっ……」

　慎之介の手の甲が、レースの胸元を撫でる。手に持って見たときは、純白でとても清楚な品に見えた。だけど、実際に身につけてみるとまるで違う。肌にフィットする分、思った以上にスケ感があり、身体の線はおろか胸の先までくっきりと見えている。

「ふっ……思った以上にセクシーだな……。ちょっと……ヤバいくらいに……」

　慎之介のキスが首筋に移る。

　腰のあたりをさまよっていた掌《てのひら》が、ベビードールの裾をめくった。

「しゃ……社長……。どうしても気になるので質問させていただきますが……。これはどこでお買い求めになられたんですか？　その、す……すごく着心地がいいのでできたら自分でも……あんっ！」

　慎之介の指が、凛子の乳先を摘《つ》まんだ。そこをゆっくりとねじりながら、彼が胸の谷間に舌先を這《は》わせてくる。

「海外のランジェリーを扱っている専門店で。ずっと行きたいと思っていたけど、忙しくてなかなか行けなかったんだ。……ほら、前に話した一条真奈美さんの恋人——俺の親友が教えてくれたんだよ。そいつ、服飾デザイナーだから、そういった店にも詳しくてね」

「そ、そ……うですか……あぁんっ！」

肩ひもがずり落ち、レースの端が乳暈《にゅううん》がギリギリ隠れる位置に下がる。

すごく、くすぐったい。

下を見ると、硬くなった乳先にレースの生地がひっかかっていた。あと少し下に引っ張れば、乳房があらわになる。そう考えるだけで息が弾み、自然と胸元がはだけてしまいそうだ。

「……くくっ、心配しなくても俺はそこの常連でもないし、こんなセクシーな女性用の下着を買うのもはじめてだよ」

「し、心配なんか……ゃああんっ！　やっ……社長っ……」

一気にベビードールを引き下ろされ、胸の先にかぶりつかれる。クチュクチュと吸いながら甘噛みをされて、それだけで軽く絶頂のふちに追いやられた。

全身がピクピクと震え、我知らずシーツから踵《かかと》を浮かせていた。背中が仰《の》け反《ぞ》ったその隙に、パジャマの下を脱がされ、ベビードールを太ももまでずらされる。

「君こそ、こんなあられもない姿をほかの男に見せたことはないだろうね？」

胸への愛撫を続けながらしゃべっているから、若干声がくぐもって聞こえる。

「あっ……ありませんっ……！」

慎之介が話すときの振動と舌の動きが連動して、さっきまでとは違う快感が凜子にもたらされる。

「君が俺に抱かれているときの顔を見るのが好きだ……。もちろん、仕事をしているときの凛とした顔や、子供に笑いかけるときの顔も、ぜんぶ好きだよ……」

キスがようやく胸元を離れ、当然のように下を目指しはじめる。

腰骨の出っ張りを舌先でなぞり、そのまま腰のラインを辿《たど》る。凛子はいつの間にか、うつ伏せの格好になっていた。

「ひゃっ！」

いきなり尻肉を甘く齧《かじ》られた。凛子の両脚は大きく広がっていて、慎之介がその脚の間に寝そべっている。慎之介はあらわになっている秘所に唇を寄せた。

「ダ……ダメっ……！　こ……こんな格好で……。いやぁ……ん、んっ……み……見ないでっ……目……閉じてくださいっ……あああっ！」

慎之介の舌が、蜜窟のなかに沈んだ。そして、ゆっくりと出し入れを繰り返しながら、溢《あふ》れ出た蜜を舐めとる。

「大丈夫、目を閉じておくから」

淫《みだ》らな水音を立てながら、慎之介が呟く。舌の抽送に加えて、突起した花芽がコリコリと指の腹で弄《もてあそ》ばれる。

「ふぁあっ……！　あっ……ん、あんっ……」

自然と身体が仰《の》け反《ぞ》り、秘所が余計丸見えになるような格好になった。

慎之介の舌が、蜜窟のふちから尾てい骨《びこつ》に続く道筋をたどる。あわてて逃げ出そうとするけれど、慎之介の腕がしっかりと太ももを固定しているせいで、身じろぎすることもできない。

さっき一緒にお風呂に入ったとき、全身をくまなく洗ってはいる。けれど、さすがに今の状態は恥ずかしすぎた。

慎之介の鼻筋が双臀《そうでん》を撫で、硬い歯列が尻肉をくすぐる。彼の息遣いが、敏感になった肌をとおして凛子の心臓に伝わってきた。

彼はきっと、今までにないほどの興奮を味わっているにちがいない。凛子のなかには、舌に代わって彼の指がねじこまれていた。より深く速く動くその指が、慎之介の熱い欲望を感じさせる。

「……あ……ふ……」

だんだんと身体から力が抜けていく。与えられる快楽の甘さが、凛子を捕らえている羞恥心《しゅうちしん》を徐々に溶かしていった。

とろとろとした熱い快感が慎之介の舌によって捏《こ》ねられ、すべてを彼に捧《ささ》げてしまいたいという欲望に変わる。

「岩田さん、好きだよ。頭のてっぺんからつま先まで、ぜんぶ……」

そこから先は、文字どおり慎之介のキスが凛子の全身をくまなく巡り、もう彼に知られていないところなんてなくなってしまった。

いったいその間に、何度我にもなく声を上げただろうか。

気がつけば、横たわっていたシーツの腰のあたりがしとどに濡れていた。

「すごく濡れてたね。それ、ぜんぶ岩田さんの――」

「やっ……言わないでください！」

とっさに仰向けになっている慎之介に覆いかぶさり、彼の唇をキスで塞《ふさ》いだ。

睫毛《まつげ》が触れ合う位置で見つめ合い、舌を絡める。

慎之介の掌《てのひら》が、凜子の腰を掴んだ。そして、避妊具をつけた屹立《きつりつ》の先に、凜子の濡れた蜜窟の入り口を置く。

「ほしい？　だったら、自分で挿れてごらん」

慎之介の瞳に、ほんの少し加虐《かぎゃく》の光が宿った。それに魅了されたように、凜子はこっくりと頷いて、小さく息を吸い込む。

そろそろと手を伸ばし、屹立《きつりつ》の先を指先で撫でる。慎之介の左眉が、挿入を促すかのようにピクリと動いた。

手助けされながら上体を起こし、彼の腰の上に馬乗りの姿勢になる。唇がやけに乾いているような気がして、舌で自身の唇を舐めながらゆっくりと腰を下に落とした。

「は……っ……、ぁ……あ……っ……」

自分を見る慎之介の視線が、凛子の心を一気に燃え立たせる。

少しずつ挿入が深くなっていくにつれて、凛子の身体が小刻みに震えだした。慎之介は、こちらをじっと見つめたまま気持ちよさそうに目を細めている。

今彼が腰を動かしたらどうなるのか、十分にわかっていた。

だから、今回は自分で――

凛子は横たわる慎之介の腹筋に手を置き、彼のものをさらに奥深いところまで招き入れた。

「あああああっ……！　あ……あ、んっ、んんっ！」

慎之介の屹立《きつりつ》の先が凛子の最奥に達した。柔らかに開いている子宮口をノックするように、慎之介が軽く腰を突き上げる。

彼の指が凛子の花芽の包皮を剥き、露出した花芯を指の腹で撫でまわしはじめた。

思わず浮いた腰を再度落とし、また浮かせる動きを繰り返す。

慎之介が低く呻《うめ》く声が聞こえる。いつの間にか閉じていた目蓋《まぶた》を開けると、彼が顎《あご》を少し上げたまま、きつく目を閉じているのが見えた。

もしかして、自分が彼を気持ちよくさせている？

凛子はうっとりとした目つきで慎之介を見つめたまま、自らの意思でゆるゆると腰を前後に揺らした。

わき起こる快楽の波が、自分自身の動きから生まれている。

動いている途中、慎之介がふいに腰の位置を移動させて凛子のなかを強く掻いた。腰を掌《てのひら》で固定され、蜜窟のなかを先端で捏《こ》ね回される。

内壁の上、臍《へそ》の下のあたりを内側から抉《えぐ》られ、凛子は声を上げて身体を仰《の》け反《ぞ》らせた。

「あぁっ！　……社長っ……」

一瞬重力を感じなくなり、高い山の頂《いただき》から地上目指してまっ逆さまに落ちていくような感覚を味わう。

目の前をきらきらとした光が飛び交うなか、とっさに伸ばした手が慎之介の掌《てのひら》に包み込まれた。

ベッドに仰向けになった身体が激しく揺さぶられる。雌猫のような鳴き声を上げながら、凛子は彼の背中に爪を立てた。

頂点に上り詰めた余韻が、そのまま次に襲い掛かってくる快楽を呼び込んでいる。

身体の奥がひくひくと引きつり、降り注ぐ愉悦がまるで土砂《どしゃぶ》降りの雨のようだ。

「悪いが、まだ終わらせてあげられない……。死ぬほど気持ちいいよ……身体だけじゃなくて、心も……。岩田さん、好きだよ。俺は君を心から愛している。まだ会って数カ月だけど、もうずっと前からそうだったような気がするんだ」

慎之介の言っている言葉が、悦楽に揺蕩《たゆた》う凛子の耳の奥に届いた。

彼のものが、凜子のなかで容量と硬さを増す。

（今の……現実？　……それとも、夢……？）

考える暇もなく思考が混濁《こんだく》して、変わって脳天を突き抜けるような快楽が凜子の心身を貫《つらぬ》く。

息が詰まり喘《あえ》ぐ凜子の唇を、慎之介が舌で舐めあげる。

触れ合っている唇が「愛している」と語りかけてきた。もう自分が起きているのか寝ているのか、わからない。

だけど今胸にある気持ちだけは、はっきりしている。

「……社長……私も……。私も、社長のことを心から愛しています」

凜子は満ち足りた微笑みを浮かべながら、慎之介の腕の中で心地よい眠りに落ちていった。

◇　◇　◇

「愛しています……って、言ったよな？　ぜったいにそう聞こえたよな？　うん……確かに」

慎之介は自宅マンションの洗面台の前に立ち、鏡のなかの自分とにらめっこをしている。思い浮かべているのは、凛子の顔と身体だ。

今日は月曜日。朝から会議を四つこなし「ＨＡＫＵＹＯＵ」にも顔を出した。その後、取引先社長との会食にでかけ、今ようやく自宅に帰り着いてシャワーを浴びたところだ。

昨日までの二日間、凛子とここでともに過ごした。

彼女を抱き締めて何度もキスをし、時間と体力が許す限り身体を重ね合わせ、愛を確かめ合い……。

「超合金」と呼ばれている凛子は、中身は実にたおやかな女性だ。

凛として無表情に見えても、実は結構おとぼけで感情豊か。

仕事には厳しいが、本当は心優しい。

これまでそれらのことは、慎之介自身が目撃して、慎之介だけが知っていたことだった。

しかし、最近ではそんな彼女の隠れた魅力について、社内の男たちが噂しはじめている。

「岩田凛子は悪くない」と。

愛想がなさすぎるし笑顔ひとつつくれるわけではないが、仕事ぶりは申し分ないし、なにより真面目だ。

それに彼女は意外にも、営業部の男性社員からの評価が高い。

『あの冷たい対応がいいんだよなぁ』

『あんなふうにビシッと言われると、ゾクゾクする』

『ちょっと本気でアプローチしてみようか』

などなど……

「冗談じゃない！　彼女は俺のものだ！」

慎之介は鏡に映る自分に向かって、思い切り渋い顔をした。

確かにこの頃の彼女は、やけに物腰が柔らかくなっている。

「このままだと、まずいな……」

これまでに何度となく彼女には「好きだ」という気持ちを伝えてきた。

会うたびに愛おしくなり、ついには「愛している」という言葉を自然と口にするまでになっている。

このままずっと一緒にいたいと思うし、彼女とともに人生を歩んでいきたいと思う。

「よし、言うぞ！」

慎之介は鏡のなかの自分に向かって、力強く頷いた。

◇　◇　◇

慎之介の両親との会食からおよそひと月が経った。その間に、また少し周りの環境が変わった。

まず、園田が人事部に異動になった。

実は園田には、五年ほど前から特別な人がいたらしい。

てっきり彼女は独身主義者だと思っていた凛子は、それを聞いて驚いた。そして、彼女の相手が誰なのかを知って、さらに驚愕したのだ。

それは、とある月曜日の、終業後のこと。

「岩田さんだけには先に言っておくね。相手、うちの花田部長なんだよね」

「えっ⁉　花田部長と？」

さすがに驚いて口をポカンと開けていると、園田が照れ臭そうに笑った。

花田は十年前に妻を亡くし、それ以来ずっと独身をとおしてきた。しかし、あるとき同じ部署だった園田と意気投合し、仕事以外でも親しく話したりするようになったそうだ。

「花田部長、亡くなった奥様のことをすごく愛してたのよ。だからね……だから、部長のことは好きだけど、このまま結婚とかしなくてもいいかなって思ってたのよね――」

しかし花田の経理部長着任後まもなく、突然彼にプロポーズされたという。

「いきなりだったから、ほんと、びっくりしちゃった。でも、すごく嬉しかった……。

だってね……やっぱり、心の底ではずっと『園田』から『花田』になりたいと思っていたから」

そう話す園田は、普段滅多に見せない飛び切りの笑みを浮かべている。しかし、よく見ると、その目が潤《うる》んでいた。そんな園田を見て、凛子も涙ぐみそうになった。

「岩田さんも、いろいろと頑張ってね」

園田は、そう言い残して、人事部に異動していった。

そうはいっても、同じビルにいる者同士だ。その後もなにかあれば気軽に内線をかけたり、ランチをともにしたりしている。

そして、それからほどなくして、凛子に経理部主任への昇格の内示が出たのだった。

「主任昇格おめでとう」

十一月の三連休に凛子は慎之介に誘われて、二泊三日の旅行にきていた。天気にも恵まれ、空には綿菓子のように薄い雲がちらほらと浮かんでいるのが見える。

「ありがとうございます。これからは、もっと身を引き締めて頑張ります」

「うん、頑張って。そういえば知ってるぞ。最近ついた岩田さんの新しいあだ名。『柔らか超合金』だろ？」

「え、もう社長の耳にまで届いているんですか？」

慎之介が朗《ほが》らかな笑い声を上げる。

「聞いたときになるほど、と感心したよ。でもそのネーミングセンスはどうかな、とも思った」

そう言いながらも、慎之介は愉快そうに微笑んでいる。

その横顔が、まるでカメオに彫り込まれた男神みたいだ。

（かっこいい……。ほんともう、かっこよすぎ……）

凛子は密かに顔を赤くして、窓のほうを見た。このまま慎之介の横顔を見続けていたら、胸の鼓動が彼の耳にまで届いてしまいそうだ。

車はちょうど、海の上にかかる橋の上にさしかかっている。左右に広がる海面の色が美しい。

「うわぁ。海って青だけじゃなくて、緑色や黒もまざっているんですね」

我ながら小学生みたいなことを言っていると思う。だけど、慎之介といると、それだけでもう嬉しくてはしゃいだようなことを言ってしまうのだ。

「水深や天候によって見え方が違うからね。この辺りだと、浅瀬なら水中の岩の色が出たりするし」

橋の向こうには、今日夜を過ごす予定の小さな島が見える。

社長として忙しい日々を送る彼が、わざわざ凛子のために時間を割いてくれた。そんな彼のことを心から愛しいと思うし、少しでも彼にふさわしい女性になりたいと常に願っている。

「どうした？　急に静かになったね。少し長く走りすぎたかな？」

「いいえ、大丈夫です。つい景色に見惚れちゃっただけで……」

もともと口数が多くない凛子だけど、慎之介といるときは割とおしゃべりになっている。

はじめこそ緊張して、黙っていることが多かった。しかし、恋人として付き合うようになってからは、だんだんと思ったことを素直に口にすることができるようになっている。

そうできているのも、もう迷ったり自分を偽《いつわ》ったりしないと決めたことを、守り続けているからだ。

だけど、やはりなにもかもすべて話せるというわけではない。

たとえば、二人の将来についてなどは、気になっていても到底自分から話題にすることなんかできない。

島に到着しホテルにチェックインをして、プライベートビーチの散策に出かける。

十一月だと、だいぶ日没も早い。

「わぁ……！」

もうじき日が落ちようとする海岸は、空は薄い紺色なのに水平線の方は紫色に近い色合いになっている。

「綺麗だろう?」

「はい」

慎之介が凛子の肩を抱き寄せ、浜辺の岩の上に腰掛けるよう誘導した。

「本当に綺麗ですね……」

日本には、こんなにも美しい場所がたくさんある。そんな場所を、これからも慎之介とともに巡っていけたらと思う。

慎之介と自分は、心から想い合っている。

そうとわかっているのに、たまに思い出したように不安が押し寄せてくる。

彼の両親に認められた恋人ではあるけれど、ふとわが身を振り返って、二人の格差に愕然とすることがあった。

彼に好きだと言われ、信じられないほど大切にされているのはわかっている。けれど、時として急に弱気になってしまうのは、自分の自信のなさゆえだろうか……

ついぼんやりと考え込んでいると、いつの間にか夕日が水平線に迫っていた。

慎之介が、隣で大きく深呼吸をする。そういえば今日の彼はいつもより、少しだけ無口だ。

あれこれ考えすぎて、つい返事がおろそかになっていたからだろうか。

「社長……今日はこんな素敵なところに連れてきていただいてありがとうございます。なのに、私ったら、やたらとぼんやりして……」

きちんと謝って、ちゃんと気持ちを口にするようにしよう。

今ならいつもよりもっと素直になれる。頑張れば、もっと。

そうして、日頃伝えたくてもできずにいることを、少しでも伝えないと――

「私、社長とこんなふうにお付き合いできるようになって、すごく嬉しいんです。まるで夢みたいだし、今でも信じられないって思ったり、私なんかでいいのかとか思ったりして。……もっと社長にふさわしい女性になろうとして自分なりに頑張ってはいるんです。でも、とても追いつかなくって……。社長が素敵すぎて、必死になって追いかけようとするのに追いつくことができないんです」

自分では意識していなかったけれど、ひどく気持ちが高ぶっていたみたいだ。

気がつけば、いつの間にか涙が頬を伝っていた。

凛子の濡れた頬に、慎之介の掌《てのひら》がそっと触れる。

「知ってる。君が大学の通信課程で経済を学びはじめたこと、スポーツクラブに通いだしたこと、オシャレに気を使っていることも、ぜんぶ知ってる」

慎之介の腕が、凛子をきつく抱き寄せる。

「追いつこうとしなくても、君はもう俺と一緒にいる。俺のほうこそ、君が頑張りすぎて、俺の手のなかから逃げ出してしまうんじゃないかと不安になるくらいだ」

慎之介が着ているジャケットの前をはだけ、凛子の掌《てのひら》を胸の上に置いた。

心臓がまるで早鐘のように激しく高鳴っている。

「社長……んっ……」

凛子の唇を、慎之介がキスで塞《ふさ》いだ。

そうしている間に、夕日は水平線をピンク色に染めながら沈みはじめている。

「もう何度もこうして君とキスしているのに、毎回胸がときめく。君を一生独り占めしたい。君という『超合金』を開発するのは俺だけの役目だ。君を誰にも渡したくない。どうしても君じゃなきゃダメだ。……岩田さん、俺と結婚してくれないか」

「……社長……」

驚きすぎて声が出ない。

大粒の涙が溢《あふ》れ出て、凛子の視界が歪《ゆが》んだ。しゃくりあげるのに忙しくて、息をするのもやっとだ。

「それは、嬉し涙だって解釈してもいいかな？」

凛子は大きく頷いて、慎之介を見つめながら目を瞬《またた》かせた。ようやく見えてきた彼の顔は、すごく嬉しそうだ。

「それと、ちょっと確認したいことがあるんだ。二人で俺の実家に行ったあと、俺のベッドのなかでなんて言ったか、憶えている？」

「憶えています。私、あのとき頭がぼおっとしていて……。社長が言ってくれたことも夢なのかなって思っていて……。でも、あれって本当のことだったんですよね？　私、社長のことを愛しています。胸が苦しくて息ができなくなってしまうくらい、愛しているんです」

慎之介の掌《てのひら》が凛子の頬を包み込んだ。そして、指先でそっと涙を拭きとってくれる。

「じゃあ、さっきのプロポーズの答えは？」

「もちろん、お受けします。私だって、社長のこと一生独り占めにしたいと思っているんです」

凛子の言葉に、慎之介は甘くてとろけそうな微笑みを浮かべた。

「よかった……本当によかった。愛してるよ、岩田さん」

「私もです。愛してます、社長……」

視線を合わせている二人の顔が、茜《あかね》色に染まる。

慎之介が唇を寄せてくる前に、凛子は自分から慎之介にキスをした。

凛子が主任になってから、およそ三カ月が過ぎた。

四月に行《おこな》われる決算に必要な業務に追われ、凛子はここのところ、忙しい日々を送っている。

一方では、花田部長の後押しや慎之介の素早い対応もあり、無事経費精算システムを電子化することができた。そのおかげで業務は簡素化し、効率も格段に上がっている。

まだまだ先のことになるだろうと思っていた社員証で買い物ができるシステムも、決算後を目途に「ＨＡＫＵＹＯＵ」と同様のものが導入される予定だ。

『俺と結婚してくれないか』

慎之介にそう言われたときから、二人の親密度はどんどん増している。

双方の両親への報告はまだだけれど、夏が来る前には伝えようと話し合ったばかりだ。

「ただいま」

ワンルームマンションのドアを開け、慎之介がすぐ横のキッチンに立っていた凛子を見て笑いかける。最近では、週の前半を凛子の家、後半を慎之介の家で過ごすというサイクルができあがっている。

「おかえりなさい。早かったですね」

「うん、岩田さんはいつ帰りついたんだ？」

「八時過ぎです」

部屋の置時計は、午後九時少し前を指している。

「いい匂いだなぁ」

「ちょうど今、ご飯が炊きあがったところです」

「そうか。疲れているだろうに、ありがとう。だけど、あまり無理はしないようにな。君は俺にとっても会社にとっても、大事な人なんだから」

掌《てのひら》で頬を包まれ、唇にキスをされる。

確かに忙しいし、今日も残業を終えてからの帰宅だった。けれど、夕飯の下ごしらえは昨日すでに済ませていたのだ。

慎之介がシャワーを浴びている間に、凛子はテーブルに鶏ごぼうの炊き込みご飯とカレイの煮つけを載せた皿を並べる。

ある程度料理ができるとはいえ、慎之介と付き合うまで特定の男性に手料理など振舞うことなどなかった凛子だ。この日のメニューはクッキングサイトで手順を見たあと、母親に味付けのレシピを確認したうえで作り上げていた。

いただきますを言って、食前酒のビールで乾杯をする。

副菜としてタコの酢の物とほうれん草のごま和《あ》えを出したが、果たして味付けは彼の好みに合うかどうか……。

凛子の心配をよそに、慎之介は旺盛《おうせい》な食欲を見せて、料理を平らげていった。その様子は見ていて気持ちいいし、また作ってあげたいという気持ちになる。

「母に教えてもらった味付けで作ったんです。好みもあるし、どうかなと思ったんですけど……」

「うまい！　ほんと、うまいよ」

長く教師をやっていた凛子の母親は、夕食を作る時間をあまりとれなかったこともあり、昔から時短料理が得意だった。効率よく材料を用意し、便利な調理器具を駆使しておいしいものを短時間で作る。

そんな母親の料理は、凛子にとってのおふくろの味であり、料理の基本なのだ。

夕飯を済ませひと心地着いた後、二人して散歩に出かけた。ぶらぶらと歩きながら、いつもの公園に行きつく。もう夜も遅いからなかには誰もいない。

「この公園『桜公園』っていうんですね。はじめて知りました」

「ほんとだ。俺もはじめて知ったよ。今も憶えている……去年の七月の日曜日に、ここで桃花ちゃんと遊んでいる君を見かけた」

凛子は慎之介に肩を抱かれ、公園を進む。歩きながら上を見ると、桜の枝の先に小さな蕾《つぼみ》が膨らんでいるのが見えた。

「ちょうど俺が前を通りかかったとき、君はベンチから立ち上がって、駆け出しそうになっていた。だけど、結局はそうしなかったんだ。そして、桃花ちゃんが自分のところに帰ってくるのを待っていた」

「え……そんなところから見ていたんですか？」

あの日確かに桃花が鬼ごっこの途中で転んだ。だけど、桃花は「平気だよ！」と笑って鬼ごっこを続けた。

「うん、実はその前に、外出先から帰る途中で君を見かけていたんだ。それで、帰宅してから大急ぎでスポーツクラブに行く準備をして、公園に向かったんだよね」

「じゃあ、わざわざ……」

「そう、わざわざ君に会うために、公園に行ったんだ。その頃はまだ出会ったばかりだったし、ストーカーまがいのことをしていると思われても困るから、秘密にしていた。でも、そのとき思ったんだ。自分にもこんな面があるんだなぁって」

はじめてそんないきさつを聞かされ、凛子は改めて二人が出会った頃のことを思い出していた。

「でも、もともとはそれも横領犯と疑われていたからですよね？」

「確かに、あの頃はまだ嫌疑《けんぎ》がかかっていた。だけど、俺の直感は君のことを『シロ』だと言っていたし、実際にそうだった。それに今思えば、俺は調査という名目で君に近づくのを心から喜んでいたんだろうな」

慎之介が小さく笑い声を上げた。その笑顔に、凛子の胸が熱くなる。

横領の疑いをかけられたことは、凛子の心に少なからず影を落としていた。しかし、今の彼の言葉を聞いて、一気に心が晴れたような気がする。

疑われること自体は、到底歓迎などできない。けれどそのきっかけがなければ、二人は恋人になっていなかったかもしれないのだ。そう考えると、生きるうえで起こるあらゆる出来事にはちゃんと意味があるのだと思えてくる。

「そうそう、近づいて行ったらちょうど君が『痛いの痛いの、あの高～いマンションの向こうまで飛んでいけ～！』って腕を振り回してて、その手が俺の胸を直撃したんだ」

「あ！　そうでした……。あのときは、ほんとすみませんでした！」

あのとき、まさか人が近づいているなんて思わないから、思い切り腕を振ったのだ。そのせいで、かなりの勢いで慎之介の胸にぶつかったことを憶えている。

「でも、確かあのとき、社長笑っていましたよね？」

「ああ、そうだったね。うん、確かに……。思えば、あのとき岩田さんに胸を一撃されたのが君との恋の本格的なはじまりだったのかな」

慎之介が立ち止まり、凛子を正面から緩《ゆる》く抱き締める。

「社長……」

出会って一年もたたないうちに、まさかの展開で、今こうして二人で公園にいる。

「このタイミングで言うのもなんだけど、二人きりでいるときくらい、お互いを下の名前で呼ぶことにしないか？」

慎之介の提案は、凜子も考えていたことではあった。だけど、今さらのような気がしたし「社長」と呼び慣れていたせいで、そのままにしていたのだ。

そんな凜子に、この提案を拒否する気は、もちろんない。

「はい。……慎之介さん……」

凜子が言うと、慎之介があからさまに照れた表情を浮かべた。

「もう一回呼んでくれる？」

「……慎之介さん。ずるいです、私ばっかり――」

きつく抱きすくめられて、一瞬胸が苦しくなった。

「ごめん、凜子。俺、今ありえないほど顔がにやけてる」

はじめて下の名前を呼びすてされた凜子も、慎之介の腕のなかで頭から湯気が出そうなくらい照れてしまう。

「私だってそうです」

二人同時に顔を見合わせ、にっこりと微笑みあう。

春先の明るい月明かりが、たくさんの蕾《つぼみ》をつけた桜の枝を通り抜け、二人の上に優しく降り注いでいた。

書き下ろし番外編

# 経理部の岩田さん、セレブ御曹司に我儘《わがまま》を言われる

五月最後の週末、慎之介は凛子とともに愛媛県を訪れていた。

旅の第一の目的は、今愛媛で開催されている「世界文具フェスタ」に行くこと。

本来なら、三月に開催された東京会場に行く予定だった。しかし、凛子が当日になって風邪をこじらせてしまい、見送らざるを得なかったのだ。

残念がる凛子を見て、慎之介はすぐにスケジュールを確認した。そして「世界文具フェスタ」が愛媛で開催されるときに合わせて、凛子と温泉旅行に行くことを思いつく。

「世界文具フェスタ」に参加できるうえに、二人きりの温泉旅行も楽しめる――

凛子も喜んでくれたし、我ながら素晴らしい計画を立てたものだと思う。

それからの二カ月間は、二人ともいつも以上に仕事に励み、今日という日を楽しみにしていた。

朝は早くから飛行機で愛媛に向かい、お昼過ぎに目的地に到着。荷物を駅に預け、その足で会場に向かう。その後、二人して会場を歩き回り、数十点にも及ぶ文具を買いあさった。

中でも一番の収穫は、ゲレネック社が今回の催しに向けて用意したという羽根ペンのセットだ。利便性の高い文具が手軽に買える今、ペン軸をインク壷《つぼ》につけて書く羽根ペンは、限りなく装飾品に近い存在だと言えるかもしれない。

今回手に入れた羽根ペンも、当然私用で使うものであり、置き場所は自宅のベッドルームを予定している。

「えっ？　もうこんな時間――」

歩き疲れて立ち止まったとき、凛子が驚いたような声を上げた。時計を確認すると、あと十分で終了時刻だ。

「ほんとだ。出口が混みあうから、一足先に出ようか」

「世界文具フェスタ」は、二日にわたって開催される。

一日目を終えた二人は、駅に預けた荷物を受け取り、タクシーで宿泊先に向かった。

予約したのは、会場からタクシーで十分の距離にある老舗《しにせ》温泉旅館だ。

多くの著名人が定宿《じょうやど》にしているだけあって、設備や料理はもちろん、各種サービスや全体的な趣《おもむき》も申し分ない。

ここではなく、露天風呂付のスイートルームがあるホテルにしようかとも思ったが、バスローブよりも浴衣を着た凛子が見たいという欲望が勝り、ここに決めた。

本館八階にある部屋の窓からは、城や情緒溢《あふ》れる市街地が一望できる。部屋で夕食をとったあと、並んでのんびりと歩きながら館内の大浴場に向かう。

たっぷりとお湯を堪能して部屋に戻ると、中はもうすっかり片付いており、寝具の準備も整っている。つまり、これからは二人だけの時間であり、誰にも邪魔をされる心配はないということ。

慎之介は、凛子よりも少しだけ早く部屋に帰り着いた。そして今、窓の欄干《らんかん》に腰かけて中庭を眺めている。

するとほどなくして部屋のドアが開き、浴衣姿の凛子が中に入ってきた。

「おかえり」

「ただいま。すごくいいお湯だったから、ついつい長湯しちゃって……」

髪の毛をアップスタイルにした凛子が、半纏《はんてん》を脱いだあと、指先で浴衣の襟元をほんの少し緩める。そんな何気ないしぐさが、いつになく色っぽい。

慎之介は凛子の立ち姿を、まじまじと見つめた。そして、感じ入ったように小さく唸り、にっこりと笑う。

「浴衣、すごく似合ってるよ。とても綺麗だし、見惚れずにはいられないよ」

「あ……ありがとう」

凛子が嬉しそうに微笑みを浮かべた。そして、やや照れたように頬を赤くして、掌《てのひら》でパタパタと顔を扇《あお》ぐ。

「暑いのか？」

「少しだけ」

「もしかして、のぼせた？」

「ううん、大丈夫」

慎之介は欄干《らんかん》から籐製《とうせい》の椅子に座り直し、凛子に向かって手招きをした。

「おいで」

凛子が頷き、いそいそとこちらに向かって歩いてくる。

彼女と出会ってから、ちょうど今日で十一カ月――。役職ではなく名前を呼ばれるようになってから、三カ月弱。最近では、ようやく敬語なしで話してくれるようになっている。

先月、お互いの両親に結婚の挨拶《あいさつ》を済ませた。まだ公《おおやけ》にはしていないものの、二人は晴れて正式な婚約者同士になったのだ。

もう数えきれないほどキスをして、繰り返し身体を交わらせた。

しかし、彼女はいまだ恥じらいを忘れない。何度抱き寄せても、そのたびに初々しい反応を見せる。それでいて、時に驚くほど妖艶な表情を浮かべ、無意識のうちにこちらの欲望を極限まで掻き立ててきたりして……。

慎之介は、やってきた凛子の手を取り、彼女を膝の上に横抱きにする。

「凛子、来月は二人の誕生月だね」

慎之介は、頷く凛子のおくれ毛を指先で摘《つ》まんだ。彼女の黒々とした髪の毛から、かすかに花の香りが立ちのぼっている。

「新年度のあわただしさも一段落したし、そろそろ結婚に向けて本格的に動き出さないとな」

双方の両親には、来年の春までには結婚式を挙げて入籍を済ませたいと伝えてある。

それは、仕事の予定を踏まえつつ二人で話し合って決めた、おおまかなスケジューリングだ。

しかし、最近になって少し状況が変わってきていた。もう、来春などと悠長なことを言っている場合ではないし、こうなったら一日でも早く結婚に向けての段取りを済ませたいと思う。

「できれば、予定を少し早めたいんだ。結婚に向けての段取りはもちろんだけど、凛子さえよければ、すぐにでも俺たちの仲を社内で公《おおやけ》にしたいと考えているんだが、凛子はどう思う？」

慎之介は凛子の顔を覗き込んだ。彼女は、きょとんとした顔で目を瞬《またた》かせている。

「ず、ずいぶん急な話だね。慎之介さんがそれでいいなら、私は構わないけど……。でも、慎之介さん、もうじき新規プロジェクト関連で忙しくなるでしょう？」

「白鷹紡績」は、今期から中東の服飾メーカーとの業務提携をすることになった。

その関係で忙しくなる慎之介は、しばらく日本と中東を往復する日々が続く予定だ。

「ああ、来月頭から出張続きだ。おそらく、月の三分の一は日本にいないだろうな。それもあって、結婚に関する話を早く進めたいんだ」

慎之介は凛子の顔を、じっと見つめた。すると、彼女は不思議そうな顔で首を傾げる。

「それも、って……。ほかにも、なにか理由があるの？」

「ああ。……それはそうと、凛子。新入社員の教育はうまくいってるか？」

凛子の肩を引き寄せると、慎之介は彼女の身体を自分の胸にゆったりともたれさせた。額《ひたい》の生え際にキスをし、指で顎《あご》を上向かせる。視線を合わせ微笑むと、凛子も同じようににこやかな表情を浮かべた。

「うん。今のところは順当にいってる。松山《まつやま》くん、真面目だし呑み込みも早いから助かってるの」

新年度になり、「白鷹紡績」本社に五十二名の新入社員が入社してきた。

男女比は、ほぼ同率。四月一日に行《おこな》われた入社式を終え、それぞれが配属された部署で社会人としての生活を始めている。

去年の十一月以来欠員が出たままだった経理部にも、松山という男性社員が配属された。

大学でラグビーをやっていたという彼は、体格がよく、見るからに体育会系だ。凛子は去年に引き続き、新入社員の教育係として日々マニュアルを片手に経理業務を教えているらしい。

現に、社内で松山を従えて各部署を回る彼女を何度か見かけたことがあった。

『あれじゃ、まるで「美女と野獣」だな』

『ほんとね。案外いい感じじゃない？』

それを見た他部署の社員が、そんなふうに言っているのを耳に挟んだ。

それどころか、二人をお似合いの凸凹カップルだと噂するものまで出る始末。

最近、ますます綺麗になった凛子だ。

彼女が「美女」と呼ばれるのは問題ないが、ほかの男とカップリングされるのだけはどうにも我慢できなかった。

「それはよかった。彼、パソコンのスキルはかなり高いようだな。いくつか有益な資格も持っているし、勤労意欲も高い。しかし、見た目は豪快だけど、実は結構内向的だそうだ。だから、デスクワーク中心の部署に配属になってよかったって――この間、そう話してたよ」

慎之介は先日たまたま時間が空き、終業後帰宅しようと駅に向かっていた松山に声をかけ、行きつけの店で夕食をごちそうした。そして、社長と新入社員のコミュニケーションをとりつつ、さりげなくあれこれと質問を投げかけては、彼の人となりを探ったりしたのだ。

「あ、そうなんだってね。一昨日、松山くんが、そう言ってた。先週の金曜日、社長にめちゃくちゃおいしい日本酒と海鮮料理をおごってもらったんだって。松山くん、すごく喜んでた。社長なのに、自分みたいな新入社員に声をかけてくれて、いろいろと話を聞いてくれたって」

凛子の話を聞きながら、慎之介は彼女の浴衣の襟をなぞった。

「そうか。松山くん、さっそく凛子に俺とのことを話したんだな。彼、飲むと饒舌《じょうぜつ》になるタイプだね。はじめは緊張してたみたいだけど、ビールをジョッキで飲んだあとは、自分からいろいろなことを話してくれたよ」

「ああ、歓迎会の時もそうだったかも。割とすぐにほろ酔いになって、いつも以上におしゃべりになるの。だけど、いくら飲んでも二日酔いにならないんだって」

機嫌よく話す凛子が、慎之介の顔を見上げる。

慎之介は彼女の眉間《みけん》に唇を押しあて、指先で凛子の鎖骨に触れた。

「へえ……松山くんは、凛子とも仕事以外のいろいろな話をしているみたいだな。そういえば、先週の月曜日、松山くんと一緒にランチを食べたそうだね」

「うん。一緒っていうか、たまたま入った店に松山くんがいて、ランチを食べてる最中だったの。ほかに空いてる席もなかったし、彼も一人だったから相席させてもらっただけなんだけど」

「ふぅん、そうか」

慎之介は、凛子の浴衣の胸元に掌《てのひら》を差し入れ、裸の胸をやんわりと揉みしだいた。帯を緩め、浴衣の上前をめくる。かろうじて肩にかかっていた襟を引き下ろすと、ほんのりと桜色に染まる乳房が、慎之介の目の前に零れ落ちた。

「あっ……し、慎之介さんっ……」

風呂上がりの凛子は、浴衣のほかはなにひとつ身に着けていない。それは、大浴場に行く前に慎之介がそうするよう彼女に頼んだから。

それはつまり、慎之介なりの「部屋に帰り次第すぐにエロティックなことをしたい」という意思表示だ。

慎之介は、凛子の柔らかな乳房にそっと唇を寄せた。彼女は早くも息を弾ませ、胸の先を硬くしている。

「じゃあ、これも聞いた？　彼、凛子みたいな人が理想の女性なんだそうだ。仕事には厳しいけど、優しくて名前のとおり凛として綺麗だから、って言ってたよ」

「えっ？　そ、そんなの聞いてないっ……ひぁっ……」

凛子が慎之介の腕の中で身をよじる。その身体をしっかりと抱きなおすと、慎之介はぷっくりと膨らんだ乳暈《にゅううん》にチロチロと舌を這わせた。そして、大きな口を開けて乳先にかぶりつく。

「彼だけじゃない。この頃じゃあ、わが社の主《おも》だった男性社員が、悉《ことごと》く凛子の存在を意識し始めている。それもこれも、凛子がここ最近、格段に綺麗になったせいだ。松山くんが言うとおり、凛として綺麗で……おまけに十分すぎるほどの女性的な魅力も兼ね備えている」

膝の上で脚を広げさせ、指の腹でぷっくりと突起した花芽を小刻みにタップする。凛子が頬を真っ赤に染めて、小さく声を上げた。みるみる溢れ出た熱い蜜が、ちゅぷちゅぷと淫猥な音を立てる。

「だが、今さら凛子の魅力に気づくなんて遅いんだよ。あいにく、凛子はもう頭の天辺《てっぺん》から足の先まで――身も心も、ぜんぶ俺のものだ」

そう言うが早いか、慎之介は凛子を腕に抱えて立ち上がった。そして、驚いた顔の凛子の唇にキスをし、彼女を抱いたまま布団が敷かれている奥の間に進む。

「今の話でわかっただろう？　俺が結婚を急ぐのは、そんな理由もあってのことだ。こうなったら、一日でも早く籍を入れて、書類の上でも凛子を俺のものにしたい。そうすれば、凛子に近づこうとするやつらを蹴散らせる。それでもまだ、凛子に意味ありげな視線を送るやつがいたら……そのときは、ぜったいにただじゃおかない――」

「慎之介さ……んっ……ん……」

慎之介は、凛子を抱きかかえたまま彼女の唇に貪《むさぼ》るようなキスを浴びせかけた。

そして、雲海のようにふっくらとした掛布団を見下ろし、その上に半裸の凛子を仰向けに寝そべらせる。

その様子は、まるで雲の上に浮かぶ天女みたいだ。

「綺麗だよ、凛子」

思わず感嘆の声を漏らすと、慎之介は凛子の腰を挟んで膝立ちになった。彼女は唇を緩く噛みながら、恥じ入った様子で身をこわばらせている。

この頃の慎之介は、ひとたび性欲に火がつくと人としての理性が吹き飛んでしまうことがあった。そんなとき、慎之介は自分が獲物を屠《ほふ》る獣になったような気分になる。

彼女が慎ましやかであればあるほど、自分の中の雄が淫らな牙をむいてしまう。

凛子の無意識の媚態ほど、慎之介を煽《あお》るものはなかった。

これほど強い欲望は制御不能だ。ただし、間違っても彼女を傷つけるような真似だけはしてはならない。

慎之介は、はやる気持ちを抑えながら、横たわる凛子を見てうっすらと目を細めるのだった。

◇◇◇

布団の上に仰向けになった凛子は、浴衣を脱ぐ慎之介と見つめ合った。彼は、凛子の腰の位置で膝立ちになり、口元に魅惑的な微笑みを浮かべている。

行燈《あんどん》の薄明かりの中に浮かび上がる彼の身体が、いつも以上に魅惑的でセクシーに見える。

そんな彼に綺麗だと言われ、凛子は嬉しさのあまり小さく身震いをした。

「俺は凛子を独り占めしたい。髪の毛一本でもほかのやつに取られたくないんだ。凛子にその気がなくても、周りの男たちが俺の留守中にますます凛子にのぼせあがらないとも限らない」

「そ、それはいくらなんでも買いかぶり……あっ……」

慎之介が、ゆっくりと凛子の身体の上に覆いかぶさってくる。そして、乳房をやんわりと揉んだあと、少しずつ身体を下にずらしていく。かろうじて身体を隠していた浴衣を布団の外に出され、丸裸にされた。

「いや、買いかぶりなんかじゃない。凛子は、どんどん綺麗になってきてるし、放っておけば今に誰かしらに言い寄られる。それを阻止するためにも、もう二人の関係を公《おおやけ》にしたい。一分、一秒でも早く……」

凛子の脚を大きく広げさせると、慎之介がその間に身体を移動させた。そして、両方の乳房をやんわりと齧《かじ》ってくる。

「あんっ……。し……んのすけさ……」

まるで大きな獅子《しし》に甘噛みされているみたいだ。

鋭い牙は決して肌を傷つけることはないし、声音は限りなく優しい。

慎之介が、枕元に置かれた行燈《あんどん》のほうに手を伸ばした。あらかじめそこに置いておいたのか、彼の手には昼間買った羽根ペンが握られている。

ゲレネック社専用の工房でひとつひとつ手作りされているそれは、ペン先が金属でできている。羽根は大ぶりで、フワフワとした綿羽部分と縞模様の羽弁のコントラストが見事だ。

「し、慎之介さん……。どうして羽根ペンなんか……」

「うん？　せっかくだから、さっそく使ってみようと思ってね」

慎之介が、そう言って凛子のデコルテを羽先でそっと撫でた。

凛子は小さく悲鳴を上げる。彼は時折、こんなふうに思いがけない戯れをしかけてくる。

そんなときの慎之介は、しばしば凛子の嗜虐心《しぎゃくしん》を煽《あお》った。

それがまた彼のサディスティックな欲望を誘い、淫らで蠱惑《こわく》的な時間に二人を誘《いざな》うのだ。

もちろん、彼は手荒な真似なんかぜったいにしない。むしろいつも以上に優しく丁寧に扱ってくれるし、いつだってとことんまで気持ちよくさせてくれる。

そうとわかっているせいか、彼を見る目が少しだけ潤《うる》んできた。そんな凛子の様子を見た慎之介が、口元に満足そうな笑みを浮かべる。そして、にっこりと微笑みながら、ちろりと舌を出してペン先を舐めた。

「試し書き、していい？」

慎之介が、羽根の先で乳房の輪郭をなぞりながら、軽く唇を合わせてくる。

「大丈夫。インクは使わないから」

「そ……そういう問題じゃ……ぁんっ！　ゃあ……っ……」

銀色のペン先が、凛子の右の乳房の上に、ゆっくりと円を描いた。たちまち肌がふつふつと粟立ち、唇が小刻みに震えだす。

「く……くすぐったいっ」

凛子は身体を少しだけ前屈させた。

だけど、すぐにくすぐったさが薄れ、身体中の末端に痺《しび》れるような快楽を感じた。見ると、慎之介が描いた線を丁寧に舌でなぞっている。

「……慎……あぁっ！　あ……」

「うーん、さすがゲレネック社のペンだ。本来の目的以上の多機能ぶりだな」

慎之介が、喘《あえ》ぐ凛子の唇をキスで塞《ふさ》いだ。舌を口の中に差し入れ、丁寧に口腔を愛撫する。

彼は、ペンを乳房から下腹のほうに移動させた。閉じていた両膝を手で押し開き、太ももの内側を羽弁全体で撫でさすってくる。

「ひっ……」

凛子は小さく悲鳴を上げて身をよじった。

とっさに脚を閉じようとするのに、慎之介が、すばやく両膝を掴み、それを阻止する。

「凛子、隠さないで」

慎之介にそう言われ、凛子は素直に脚の力を抜いた。彼は凛子の秘所に視線を置きながら、唇を薄く開けてゆっくりと舌なめずりをしている。

それにしても、なんてはしたない格好をしているのだろう！

そう思うものの、凛子は抵抗もできず脚の間に彼の視線を受け続けている。

恥ずかしい――

そう感じれば感じるほどに滾々《こんこん》と蜜が溢れだし、とめどなく会陰《えいん》を伝うのがわかる。

まだ軽く愛撫されただけなのに、こんなにも感じるなんて。

このままだと、シーツを汚してしまう——そう思った凛子は、仰向けになったまま踵《かかと》に力を込め、わずかに腰を浮かせた。

だけど、そのせいで自分から慎之介の腹筋に腰をくっつけたような感じになる。あわててもとの位置に戻そうとしたけれど、彼にいち早く動きを止められてしまう。

「どうした？　ここ……気持ちよくしてほしいのか？」

慎之介が、凛子の脚の間を指でなぞった。

凛子は声を上げながらも、すぐに首を横に振って否定する。

「あぁっ！　……ち、違っ……あぁんっ！」

彼の指先が、そろそろと蜜窟の中に入っていく。途端に全身の血がわき立ち、つま先がシーツをきつく掴んだ。

喘《あえ》ぎながら下を見ると、上目遣いの慎之介と視線が絡み合った。こちらを見る彼の目は、獰猛《どうもう》でありながらたまらなく甘い。

「違わないだろう？　正直に言わないと、こうだぞ——」

慎之介の顔が、凛子の恥丘の先に沈んだ。

彼の舌先が秘裂を割り、蜜窟から花芽の頂点までを一気に舐め上げていく。

「ぃやあああんっ！　あ……あっ……あ……」

舌で捏《こ》ねるように花芽を愛撫され、身体中に熱い衝撃が走った。いつの間にか両方のふくらはぎを彼の肩の上に乗せられ、太ももをがっしりと押さえ込まれている。もじもじと腰を動かすけれど、彼はぜったいに逃がすつもりはないみたいだ。

「し、慎之介さん……」

名前を呼ばれ、彼は少しだけ顔を上げた。そして、にんまりと微笑むと、これみよがしに音を立てて溢れ出た蜜を啜《すす》り、花芽を舌で捏《こ》ね回してくる。

たまらずに仰《の》け反《ぞ》って声を上げている間も、彼は何度も秘裂に舌を泳がせて、いっこうに止める気配がない。

「凛子、愛してる……。どうしようもなく、愛してるよ……。愛おしすぎて、どうにかなってしまいそうだ……」

慎之介が掠《かす》れた声でそう呟き、大きく深呼吸をする。

そして、おもむろに身を起こすと同時に、切なそうな顔でこちらを見つめてくる。

「凛子……とりあえず、もう一緒に住まないか？　どうせ、今もお互いの住まいを行ったり来たりしているんだ。な……いいだろ？　これから忙しくなる分、少しでも凛子と一緒にいたいんだ」

今までに見たこともないほど気弱な表情を浮かべる彼を見て、凛子は胸が熱くなった。

心臓の高鳴りが喉元を圧迫し、ややもすれば涙が零れそうになってしまう。

「それに、お互いに帰るところが一緒だと、なにかと安心するだろう？　逆に、そうじゃなきゃ、なんだかんだ落ち着かなくて、いずれ仕事にも支障をきたすかもしれない。……ダメか？」

「……ううん。ダメじゃない」

凛子は、かろうじて返事をして首を横に振った。

「よかった。じゃあ、旅行から帰ったらさっそく必要な手続きをしよう。不動産屋に連絡を入れて、荷物を運び出す準備にとりかからないと」

凛子が頷くと、慎之介は眉尻を下げながら嬉しそうな笑みを浮かべた。

「我儘《わがまま》を言っている自覚はある。だけど、もうこれ以上凛子と離れているのは嫌なんだ。そうと決まったら、凛子のご両親にも許可をもらいにいかないとな。それに、同居するんだから、式を挙げる前に当然籍も入れたほうがいいと思う」

「籍も？」

「ああ。そのあたりのけじめはきちんとつけたいし、凛子のご両親だって安心してくださるだろう？……なんて、本当は少しでも早く凛子と夫婦になりたいからだ。誰も二人の中に割り込んでこないように、書類のうえでも凛子を俺のものにしたい。凛子……俺は凛子のことを心から愛してる。どうしようもないくらい愛してるんだ。だから──」

凛子は、とっさに身を起こして慎之介の身体に身をすり寄せた。

彼は、どうしてこれほどまでに自分を愛おしいと思ってくれるのだろう？

大好きで仕方がない人に、こんなにも愛されている自分は、きっと世界一の幸せ者だ。

「私も……私も、どうしようもなく慎之介さんのことを愛してる。いてもたってもいられないくらい、大好き……。だから、そう言ってくれてすごく嬉しい。だって、私も同じようなことを思ってたから……。だけど、慎之介さんは社長だし、今の忙しさがもう少し収まってからじゃなきゃダメかなって……んっ……」

慎之介が、話している途中で唇を重ねてきた。

そのまま互いにきつく抱きしめ合い、熱く火照《ほて》ったままの身体をぴったりと重ね合わせる。

「よかった」

彼が安堵のため息を吐《つ》き、改めて唇にキスをしてくる。そして、だんだんと息を荒くしながら、掌《てのひら》で凛子の身体中をまさぐってきた。

「凛子……このまま抱いていいか？」

これまでも何度か同じような聞き方をされたことがある。だけど、今回は少し意味合いが違っているみたいだ。

凛子は正確にその意味を理解して頷く。彼は、おそらくバッグの中に避妊具を忍ばせている。けれど、今夜はもう二人ともそれを取りに行く気はさらさらなかった。

慎之介が腰の位置を変えると、凛子の蜜窟の入り口に彼の熱塊の先が触れた。それと同時に、凛子は甘いため息を漏らしながら彼の腰に脚を絡みつかせる。

「ぁっ……」

なにもつけないままの屹立《きつりつ》が、凛子の蜜窟の中に沈んだ。

挿入は、ゆっくりとして静かだ。

けれど、いつもより密着度が違うし、心なしか感じる熱も高いような気がする。

凛子は我知らず息をひそめ、自分の中にある彼のものに集中した。隘路《あいろ》を分け入ってくる屹立《きつりつ》は、奥に進みながら凛子を丁寧に暴き、深層に潜む秘密の場所を刺激してくる。

「あんっ……し……慎之介さんっ……」

埋め込むように奥に沈んでいく熱の塊が、ゆるやかな抽送を始めた。中の凹凸が硬く反り返った括《くび》れに引っ掻かれ、極上の快楽を生じさせる。

込み上げてくる愉悦に内奥がビクビクと震え、あやうく意識が遠のきそうになった。

「うっ……」

慎之介が、動きながら低く呻《うめ》いた。瞬《まばた》きをして前を見ると、彼もまた快楽の波をやり過ごそうと必死になっているみたいだ。

視線を合わせ、繰り返しキスをしていっそう強く脚を絡みつかせる。

抽送が激しくなり、今度はより深いところまで熱塊の先を挿し込まれた。切っ先が蜜窟の中の最奥に達し、思わず彼の肩に指先を食い込ませる。

背中が浮き上がると同時に、慎之介が凛子の乳先を強く吸った。舐《ねぶ》るように舌を動かされ、凛子はあられもない声を上げてしまう。

いくら一部屋ごとの距離が十分にとられているとはいえ、これでは誰かに声を聞かれてしまうかもしれない。

凛子は歯を食いしばって、声を上げまいとした。

それを見た慎之介が、わざと音を立てて乳先を吸い上げる。

「い……じわるっ……」

凛子は、顔を真っ赤に染めながら、精一杯の抵抗をした。

慎之介が、凛子の顔を見てとろけるような微笑みを浮かべる。自分では怖い顔をしたつもりだったけれど、どうやらそれは彼の加虐心《かぎゃくしん》をさらに煽《あお》ることになってしまったようだ。

「凛子、いい子だね。だから、もっと恥ずかしい声を上げて感じてみせて」

慎之介が右の乳暈《にゅううん》を繰り返し甘噛みする。そうしながら、硬くなった左胸の先端を指で転がすように捏《こ》ねまわしてきた。

腰を打ち付ける音が、ものすごく卑猥だ。

気がつけば、凛子は自分から脚を高く上げ、彼の挿入をより深いものにするよう仕向けていた。

「あっ……あ、あああっ……！」

頭の中が、熱に浮かされて弾け飛んでしまいそうだ。

隔てるものがない挿入は、思いのほか二人の心身を熱くしている。ただそれだけの違いなのに、こんなにも感じてしまうなんて……

身体の奥が、彼をほしがって蠢《うごめ》いているのがわかる。

凛子は、もう抵抗するのを諦めて、襲ってくる快楽の波に身を任せた。

「も……イっちゃ……う……」

凛子が無意識に声を上げると、慎之介がそう言った唇をキスで塞《ふさ》いできた。

「もう？　じゃあ、一緒に……。だけど、一回だけで済むと思わないようにな」

慎之介が、魅惑的に微笑んで凛子の下腹を掌《てのひら》で撫で上げる。

そこを一気に突き上げられ、凛子は目を潤ませて嬌声を上げた。これまでにないほど奥深くまで穿《うが》たれ、身体の芯を根底から甘く揺さぶられる。

慎之介が、ふと腰の動きを止めて、指で凛子の唇の縁をなぞった。そのまま、指先を口の中に滑り込ませ、ゆるゆると指の抜き差しを始める。

上下の粘膜を同時に攻められ、凛子は半ば恍惚となって彼の指に舌を絡みつかせた。

「んっ……ん……」

涙目になっている凛子を、慎之介が愛おしそうに見つめる。そして、耳元に唇を寄せて、唇から指を抜き去りながら、低い声で囁《ささや》いてきた。

「もう一度言ってごらん。『イっちゃう』って……」

腰を強く抱き寄せられ、リズミカルに腰を振られる。

もう、一時も我慢できなかった。

凛子は夢中で彼の身体に抱きつき、掠《かす》れた声で彼の望み通りの言葉を繰り返し呟く。

蜜窟の中が愉悦でいっぱいになり、凛子は息を吐《つ》く暇もなく絶頂の縁に追いやられる。

全身に甘い電流が走り抜けると同時に、凛子の目の前でいくつもの白光が弾け飛んだ。

それと同時に、屹立《きつりつ》が力強く脈打って最奥にたくさんの精を放つ。

「凛子……」

名前を呼ばれ、凛子は閉じていた目をうっすらと開けた。

彼が唇にキスをしながら「愛してる」と囁《ささや》く。

「愛してる」――。凛子もまた、慎之介にそう言った。

二人は互いの身体にきつく腕を回しながら、心からの満足と安堵を感じるのだった。

「白鷹紡績」の社内報は、冊子とWEB版の二種類ある。

前者は数カ月に一度、後者は最低でも週に一度――多いときは連日配信されており、更新時は随時社内メールで告知される。

翌六月最初の月曜日、朝一で全社員にWEB社内報の更新メールが届いた。

その数秒後、掲載されていたトップ記事を見た社員数人が、いっせいに大声を張り上げる。

「えええええええっ⁉」

その声に驚き、フロア中がざわめきだす。

「おい、こ、これって、本当か？」

「ちょっ……まさかフェイクニュースじゃないよな？」

「なによ、いったいなにごとなの？」

「社長が今月の五日付で入籍予定！　相手は当社経理部主任・岩田凛子さん――⁉」

続いて聞こえてきたビッグニュースに、経理部がある八階フロアは騒然となった。

「い、岩田主任？　こ、こ、これって――あれっ、さっきまでそこにいたのに、どこに行っちゃったんだ？」

経理部新人の松山が、座っていた椅子を倒す勢いで立ち上がった。彼は凛子がいないとわかると、あたりをきょろきょろと見回しながら声を張り上げる。

「岩田主任～！　どこに行ったんですかぁあ～？」

語尾がふらついて、まるでヨーデルを歌っているみたいになった。

「松山くん、ちょっと落ち着いて――」

経理部長の花田が困り顔で松山をなだめる。

二人の入籍については、部長以上の役職者には昨日のうちにSNSのグループネットワークを通じて、すでに告知済みだ。

「落ち着けって言われても、これは落ち着けませんよぉ！　だって、僕……ああ、岩田主任～！」

松山が床にへたり込むのと同じタイミングで、凜子は慎之介とともにエレベーターで八階に下り立つ。

「さあ、覚悟はいいか？」

慎之介が、怖気づく凜子を見てにっこりと笑った。

凜子は頷いて、いくぶんぎこちない微笑みを浮かべる。

二人は、ついさっきまで社長室にいた。そして、昨夜決めた段取りに沿って慎之介とともに自ら結婚の報告をするためにここにやってきたのだ。

一歩先を行く慎之介に従い、歩を進めフロアの入り口に立つ。

余裕しゃくしゃくといった様子の慎之介とは対照的に、凜子はいつになく緊張の面持ちで自身の前方の床を見つめている。

（うう……さすがに、前を向けない……）

「ああ、社長！　おはようございます！」

いち早く二人に気づいた花田が、大きな声で慎之介に向かって挨拶《あいさつ》をした。ほかの部長たちが彼に続き、ざわついていた部下たちもそれに倣《なら》う。

凛子は反射的に半歩後ずさって、慎之介に向かって軽く礼をした。ふと顔を上げると、彼がこちらを見てにこやかに微笑んでいる。

『大丈夫。ぜんぶ、俺に任せて』

彼は、ついさっきそう言って凛子を励ましてくれた。

凛子は思い切って上を向き、フロアのほうに視線を向けた。しかし、緊張のあまり視線は定まっていないし、やたらと瞬《まばた》きの回数が多くなっている。

「皆さん、おはようございます。ご存じのとおり、僕、氷川慎之介は、明後日の五日――僕の誕生日に、ここにいる岩田凛子さんと入籍することになりました」

慎之介が隣にいる凛子のほうに向きなおった。

凛子が小さく頷いて頭を下げると、部長たちがいっせいに拍手をして二人に祝福の言葉を投げかける。

「社長、ご結婚おめでとうございます！　岩田主任、おめでとう！」

このときも真っ先に声を上げたのは花田だ。彼の隣には、経理部の面々が大口を開けたまま呆然となって突っ立っている。まず、ついこの間課長に昇格した谷が正気を取り戻した。彼は花田と同じ祝いの言葉を口にし、人の二倍の速さで拍手をし始める。

祝いの声と拍手が、あっという間にフロア全体に広がっていく。

そんな中、小走りにやってきた人事部の花田――旧姓園田が凛子に大きな白薔薇《しろばら》の花束を手渡してくれた。

「おめでとう、岩田主任！　人事関係の手続きは、私に任せといてね！」

花田が朗らかに笑った。昨日のうちに夫から入籍の件を聞かされていた彼女は、昨夜驚きと祝福が満載のメッセージを送ってくれた。

「ありがとうございます、花田主任」

凛子は、小さく微笑んで花田に礼を言った。そうしている間も、凛子は彼女の肩越しにこちらを見る人達の視線を痛いほど感じている。

入籍の件を事前に知らされていた者たちはさておき、そのほかの社員は、さぞかし度肝を抜かれたことだろう。

彼らは、二人の入籍をどう受け止めているだろう？

社長と一介の経理部主任の恋愛など、果たして受け入れてもらえるだろうか？

ことに女性社員は――

就任以来、女性社員の視線を一身に集めている慎之介だ。今回のことを快《こころよ》く思わない人がいても不思議ではない。

凛子は前を向いたまま、今一度視線を下に向けた。

二人で綿密に話し合ったというのに、この場に立ってみると、ありとあらゆる不安に囚われて及び腰になってしまう。

「岩田主任、ほらほら～、もっと社長に近づいて」

凛子の不安に気づいたのか、花田が凛子の肩を押して、慎之介のそばに寄り添わせてきた。

「大丈夫よ～。私が結婚を発表したときとはスケールが違うけど、案外みんなドーンと受け止めてくれるから」

ほんの二カ月前に入籍を済ませた彼女は、いたずらっぽい顔をして先輩風を吹かせた。

そして、いまだ伏し目がちな凛子の注意を引き、顔を上げて前を見るように促してくる。せっかく彼女が応援してくれているのだ。凛子は頷き、思い切ってフロア全体を見渡してみた。

こちらを見るたくさんの顔が、いっせいに凛子のほうを向く。彼らは、一様に驚きの表情を浮かべているが、基本的に皆笑顔だ。

誰一人非難めいた視線を送ってくるわけでもないし、中には満面の笑みを浮かべながら頭上で手を叩いている人もいる。

「お似合いですよ～！」

「岩田主任なら、納得です～！」

どこからか、女性社員の声が聞こえてきた。

「岩田主任～！　幸せオーラ、たくさん振り撒《ま》いてくださいね。せっかくだから、そのオーラ、お裾分けしてもらっちゃいますから」

隣の部署の女性社員が、凛子に向かって満面の笑みを浮かべる。

「私も！　私も岩田主任を見習って、仕事頑張ります！」

「私も！　そうしたら、私にも白馬に乗った王子さまと出会うチャンスが訪れますよね？」


じりじりと近づいてきた女性社員たちの問いかけに、凛子は大きく首を縦に振った。

急遽決まった入籍のせいで、いささかあわただしすぎる結婚の発表になってしまった。

それなのに、こんなにも二人の入籍を歓迎してくれるなんて――

「ありがとうございます」

凛子は慎之介と頷き合い、二人そろってフロアを埋め尽くす社員たちに心からの感謝の言葉を返した。

凛子は目が合った一人一人に小さく礼をして「ありがとうございます」と言い続ける。

そうしているうちに、気がつけばいつの間にか頬を一筋の涙が伝っていた。

「あ……わ、私ったら――」

今まで、これほど大勢の人の前で感情を溢れさせることなんてなかったのに……

凛子があわてふためいていると、慎之介が素早くハンカチを差し出してくれた。

祝福の拍手は、いっこうに鳴りやまない。

凛子はフロアを見渡して、慎之介とともに改めて感謝の言葉を述べた。

そして、これ以上ないと言っていいほど華やかな微笑みを浮かべて、今一度幸せの涙を流すのだった。

## EB エタニティ文庫

# 常軌を逸したド執着!?

ETERNITY Rouge
エタニティ文庫・赤

## 総務部の丸山さん、イケメン社長に溺愛される

有允ひろみ　　装丁イラスト／千花キハ

文庫本／定価：本体 640 円＋税

アパレル企業の総務部で働く里美は、存在感の薄すぎる“超”地味ＯＬ。そんな里美が、イケメン社長の健吾に突然目をつけられ、なんと交際を申し込まれた！　これは彼の単なる気まぐれだろうと自分を納得させる里美。けれど健吾は里美に本気も本気で、ド執着してきて……!?

---

※エタニティブックスは大人の女性のための恋愛小説レーベルです。ロゴマークの色で性描写の有無を判断することができます（赤・一定以上の性描写あり、ロゼ・性描写あり、白・性描写なし）。

詳しくは公式サイトにてご確認ください。
http://www.eternity-books.com/

携帯サイトはこちらから！

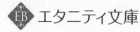

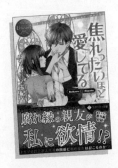

本書は、2018年11月当社より単行本として刊行されたものに、書き下ろしを加えて文庫化したものです。



エタニティ文庫

# 経理部《けいりぶ》の岩田《いわた》さん、セレブ御曹司《おんぞうし》に捕獲《ほかく》される

有允《ゆういん》ひろみ

2020年3月15日初版発行

文庫編集－熊澤菜々子・塙綾子
発行者－梶本雄介
発行所－株式会社アルファポリス
〒150-6008 東京都渋谷区恵比寿4-20-3 恵比寿ｶﾞｰﾃﾞﾝﾌﾟﾚｲｽﾀﾜｰ8F
TEL 03-6277-1601（営業） 03-6277-1602（編集）
URL https://www.alphapolis.co.jp/
発売元－株式会社星雲社（共同出版社・流通責任出版社）
〒112-0005 東京都文京区水道1-3-30
TEL 03-3868-3275
装丁イラスト－千花キハ
装丁デザイン－ansyyqdesign
印刷－中央精版印刷株式会社

価格はカバーに表示されてあります。
落丁乱丁の場合はアルファポリスまでご連絡ください。
送料は小社負担でお取り替えします。

ISBN978-4-434-27198-4 C0193